Sieyès, L'homme--Le Constituant ...: Suivi D'un Appendice Sur Les Constitutions Du 24 Juin 1793 Et Du 22 Frimaire an VIII - Primary Source Edition

Alphonse Armant Bigeon

SIÉYÈS

L'HOMME — LE CONSTITUANT

« Il est une différence essentielle entre le métaphysique
« philosophe promulguant une vérité absolue du fond de
« ses méditations, et l'homme d'Etat qui est obligé de
« tenir compte des circonstances et des périls. La méta-
« physique, voyageant sur une mappemonde, franchit
« tout sans peine, ne s'embarrasse ni des montagnes,
« ni des déserts, ni des plaines, ni des fleuves, ni des
« abîmes, mais quand on veut réaliser le voyage et ar-
« river au but, il faut se rappeler sans cesse qu'on est
« dans le monde idéal, et qu'on marche sur la terre ! »

MIRABEAU.

DU MÊME AUTEUR:

La Photographie devant la loi et la jurisprudence, 1 vol. in-12.
(Société d'Éditions scientifiques.) (2e édition.) Prix : 2 fr. 50

La « Maub' », étude sur les Bouges de Paris, (épuisé).

SOUS PRESSE :

Evolution de la Bourgeoisie française, 3 volumes in-8.
       Tome I. Les Origines.
       Tome II. L'Apogée.
       Tome III. La Chute.

EN PRÉPARATION :

Le Besoin, étude philosophique et économique.

A. BIGEON

SIEYÈS

L'HOMME — LE CONSTITUANT

AVEC UN PORTRAIT ET UN AUTOGRAPHE

SUIVI D'UN APPENDICE SUR LES CONSTITUTIONS DU 24 JUIN 1793
ET DU 22 FRIMAIRE AN VIII

PARIS

HENRI BÉCUS, IMPRIMEUR-LIBRAIRE

5, RUE SUGER, 5

A Monsieur

ANDRÉ LEBON
CHEF DE CABINET DU PRÉSIDENT DU SÉNAT
PROFESSEUR A L'ÉCOLE LIBRE DES SCIENCES POLITIQUES

Hommage et remerciements respectueux.

A. B.

Janvier 1893.

EMMANUEL SIEYÈS (1748-1836)

INTRODUCTION

___

I. Sieyès oublié. — II. Mal connu. — III. Jugé par l'histoire, absence de documents et de bibliographie. — IV. Plan du livre.

I

Les Révolutions sont comme des torrents; avec la rapidité de pierres tombant dans l'abîme, les événements se précipitent, nombreux, impétueux, souvent terribles Soulevés par la force des circonstances, des hommes jusques alors obscurs, inconnus, brusquement surgissent. Quand le fleuve reprend son cours normal, combien de noms surnagent? combien demeurent engloutis, mal jugés.

Le nom de l'abbé Sieyès est tombé dans l'oubli; il s'est perdu dans la foule des acteurs du drame, éclipsé en 1789 par Mirabeau, dix ans plus tard par Bonaparte. Et pourtant, de l'avis même du premier : « Ce fut l'homme qui contri-« bua le plus, au grand ouvrage de la Révolution. » Cette Révolution, en effet, n'a pas été seulement une conquête du gouvernement par le peuple, elle a été surtout une philosophie en action, une révolution de l'esprit humain. Mirabeau en fut la voix; Sieyès l'âme.

II

Si cet esprit puissant et singulier est presque oublié, cela tient, il nous semble, à ce qu'il a été mal connu, mal étudié.

On s'est attaché à ne voir en lui que le théoricien abstrait, le métaphysicien nébuleux aux idées chimériques, le Constituant en chambre, aux conceptions vagues et irréalisables. Mais à côté de l'esprit géométrique, il y a l'homme d'action ; le politique ayant le sentiment net des situations, habile, persévérant, sagace, prodigue de ressources ; le diplomate, perspicace, plein de ruses. Personne n'a songé à l'étudier sous cette double face. Dès 1851, Sainte-Beuve, à juste titre, s'en étonnait : « Sieyès, écrivait-il, est une des figures les plus considérables de la Révolution française, et à la fois il en est peut-être la plus singulière. Son influence a été grande, réelle, positive, et sur bien des points elle reste encore voilée de mystère : il y a là de l'inconnu en lui et de l'occulte.....

« Le Constituant nous est à peu près connu, mais *l'homme, chez Sieyès, ne nous apparaît que dans une sorte d'éloignement et d'ombre. — Une publication du genre de celles qui ont fait connaître récemment Mirabeau et Joseph de Maistre lui manque jusqu'ici.* Non-seulement on n'a jamais recueilli en corps ses œuvres politiques, ses rares discours ; mais ses lettres, ses papiers, ses études particulières et silencieuses qu'il accumulait depuis tant d'années et qu'il continua plus longtemps qu'on ne le suppose, rien de tout cela n'est sorti et pourtant tout cela existe ! » (1)

(1) Sainte-Beuve. *Causeries du lundi,* 9 décembre 1851.

III

Sieyès, si quelqu'un te questionnait sur le personnage que tu jouas dans cette sombre tragédie de dix ans : « Mon rôle politique fut grand, répondrais-tu. On m'appelait le prophète de 89. — Bien avant qu'elle n'éclatât, j'avais vu, formulé, calculé la Révolution; en lui donnant son programme, je l'ai hâtée, je l'ai conduite (1). Mon nom fut illustre dès les premiers âges de cette ère nouvelle qui régénéra la France. Devant moi, Mirabeau lui-même s'est incliné avec une réflexion flatteuse. N'est-ce donc rien que cette organisation à laquelle je travaillai assidûment dans le silence des Comités? que cette administration forte dont j'ai doté mon pays? Un des premiers j'ai rédigé les vrais éléments de l'art social; le premier j'ai révélé au peuple ses droits imprescriptibles, la manière de les ressaisir et les moyens de les conserver. Je crois avoir bien mérité de la Patrie. »

Puis il s'arrêterait là, n'osant pousser plus avant la confession; appréhendant de se heurter à des obstacles, à des événements qui jetteraient quelques nuages sur l'honneur de son nom; craignant surtout l'Histoire, juge sévère mais juste, dont la voix pourrait prononcer :

— Sieyès, ce que tu avais fait jusque là était bien; mais continue? pendant la Convention tu fus un muet, manœuvre adroite qui sauvait ta vie; à peine sortais-tu de ton silence pour voter des mesures de proscriptions présentées par des hommes que tu exécrais. Robespierre mort, il naît un nouveau régime; te réveillant de ta torpeur, obéissant à ton orgueil indomptable, à ton ambition, à tes haines, tu

_____

(1) « On l'a quelquefois oublié, on doit toujours s'en souvenir! » (Bailly, *Mémoires*, tome I, page 60.)

profites de ton expérience, de tes liaisons, de ta personnalité civile non seulement pour préparer le 18 fructidor,
pour machiner le 30 prairial, mais pour méditer, ordonner, exécuter avec sang-froid ce coup d'Etat qui devait
renverser la République (1). Ta responsabilité est immense
devant la postérité; cette Révolution, c'est toi qui l'as édifiée, c'est toi qui l'as détruite. Pèse et juge! »

Tel il fut en effet.

On s'étonnera donc de voir négligé des monographes un
nom figurant si souvent dans l'histoire et mêlé à de si
grands événements, à de si tristes aventures. Les documents et les manuscrits sont rares; la bibliographie,
pauvre, pour ne pas dire nulle : Une *Notice* autobiographique, et apologétique, qui ne doit être acceptée que sous
la plus grande réserve, composée sous la Terreur, par
Sieyès lui-même, « afin de répondre à la calomnie » (2);
quelques pages académiques de Mignet, très succinctes,
très courtes (3); voilà les sources où il fallait puiser.

---

(1) Il coopéra au 18 brumaire d'une façon active, prépondérante;
il préparait un coup d'Etat depuis son avènement au poste directorial. Au débarquement de Fréjus, l'Empire était fait! Lors de la sinistre
journée, lui seul conserva son sang-froid, et au milieu des hésitations
générales sauva la situation (voir les détails, ch. II).

(2) Le titre qu'elle porte est le suivant : *Notice sur la vie de Sieyès,
membre de la première Assemblée nationale et de la Convention*, écrite
à Paris en Messidor, deuxième année de l'ère républicaine (vieux
style, 27 juin 1794), en Suisse et se trouve à Paris chez Maradan
(an III, in-8, 66 pages).

Une réimpression récente en a été faite dans la *Revue de la Révolution française* dirigée par M. Aulard, nos des 14 août et 14 septembre
1892. (V. sur cette *Notice* une longue note relative à l'époque de sa
rédaction, fort controversée, et à la valeur historique qu'on lui doit
attribuer, ch. I, § 6, page 42 et la note).

(3) Notice de Mignet prononcée à l'Académie dans ses *Notices et
Portraits* (Charpentier 1854, tome I, p. 71).

Quant à l'étude constitutionnelle d'Edmond de Beauverger, remontant à 1851, elle n'est « qu'un léger aperçu des idées de Sieyès sur la Constitution et l'organisation sociale » (1).

IV

La tâche était donc belle, le champ vaste. Ecrire la longue vie de l'abbé Sieyès ; — montrer quel fut son rôle politique de 1789 à 1799 ; — démêler la vérité à travers les pamphlets outrageants et les fades éloges d'académie (2) ; — juger impartialement l'homme, ses fautes, ses qualités, son caractère orgueilleux et égoïste, son talent à commencer, conduire et dénouer une action ; — étudier le philosophe et l'écrivain ; — parcourir ses conceptions législatives et administratives ; — examiner en détail ses opinions politiques, ses théories constitutionnelles, dans les différentes phases où elles se sont manifestées ; — tel a été le but que l'auteur s'est proposé d'atteindre. Un siècle s'est écoulé. Les temps ont changé ; après l'orage, le ciel est devenu serein, la mer calme. Peut-être lui sera-t-il permis de voir les écueils, de les éviter et d'arriver sain et sauf au port, c'est-à-dire à la vérité.

Dans ses jugements, s'abstenant de haine, d'amitié ou de colère, l'auteur s'efforcera de dire sans passion comme

---

(1) Sainte-Beuve, *op. cit.*
(2) L'éloge que nous avons en vue n'est pas celui de Mignet, mais le Discours du comte Siméon lors des funérailles de Sieyès le 22 juin 1836. (Voir Académie des Sciences morales et politiques à cette date).

sans faiblesse les actions, ainsi que les fautes de « cet
homme, dont le nom se rattache d'une façon étroite à de
si grandes dates, et qui, malgré de tristes défaillances est
assuré d'une gloire durable ». (1)

(1) M. Edme Champion, préface à l'édition récente de la brochure,
Qu'est-ce que le Tiers-Etat? publiée par les soins de la Société de l'Histoire de la Révolution. 1888, in-8. (Voir ch. VI, § I, note).

Paris, 23 octobre 1892.

PREMIÈRE PARTIE

L'HOMME

CHAPITRE PREMIER

L'HOMME DE 1789. — SA VIE JUSQU'AU DIRECTOIRE

I. Sa jeunesse, 1748-75. — II. Son adolescence, 1775-87. — III. Débuts de l'homme d'action, 1787-1789. — IV. Son rôle important aux Etats-Généraux et à la Constituante. — V. Sa retraite sous la Législative. — VI. « Sieyès muet! » sous la Convention, valeur de cette assertion.

I

Dans la ville de Fréjus, le 3 mai 1748, à 7 heures du matin, naquit un enfant chétif, malingre, sans voix. Cet être à peine viable, dont le souffle devait durer plus de 88 années, était Emmanuel-Joseph Sieyès (1).

Sa famille nombreuse (2), d'honnête bourgeoisie, d'une fortune médiocre, jouissait, dans le pays, d'une certaine considération. Le père, Joseph-Matthieu Sieyès, était contrôleur des actes, charge qui revint de droit à l'aîné

---

(1) La prononciation exacte est Si-ès (voir Camille Desmoulins, *Lettre aux habitants de Guise* en date du 19 juillet 1789 : « ... Le nom du citoyen Sieyès, que l'on doit prononcer Si-ès... »

(2) Il était le cinquième enfant, et ne fut point le dernier, car, après lui, il en naquit deux autres.

des enfants. Sa mère, fille d'un négociant de Marseille, pieuse femme, qui caressait le projet de le destiner à la carrière ecclésiastique, se chargea de sa première éducation.

Ainsi, dès le berceau, les événements le courbent sous leur puissance; les premières phases de sa vie s'accomplissent, indépendantes de sa volonté.

Mis d'abord chez les Jésuites de Fréjus, qui voulurent l'envoyer à leur pensionnat de Lyon, il acheva ses premières études chez les Doctrinaires de Draguignan. Ceux-ci remarquèrent son intelligence et engagèrent ses parents à le faire prêtre. La nature indépendante et même un peu sauvage d'Emmanuel contraria longtemps cette idée. Ses camarades, par une sorte d'engouement dont étaient pris tous les jeunes gens de l'époque, se ruaient vers le métier des armes. Les goûts du futur abbé l'eussent entraîné à suivre leur exemple; sa faible santé, sa complexion maladive, les instances et les sollicitations de sa famille, la protection que lui promettait l'évêque de Fréjus, le forcèrent à suivre une profession « qui lui répugnait! » (1)

Le jeune Sieyès (il avait alors quinze ans) vint à Paris au séminaire de Saint-Sulpice, où il tomba dans une mélancolie profonde. Ce fut là l'origine de son irritabilité nerveuse, de son penchant à la méditation, de son austérité. Pendant les heures de récréation, fuyant la compagnie de ses condisciples, il errait, dans la cour, seul, avec ses pensées. C'est ainsi que se façonna son esprit sérieux, réfléchi, philosophique, que naquit cette habitude de silence dont il ne se départit jamais pendant

---

(1) Il fut toujours hostile et rebelle à cette profession; les supérieurs du séminaire de Saint-Sulpice qui, au sujet de sa vocation ne conservaient guère d'illusions, crurent devoir prévenir l'évêque de Fréjus « que leur élève n'était nullement propre au ministère ecclésiastique ». (Notice, *loc. cit.*)

toute sa vie. Lui-même, il déclare qu'entraîné par ses goûts, ou peut-être obéissant au seul besoin de se distraire, de consumer son temps et son activité, il recherchait de préférence la philosophie et la musique qu'il cultivait même avec passion (1). Hormis l'histoire (2) qu'il dédaignait, — car, selon lui, juger de ce qui se passe par ce qui s'est passé, « c'était juger du connu par l'inconnu », — il absorbait tout sans méthode : mathématique, littérature, métaphysique, morale, économie, avouant « qu'aucun livre ne lui procurait une satisfaction plus vive que ceux de Locke, Condillac et Charles Bonnet ; il rencontrait en eux des hommes ayant le même intérêt, le même instinct et s'occupant d'un besoin commun. » Helvétius, qu'il ne cite point, par oubli sans doute, lui fournissait ses plus chères délices. Ses supérieurs, prétend-il, conçurent quelque crainte de cette précocité maladive : « Sieyès, aurait dit une note de leur registre, montre d'assez fortes dispositions pour les sciences, mais il est à craindre que ses lectures particulières ne lui donnent du goût pour les nouveaux principes philosophiques. » (3) Cependant on ne doit toujours accepter que sous une certaine réserve ces aveux, ces quasi-louanges que les autobiographes même les plus intègres aiment parfois à se décerner à titre gratuit.

D'aucuns racontent aussi que son professeur de dogme,

---

(1) On trouve dans ses manuscrits de jeunesse, outre de nombreux essais philosophiques et économiques, un *Catalogue de ma petite musique* qu'il composa lors de son séjour au séminaire.

(2) Dans ses *Vues sur les moyens d'exécution* (1788) se trouve reproduit en entier un fragment qu'il écrivit vers 1772 dans lequel se témoigne son dédain des faits existants : « Je laisse les nations formées au hasard ! » n'hésite-t-il pas à dire.

(3) Voir Notice, *op. cit.*

admirant ses controverses juridiques et la vivacité avec laquelle il saisissait au vol la nuance la plus imperceptible pour
affaiblir ou servir un argument, se serait écrié en s'adres-
sant à ses élèves : « Ne prenez pas garde à moi, écoutez-
le! » Rien n'est moins prouvé. Fut-ce en raison de cette
précocité maladive et malsaine, à l'avis des supérieurs de
Saint-Sulpice? fût-ce un ordre de ses parents? toujours
est-il qu'on le transféra au séminaire de Saint-Firmin
dans le quartier Saint-Victor.

II

En 1775, il obtient sa licence en Sorbonne et reçoit la
prêtrise; il avait 24 ans. Plusieurs évêques, connaissant
l'éloge que l'on faisait de ses hautes qualités briguèrent
l'honneur de l'avoir comme grand vicaire; ce fut M. de
Lubersac, évêque de Tréguier, qui l'emporta. L'abbé Sieyès
obtint un canonicat et siégea comme député du diocèse
aux Etats de Bretagne. La classe privilégiée se livrait dans
cette province aux injustices les plus grandes et aux exac-
tions les plus flagrantes. Ne serait-ce point de cette époque,
l'origine de sa haine contre la noblesse?

Lorsque M. de Lubersac partit à Chartres, il emmena
« son manuel », comme il disait, afin de lui soumettre, ce
qu'il ne manquait jamais de faire, la solution des questions les plus ardues de sa gérance.

Ce fut alors qu'il apprit sa nomination de sacristain de la
chapelle de Mme Sophie de France, fonction honorifique
qui, jointe à sa Chapellerie de Tréguier, lui faisait un revenu d'environ 13,500 livres de rente (1) et non 28,000
comme on l'a prétendu à tort.

(1) Nous citons ce chiffre aujourd'hui établi, qui nous servira plus

Cette brillante situation ne l'empêchait point de cumuler les fonctions de chanoine de Chartres, chancelier de la cathédrale, vicaire général... Et pourtant elle ne lui donnait aucun goût pour sa profession, car il s'abstenait de confesser, de prêcher. Vivant le plus souvent à Paris en raison de sa charge de conseiller-commissaire à la Chambre supérieure du Clergé de France, poste qui lui fut dévolu par le diocèse de Chartres grâce à ses connaissances administratives, — il étudiait le mouvement philosophique, lisant l'*Encyclopédie*, échafaud littéraire, abattant les idées comme plus tard la Convention coupait les têtes ; fréquentant assidûment les philosophes et les économistes, en particulier Turgot, du Terray, le baron d'Holbach. Les matières de gouvernement l'attiraient surtout ; et dans son esprit germaient et grandissaient les théories du pouvoir politique, qu'il devait faire prévaloir plus tard.

Les doctrines philosophiques entraient alors en pleine effervescence. C'était une lutte théorique entre trois partis : Qui triompherait ? De la souveraineté démocratique et naturelle de Rousseau ; ou bien de l'Ecole historique anglaise de Delolme et Montesquieu ; ou enfin de l'école négative et railleuse dont Voltaire était le chef ?

Sieyès ne disait rien ; il se renfermait dans le silence le plus profond, laissait dire, écoutait, réfléchissait. Il comparait entre eux ces écoles ; de cette comparaison devait sortir une théorie dogmatique (1) qui

tard à expliquer son discours sur *le rachat de la dîme*. (Voir p. 32). Sieyès, dans sa notice, estimait son patrimoine de 46 à 47,000 livres, qu'il économisait dans le dessein de se retirer aux Etats-Unis d'Amérique. Mais ce n'est là qu'une addition faite après coup. Ce n'est pas 7 à 8000 livres de rente, mais 13,500, en comptant les rentes viagères qu'il avait sur l'Hôtel de Ville. (Voir plus loin, chap. III, § 2, sa fortune.)

(1) Sur la théorie dogmatique de l'abbé Sieyès et les emprunts qu'il

était les trois systèmes à la fois et qui n'était d'aucun. (1)

III'

Cependant, Sieyès n'était point si timide et si calme qu'on pourrait le penser. En action, il recourait déjà aux moyens violents :

Les Chambres du Parlement avaient été exilées à Troyes pour refus d'enregistrer un nouvel impôt. Sieyès donna le conseil de se rendre sur le champ au Palais *« de faire arrêter et pendre le ministre* signataire d'ordres évidemment arbitraires, illégaux et proscrits par le peuple! »* De cette mesure énergique, il augurait le plus grand succès; son avis ne prévalut pas. Ce fut là son premier début violent dans la vie politique.

En 1787, par suite de ses connaissances administratives, élu à l'Assemblée provinciale d'Orléans, il présida la Commission intermédiaire, prélude des Etats-Généraux dont on commençait à demander instamment la Convocation. Argu-

---

fit aux différentes écoles philosophiques du XVIIIᵉ siècle, voir plus loin, ch. VII, § 2, *Sieyès et les écoles philosophiques du* XVIIIᵉ *siècle.*

(1) C'est vers cette époque qu'il convient de placer l'anecdote suivante racontée par Mignet, dans sa *Notice* :

« En 1788, dans un de ses fréquents voyages de Chartres à Paris, Sieyès se promenait un jour aux Champs-Elysées avec l'un des plus illustres membres de l'Académie. Il fut témoin d'un acte de brutalité commis par le guet, qui était alors chargé de la police de Paris : une marchande occupait dans les Champs-Elysées une place où elle ne devait pas se tenir, et d'où le guet l'expulsa violemment. Tous les passants s'arrêtèrent et firent éclater des murmures : M. Sieyès, qui était du nombre, dit : « *Cela n'arrivera plus lorsqu'il y aura des gardes nationales en France.* » (Mignet, *op. et loc. cit.*)

mentateur subtil, métaphysicien profond, l'homme à systèmes apparut, et se fit remarquer par son opposition
continuelle et systématique, souvent embarrassante aux
anciens principes et à toutes les vues du gouvernement.
Loménie de Brienne, alors ministre, en fut informé, et par
instructions secrètes à l'abbé de Cézarges, son confident,
il offrit à Sieyès une abbaye de 12,000 livres de rente.
Depuis ce moment, Sieyès, dans l'assemblée, changea entièrement de ton, et ceux qui ne savaient point son secret, s'étonnèrent (1); cette anecdote ne fait aucun doute,
Bertrand de Moleville, son contemporain, l'affirme d'une
façon formelle et péremptoire : « Il ne tint qu'à une abbaye
de 12,000 livres de rente et à une étourderie de moins de
la part de l'archevêque de Sens que l'abbé S...., (Sieyès)
ne fût un des apôtres les plus zélés de l'ancien régime.
C'est sur le témoignage de plusieurs personnes entièrement
dignes de foi que j'atteste le fait, sans *craindre d'être dé-
menti par l'abbé S..... lui-même..* » (2) On ne peut être
plus bref et plus digne de foi.

(1) C'est aussi l'avis de M. Taine dans ses *Origines de la France
contemporaine* (Ancien régime, 4e édition, Hachette 1877, voir p. 420):
« Sieyès, écrit-il, leur en veut (aux privilégiés) de l'abbaye qu'on lui
a promise et qu'on ne lui a pas donnée. Chacun, outre le grief général a son grief particulier.

(2) Voir Bertrand de Moleville, *Mémoires sur la Révolution de France*
pendant les dernières années du règne de Louis XVI (Giguet, an IX, 1801)
t. I, note 2. — Le rôle de l'historien est d'être impartial et de restituer
à chacun ce qui lui est dû. De même que nous devons relater la biographie exacte de l'homme, de même nous saurons apprécier ses mérites et ses qualités. Voici, brièvement racontée, l'anecdote rappor-
tée par Bertrand ·de Moleville :

L'archevêque de Sens, alors ministre, demanda à M. de L..., membre du département d'Orléans, le moyen de s'assurer de Sieyès: (ici
nous citons) : « Il n'y en a qu'un, c'est de l'enchaîner non avec du
fer, mais avec des chaînes de bon or. — Quoi! vous croyez qu'on
pourrait le gagner? — Je n'en doute pas ; il n'est pas riche, il aime

La promesse du ministre n'ayant pas été tenue, le futur
auteur de *Qu'est-ce que le Tiers-Etat?* se serait considéré

---

la dépense, la bonne chère, et par conséquent l'argent. — Combien
faudrait-il lui donner? Croyez-vous qu'une pension de 6000 livres sur
une abbaye fût assez? — Non, il vaut mieux que ça. — Eh bien!
douze. — Fort bien!... mais au lieu de les lui donner en pension,
donnez-lui une abbaye de la même valeur; il est d'une basse extrac-
tion et plein de vanité, une abbaye le flattera beaucoup, et vous pouvez être sûr d'en être bien servi!... »

Loménie de Brienne adressa en conséquence à l'abbé de Cézarges
des pouvoirs ostensibles, et lui remit une lettre à montrer au besoin
à l'abbé S..... (Sieyès)... »

A peine l'Assemblée d'Orléans fut-elle séparée, ce dernier se rendit à Versailles et se présenta chez l'archevêque de Sens. Il attendit
en vain pendant deux heures dans l'antichambre, le moment d'être
introduit dans le cabinet du ministre. Voyant enfin qu'il ne le faisait
pas appeler, il engagea un valet de chambre à aller l'annoncer une
seconde fois, mais il n'en fut pas plus avancé; ce valet de chambre
lui rapporta pour toute réponse, que Monseigneur était très occupé,
et ne pouvait voir personne. L'abbé convaincu qu'on s'était joué de
lui, sortit plein de rage contre le cardinal, et de dépit d'avoir cédé
aussi facilement à la corruption, mais surtout d'en avoir toute la honte
sans aucun salaire. . . . . . »

L'abbé de Cézarges, le jour même, essuya ses reproches et ses in-
vectives amères; il en avertit le ministre qui fit prier Sieyès de revenir le voir, prétextant que « son valet de chambre avait tellement
estropié le nom qu'il n'avait pu le reconnaitre. » Cette demi-excuse
« calma sa grande colère et ranima un peu ses espérances ».

Il fit une deuxième visite le jour où le ministre donnait audience;
malheureusement, comme il ignorait la tactique des audiences ministérielles, n'étant pas annoncé, il attendit en vain que l'archevêque vînt
à lui. Le ministre rentra dans son cabinet, laissant, dans le salon,
Sieyès confondu, transporté de fureur, et plus convaincu que jamais
qu'il était pris pour dupe.

Quelque temps après parut son premier pamphlet : *Moyens d'exécution* où il inséra la diatribe la plus sanglante qui ait été faite
contre l'archevêque de Sens.

Bertrand de Moleville, comme références, affirme tenir cette anecdote de M. de L..., mais aussi de l'abbé de Cézarges et du baron de Breteuil qui, en juillet 1789 renouvela la même tentative. Cette fois encore
Sieyès se serait offert pour 15,000 livres. Ceci semble moins prouvé.

comme dégagé (1). Ce fut l'année suivante que le ministère de Loménie de Brienne se décida à tenter une convocation des Etats pour obtenir des subsides; mais hésitant, il crut devoir inviter les publicistes à faire connaître leurs idées sur la question.

A peine la nouvelle se fut-elle répandue, que pamphlets, opuscules, libelles, simples feuilles s'abattirent partout comme des grêlons; c'était les escarmouches précédant les grands combats. Avant les luttes de la Tribune commençaient celles de la plume, souvent passionnées.

Ce fut alors que Sieyès surgit; son mérite apparut; il eut à peine écrit que sa réputation fut faite.

Dans l'été de 1788, ses trois premiers factums sont composés et publiés :

1. *Vues sur les moyens d'exécution dont les représentants de la France pourront disposer* (2).

Convaincu que les Etats de 1614 n'avaient produit aucun résultat, il établissait dans trois propositions : — Que les Etats-Généraux ont le droit de législation; — qu'il ne tient qu'à eux de l'exercer librement; — qu'ils peuvent rendre permanent et indépendant le résultat de leur délibération.

2. *Essai sur les Privilèges* (3) où il enseignait au Tiers-Etat son droit et sa force. Il osait même prononcer le mot terrible : Révolution!

3. Enfin en janvier 1789, sous le voile de l'anonyme

---

(1) Voir au chapitre III ce qui est dit sur le caractère intéressé et avide d'argent de l'abbé Sieyès, assertions prouvées et documentées.

(2) Composée dans l'été de 1788, cette brochure ne parut que trois mois après le *Qu'est-ce que le Tiers-Etat?* — Mars, 1789, in-8.

(3) *Essai sur les Privilèges*, s. l. n. d., nov. 1788, in-8 de 48 pages anonyme. Une nouvelle édition fut publiée en 1789, s. l. n. d., in-8 de 54 pages. Enfin voir une réimpression récente dans l'édition critique de *Qu'est-ce que le Tiers-Etat?* par Edme Champion, 1888, in-8. Cf. l'analyse raisonnée de ce libelle, chap. VI, § 4.

parut le plus important des trois : celui que Malouet accusait d'avoir « perverti » l'esprit public :

Qu'est-ce que le Tiers-Etat? Tout.

Qu'a-t-il été jusqu'à présent dans l'ordre politique? Rien!

Que demande-t-il? A devenir quelque chose! (1)

Ces brochures publiées à quelques mois de distance,
(dans l'intervalle qui s'écoula entre la dissolution de l'Assemblée des notables, et la réunion des Etats-Généraux),
retentirent comme trois coups de tonnerre; et du cœur
de Mirabeau s'exhala, dans un cri, cette parole d'espoir :
« Il y a donc un homme en France! »

Elles foudroyèrent l'état social existant. C'était la lutte
qui commençait; lutte entre le privilège et le droit commun, lutte entre le gouvernement représentatif et le gouvernement absolu. L'abbé Sieyès l'annonçait et ouvrait le
feu par trois coups de hardiesse, hardiesse téméraire,
puisque peine de mort était prononcée contre les auteurs
d'ouvrages tendant à troubler l'ordre établi.

L'enthousiasme fut grand. Le dernier ouvrage surtout,
qui n'a rien du pamphlet (2), comme on l'a prétendu à
tort, échauffa le zèle des ardents, épouvanta la cour et les
privilégiés; on comprit que la nation, muette jusques
alors, allait parler. Malgré l'anonyme, l'auteur fut reconnu;
c'était l'opposant systématique des Etats d'Orléans. Ce
libelle eut d'immenses résultats; il servit de ralliement, de
fanal, à l'opinion publique qui comprenait qu'elle devait
vouloir quelque chose, mais ne savait ce qu'elle voulait.
Ce fut l'étincelle tombant sur la poudre, prête à la rece-

_____

(1) *Qu'est-ce que le Tiers-Etat?* composé pendant les notables de
1788, publié en janvier 1789, in-8, 3e édition. Voir pour la Bibliographie le chap. VI, § 1, note, consacré exclusivement à l'étude approfondie de cet ouvrage.

(2) Voir la thèse soutenue à ce sujet, chap. VI, § 2.

voir, et propageant l'incendie. L'effet apparut, effrayant, plus grand encore que celui produit par le *Bon Sens* de Paine, cette logique de deux feuilles, à la portée de tous les esprits, qui bouleversa plus les colonies anglo-américaines, à elle seule, que toutes les argumentations les plus philosophiques et les plus dissertes (1). Aujourd'hui, après un siècle écoulé, on aurait peine à comprendre l'enthousiasme qu'il provoqua si on ne faisait au préalable la part des passions du moment. Il répondait au besoin général. Aussi eut-il un succès retentissant : plus de 30,000 exemplaires enlevés en quelques semaines; plus d'un million de lecteurs s'en arrachant les feuillets et le lisant à haute voix sur les places, dans les lieux publics. Les passants, les voyageurs ne s'abordaient plus qu'en se disant : « Avez-vous lu le Tiers ? Etes-vous ou es-tu Tiers-Etat ? » Tel l'enthousiasme de La Fontaine après une lecture de Baruch. Détruisant toutes les opinions qu'il avait combattues, il séduisit, entraîna, subjugua les esprits; la confiance augmenta, les timides se fortifièrent en y puisant çà et là quelques proverbes politiques. Et pourtant, comme mérite principal, Sieyès n'avait eu seulement qu'à concentrer et résumer l'esprit révolutionnaire du temps (2). — Bien qu'il ne fut ni du club Duport, ni du Club des Enragés, d'avoir dit au peuple : *Tu es tout!* fit de l'abbé Sieyès le sphinx de l'opinion.

Quand les Assemblées de Bailliages sont convoquées,

---

(1) Franklin participa à ce pamphlet de M. Paine (février 1776) tiré à 100,000 exemplaires.

(2) Il ne demandait qu'à être conduit dans cette voie et dans cette attente s'épanchait en brochures. D'autres écrivains, Servant entre autres, concurremment avec Sieyès, spéculaient déjà sur les devoirs de l'Assemblée. La brochure de Sieyès n'innova donc pas, mais généralisa les revendications du Tiers.

l'auteur du *Tiers-État* ne reste point inactif. A la hâte, il rédige un *Plan de Délibérations pour les Assemblées de Bailliages* (1). La méthode à suivre dans la rédaction des cahiers y est présentée, et à cette occasion l'auteur donna son opinion sur la plupart des questions qui purent surgir. Deux phrases suffisent à en faire connaître l'esprit : « Que tous les privilèges qui divisent les ordres soient révoqués. — Le Tiers-État est la nation. » Il y foudroie encore les privilégiés; déclare nettement que le Tiers-État ne peut voter en commun avec eux, proclame la puissance de la nation et présente les droits politiques sans aucune restriction. Nul pouvoir ne peut être arbitraire : le législatif réside essentiellement dans la volonté nationale. Dans ce plan se trouvait aussi indiqué cette transformation territoriale de la France qui, réalisée en partie l'année suivante, fonda définitivement l'unité du pays.

Ce plan de travail, dont l'Assemblée, pour guider son inexpérience, devait se servir en maintes circonstances, eut un énorme succès. Le duc d'Orléans en prit copie et l'envoya dans tous les bailliages de ses domaines; il y joignit une *Instruction à ses représentants*, que l'on attribua longtemps, mais à tort, à Sieyès (2). Ces deux opuscules qui parurent ainsi sous une tutelle compromettante, figurèrent parmi les reproches les plus sérieux qui lui furent présentés plus tard, aux journées d'octobre, lorsqu'on l'accusa d'être un des chefs de la faction d'Orléans.

Cette faction, aux dires de Bertrand de Moleville, avait

---

(1) 1789, in-8, trois éditions.

(2) Sieyès n'est l'auteur que des *Délibérations;* quant à *l'Instruction donnée par S. A. S. Mgr le duc d'Orléans à ses représentants aux Bailliages*, elle fut bien rédigée par le marquis de Limon, seulement comme elle était suivie de l'opuscule de Sieyès, il y eut confusion d'où est née l'erreur.

pour but d'élever le duc d'Orléans à la place de lieutenant-général du royaume : « Ce prince incapable, par son défaut d'énergie et de caractère, d'être le chef d'un parti quelconque n'était, à proprement parler, que le mannequin de sa faction; il lui prêtait son nom, lui donnait son argent et la laissait faire. Elle tenait ses comités secrets à Montrouge près Paris; Mirabeau l'aîné, *l'abbé Sieyès*, Laclos et Latouche en étaient vraiment les chefs (1). » C'est de ce comité que partit l'impulsion au mouvement révolutionnaire. Les récits historiques témoignent qu'aux insurrections et aux attentats sans nombre de l'époque, se trouvaient souvent mêlés des cris de « Vive le duc d'Orléans! » (2) Il était donc tout simple qu'il fut plus

---

(1) Au tome I de ses *Mémoires*, expliquant la conduite et les actions du duc d'Orléans à l'époque des élections, Bertrand de Moleville, témoin oculaire, s'exprime ainsi à son sujet :

« Le duc d'Orléans, uniquement occupé à cette époque des moyens d'acquérir une grande popularité.... affichait le plus grand dévouement pour la cause du Tiers-État et la plus tendre sollicitude pour le soulagement du peuple. On le vit passant subitement de la cupidité la plus sordide à la plus éclatante prodigalité, faire distribuer du pain aux pauvres dans presque toutes les paroisses de la capitale; faire allumer de grands feux dans les jours les plus froids sur les places et dans les principales rues, louer deux remises près le Palais de Bourbon et y établir des cuisines où ses propres cuisiniers faisaient rôtir de grosses pièces qu'ils distribuaient aux malheureux avec le pain qui leur était nécessaire. Ces actes de libéralité proclamés avec autant d'exagération que d'emphase par tous les journalistes lui concilièrent la faveur du peuple à un degré très inquiétant pour la Cour, contre laquelle il conservait depuis son dernier exil, une animosité qu'il ne dissimulait plus. « (Bertrand de Moleville, *Histoire de la Révolution* pendant les dernières années du règne de Louis XVI, p. 147 et suiv.)

On tient aussi du baron de Breteuil que le duc d'Orléans, Lafayette, Barnave, Chapelier, Lally, Tolendal et surtout Sieyès étaient désignés, après le 23 juin, comme victimes impérieusement réclamées pour le salut du trône et de l'Etat.

(2) Notamment à l'insurrection du 12 juillet 1789.

tôt et mieux instruit que personne des agitations de la capitale et de leur objet, puisque c'étaient leurs agents qui
contribuaient ordinairement à les exciter. Quelle que soit
la vérité au sujet de ces journées des 5 et 6 octobre, di-
rigées par la faction, l'abbé Sieyès semble ne pas y être
demeuré indifférent, puisque le comte de la Châtre certi-
fia, sous la foi du serment, dans la procédure du Châtelet,
lui avoir entendu dire : « Je ne comprends absolument
rien au mouvement actuel ; cela marche en sens contraire ! » (1) De plus sa conduite ultérieure paraît avoir
justifié l'accusation.

Les élections eurent lieu. Malgré son excessive popularité, l'abbé Sieyès ne dut qu'à un incident d'être nommé
aux Etats-Généraux de Paris (2).

Les électeurs du Tiers-Etat avaient formellement déclaré
qu'ils ne porteraient leurs suffrages que sur des membres
de leur ordre ; point de nobles, exclusion formelle des
ecclésiastiques ! Nul ne devait y faillir. Dix-neuf élections
avaient eu lieu ; la vingtième manquait de candidat sérieux.
Quelqu'un lança le nom de Sieyès. Cette proposition fit
naître de grandes difficultés, eu égard aux inconvénients
déjà observés, de ce mélange des ordres. Cependant le mérite
de l'auteur du *Tiers-Etat* était d'une certaine considération,
et son ouvrage paraissait un titre plus que suffisant pour
réunir en sa faveur la majorité des suffrages ; il fut élu
grâce à une faute heureuse de Bailly (3).

Ce fut en soutenant sa candidature qu'il conseilla instamment aux électeurs de faire à leurs élus certaines re-
commandations utiles, nécessaires, entre autres : — Com-

(1) Voir les *Documents* sur la procédure des journées d'octobre.
(2) Voir Bailly, *Mémoires, op. cit.*, tome I, p. 47.
(3) Voir Bailly, *op. cit.*, tome I, p. 59.

mencer par une déclaration des Droits sur lesquels repose le contrat social; — ne reconnaître la dette royale et n'autoriser un emprunt quelconque qu'après avoir arrêté les principaux articles d'une Constitution.

C'était le rôle politique de Sieyès qui commençait.

IV

L'heure est arrivée. L'abbé Sieyès apporte aux États avec son talent d'administrateur et sa logique, la même haine pour le clergé que le comte de Mirabeau pour la noblesse. Remarque curieuse de voir ces deux hommes ennemis irréconciliables d'une caste où le hasard de leur naissance les avait jetés, malgré eux! Animés de sentiments semblables, ils vont conduire le vaisseau de la Révolution, l'un comme un capitaine, ardent, actif; l'autre comme un pilote, calme, rêveur, dont les actes et les œuvres apparaîtront comme de profondes et substantielles analyses.

Dès les premières séances des Etats-Généraux, on le voit exposer et développer le programme qu'il a conçu; il est court, et cependant terrible, ce programme : Garantir les propriétés des deux ordres privilégiés, mais détruire leurs prérogatives honorifiques, ou du moins, pour employer ses propres termes « poser des jalons afin de faciliter la tâche à ses successeurs ». N'est-ce pas là l'homme même, ennemi implacable de toutes les vieilles institutions et des abus qui s'y étaient attachés comme la rouille sur du fer?

Le premier acte révolutionnaire ne se fit pas attendre. L'honneur en revint à l'abbé Sieyès; lui seul pouvait en avoir l'idée et le courage : « Sa métaphysique était né-

cessaire, confesse un de ses contemporains (1). Sur d'autres objets, l'Assemblée avait de grands talents et M. l'abbé
Sieyès pouvait être remplacé. Ici il était le seul qui, dans
ces circonstances nouvelles put avoir une idée assez nette des
pouvoirs pour tracer cette marche de la sommation, de l'appel, du défaut, et qui dans la suite, par une conséquence
de ses principes, put indiquer un mode de Constitution. »

Quant à la vérification des pouvoirs, les deux ordres
privilégiés élevaient des retards, des oppositions, des difficultés de tous genres. Rabaud Saint-Etienne était d'avis
qu'on envoyât 16 commissaires pour conférer avec un
nombre égal de députés choisis dans la noblesse et le
clergé; Chapelier voulait une invitation. Sur la provocation
de Mirabeau, Sieyès frappe un grand coup; le mercredi,
10 juin, au milieu du plus profond silence, il se lève; sa
voix est calme; sa parole rigoureuse, inflexible.

« Depuis l'ouverture des Etat-Généraux, prononce-t-il,
les Communes (lisez le Tiers-État) ont tenu une conduite
franche et impassible; elles ont eu tous les procédés qui
leur permettait leur caractère à l'égard de la noblesse et
du clergé, tandis que ces deux ordres privilégiés ne les ont
payées que d'hypocrisie et de subterfuges. *L'Assemblée ne
peut rester plus longtemps dans son inertie*, sans trahir
ses devoirs et les intérêts de ses commettants. *Il faut sortir enfin d'une trop longue inaction.* » (2)

Un applaudissement unanime révèle dans toutes les
pensées celle de l'orateur. Celui-ci, avec la rigueur de ses
déductions, veut aller plus avant; il veut adresser aux

---

(1) Bailly, *op. cit*, tome I, p. 30.
(2) Voir *Moniteur universel* à cette date, 10 juin 1789.

deux classes une dernière sommation (1) de venir dans la salle des Etats concourir à la vérification commune des pouvoirs, et il en donne lecture. Elle avertissait que « l'appel général des Bailliages se ferait dans une heure, et qu'il serait donné défaut contre les non-comparants », c'est-à-dire que « les Communes (le Tiers-État) opéreraient comme les États-Généraux, le clergé ou la noblesse étant présents ou non ! » C'était mettre en pratique ce qu'il avait promis en théorie. Cette sommation dans la forme judiciaire était un coup inattendu ; la motion fut adoptée et Sieyès chargé de la formuler. Les députés du Tiers devenaient juges ; le mot *Invitation* fut toutefois substitué au mot *Sommation*.

---

(1) Voici la *Sommation* elle-même ; l'auteur a cru utile de la transcrire, d'abord comme pièce historique, ensuite pour en montrer l'âpre formule :

« Messieurs,

« Nous sommes chargés par les députés des Communes de France, (c'est à dire le Tiers-Etat), de vous prévenir qu'ils ne peuvent pas différer davantage de satisfaire à l'obligation imposée à tous les représentants de la nation ; il est temps, assurément, que ceux qui annoncent cette qualité se *reconnaissent* par une vérification commune de leurs pouvoirs et commencent enfin à s'occuper de l'intérêt national, qui seul, et à l'exclusion de tous les intérêts particuliers, se présente comme le grand but auquel tous les députés doivent tendre d'un commun effort ; en conséquence, et dans la nécessité où sont les représentants de la nation de se mettre en activité sans autre délai, les députés des Communes vous prient de nouveau, messieurs, et leur devoir leur prescrit de vous faire, tant individuellement que collectivement, une dernière invitation à venir dans la salle des Etats, pour assister, concourir, et vous soumettre, comme eux, à la vérification commune des pouvoirs... Nous sommes chargés, en même temps, de vous avertir qu'il sera procédé à cette vérification, tant en présence qu'en l'absence des députés privilégiés et donné défaut contre les non-comparants. »

Il s'en acquitta en termes polis et rigoureux (1) et, selon son expression énergique « il osa couper le câble du vaisseau que la mauvaise foi retenait encore au rivage. » La Révolution était faite; et comme le dit Henri Martin : « Le gant était jeté. »

Les Privilégiés s'obstinant dans leur refus d'obtempérer

---

(1) Ci-joint l'arrêté des Communes avec ses considérants. Ils servirent de préambule à la Sommation précédente qui, sur l'avis de Sieyès fut notifié aux deux ordres séparés :

« L'Assemblée des communes, delibérant sur l'ouverture de conciliation proposée par MM. les commissaires du roi, a cru devoir prendre en même temps en considération l'arrêté que MM. de la noblesse se sont hâtés de faire sur l'ouverture.

« Elle a vu que MM. de la noblesse, malgré l'acquiescement annoncé d'abord, établissent bientôt une modification qui le rétracte presque entièrement, et qu'ainsi leur arrêté, à cet égard, ne peut être regardé que comme un refus positif.

« Par cette considération, et attendu que MM. de la noblesse ne se sont pas même désistés de leurs précédentes délibérations, contraires à tout projet de réunion, les députés des communes pensent qu'il devient absolument inutile de s'occuper davantage d'un moyen qui ne peut plus être dit conciliatoire, dès qu'il a été rejeté par une des parties à concilier.

« Dans cet état de choses, qui replace les députés des communes dans leur première position, l'Assemblée juge qu'elle ne peut plus attendre dans l'inaction les classes privilégiées, sans se rendre coupable envers la nation, qui a droit sans doute d'exiger d'elle un meilleur emploi de son temps.

« Elle juge que c'est un devoir pressant pour les représentants de la nation, quelle que soit la classe des citoyens à laquelle ils appartiennent, de se former, sans autre délai, en assemblée active capable de commencer et de remplir l'objet de leur mission.

« L'Assemblée charge MM. les commissaires qui ont suivi les conférences diverses, dites conciliatoires, d'écrire le récit des longs et vains efforts des députés des communes pour tâcher d'amener les classes des privilégiés aux vrais principes ; elle se charge d'exposer les motifs qui la forcent de passer de l'état d'attente à celui d'action; enfin, elle arrête que ce récit et ces motifs seront imprimés à la tête de la présente délibération.

à ces sommations, le Tiers-État jugea qu'il était indispensable de procéder incontinent à la constitution de l'Assemblée en Assemblée active.

Audacieux et résolu, Sieyès n'hésite pas; le premier il va prendre la parole.

Le 15 juin 1789, devant la foule énorme qui s'était portée à la séance, il monte à la tribune :

« La vérification des pouvoirs étant faite, dit-il, il est indispensable de s'occuper sans délai de la Constitution de l'Assemblée.... Cette Assemblée est déjà composée de représentants envoyés directement par les quatre-vingt-seize centièmes au moins de la nation. La dénomination d'*Assemblée des représentants connus et vérifiés de la Nation française* est la seule qu'elle puisse adopter, tant qu'elle ne perdra pas l'espoir de réunir dans son sein tous les députés aujourd'hui absents... »

Cette dénomination effaçait bien les trois ordres, pour ne reconnaître que la nation, mais elle le disait trop longuement. Ce qu'il faut présenter au peuple, ce sont des formes plus simples, plus rapides, où la pensée se concentre ans un mot.

Le lendemain, le député Legrand (du Berry) qui durant

« Mais puisqu'il n'est pas possible de se former en Assemblée active sans reconnaître au préalable ceux qui ont le droit de la composer, c'est-à-dire ceux qui ont qualité pour voter comme représentants de la nation, les mêmes députés des communes croient devoir faire une dernière tentative auprès de MM. du clergé et de la noblesse qui néanmoins ont refusé jusqu'à présent de se faire reconnaître.

« Au surplus, l'Assemblée ayant intérêt à constater le refus de ces deux classes de députés, dans le cas où ils persisteraient à vouloir rester inconnus, elle juge indispensable de faire une dernière invitation qui leur sera portée par des députés chargés de leur en faire lecture et de leur en laisser copie dans les termes suivants : — (Suivent les termes de la sommation elle-même reproduite précédemment *in extenso*, voir *supra*, page 25, note 1.)

une session de 30 mois ne fit apparition que cette seule fois, trouva le mot vrai, unique : *Assemblée nationale* (1). Ce mot était partout, dans un arrêt du Conseil du 8 août 1788, annonçant la convocation des États, dans les cahiers, voire même dans la brochure *Qu'est-ce que le Tiers?* Ce fut un éclair pour Sieyès ; au moment du vote, il monte à la Tribune : « J'ai changé ma motion, s'écrie-t-il, je propose le titre d'*Assemblée nationale!* » Ce n'était point une usurpation, mais une revendication. Elle fut adoptée à la majorité de 491 voix contre 90.

Ce fut encore lui que les Communes chargèrent de motiver cette décision ; il s'en acquitta avec sa rigueur accoutumée (2).

---

(1) Nous avons tenu à rétablir la vérité historique. Ce ne fut donc pas Sieyès qui imagina ce titre. Il appuya seulement la proposition, ce qui déjà était d'un grand poids. (Voir le Journal de Bertrand Barère, le *Point du Jour*, n° 1.)

(2) « L'Assemblée, délibérant après la vérification des pouvoirs, re-
« connaît qu'elle est déjà composée des représentants envoyés directe-
« ment par les quatre-vingt-seize centièmes au moins de la nation.
« Une telle masse de députations ne saurait rester inactive par l'ab-
« sence des députés de quelques bailliages ou de quelques classes de
« citoyens, car les absents *qui ont été appelés* ne peuvent empêcher
« les présents d'exercer la plénitude de leurs droits, surtout lorsque
« l'exercice de ces droits est un devoir impérieux et pressant.

« De plus, puisqu'il n'appartient qu'aux représentants vérifiés de
« concourir au vœu national et que tous les représentants vérifiés
« doivent être dans cette Assemblée, il est encore indispensable de
« conclure qu'il lui appartient et qu'il n'appartient qu'à elle d'inter-
« préter et de représenter la volonté générale de la nation.

« Il ne peut exister entre le trône et l'Assemblée aucun *veto*, aucun
« pouvoir négatif.

« L'Assemblée déclare donc que l'œuvre commune de la restaura-
« tion nationale peut et doit être commencée sans retard par les dé-
« putés présents et qu'ils doivent la suivre sans interruption comme
« sans obstacle.

« *La dénomination d'Assemblée Nationale est la seule qui convienne à*

L'abbé Sieyès était devenu une puissance dans l'Assemblée.

A la séance du 23 juin, que devons-nous admirer? de l'apostrophe véhémente de Mirabeau au grand maître des cérémonies, le marquis de Dreux-Brézé, ou de la parole calme, méprisante que Sieyès laissa dédaigneusement tomber? Après la fougueuse répartie du grand tribun, l'abbé Sieyès demandait aux députés de qui ils étaient mandataires? du roi ou de la nation?

« Nous l'avons juré, messieurs, et notre serment ne sera pas vain, nous avons juré de rétablir le peuple français dans ses droits. L'autorité qui vous a institués pour cette grande entreprise, de laquelle nous dépendons et qui saura bien nous défendre, est, certes, loin encore de nous crier : C'est assez; arrêtez-vous. Au contraire, elle nous presse et nous demande une Constitution; et qui peut la faire sans nous? Qui peut la faire si ce n'est nous? Est-il une puissance sur la terre qui puisse vous ôter le droit de représenter vos commettants?

« *Messieurs,* ajouta l'orateur en descendant de la tribune,

---

l'Assemblée dans l'état actuel de choses, soit parce que les membres qui la composent sont les seuls représentants légitimement et publiquement connus et vérifiés, soit parce qu'ils sont envoyés directement par la totalité de la nation, soit enfin parce que la représentation nationale étant UNE *et indivisible, aucun des députés, dans quelque ordre qu'il soit choisi, n'a le droit d'exercer ses fonctions séparément de cette Assemblée.* -

« L'Assemblée ne perdra jamais l'espoir de réunir dans son sein
« tous les députés aujourd'hui absents; elle ne cessera de les appe-
« ler à remplir l'obligation qui leur est imposée de concourir à la
« tenue des Etats-Généraux. A quelque moment que les députés ab-
« sents se présentent dans la session qui va s'ouvrir, elle déclare
« d'avance qu'elle s'empressera de les recevoir et de partager avec
« eux, après vérification des pouvoirs, la suite des grands travaux qui
« doivent procurer la régénération de la France. »

(1) Voir Bailly, *op. et loc. cit.*, tome 1, p. 316.

*nous sommes aujourd'hui ce que nous étions hier!....
Délibérons!... »*

Et sans tenir compte des ordres du roi, sitôt les applaudissements apaisés et le calme rétabli, l'Assemblée déli-
béra.

Cependant, malgré ces succès, on le vit déclarer, dans
la séance du 24 juin, que « se reconnaissant peu d'apti-
tude à parler en public, il s'abstiendrait dorénavant
de paraître à la tribune. »

Ceci n'a rien qui doive étonner. Avec sa sagacité d'esprit, Sieyès s'aperçut bien vite que sa manière de discuter,
sèche, métaphysique, obscure, fatigante, pâlissait à côté
de l'éloquence passionnée de Mirabeau, de Cazalès, de
Barnave, de l'abbé Maury; aussi ne prit-il la parole que
très rarement, se contentant de faire présenter ses idées
par ses amis ou ses collègues.

Il disparut donc de la scène politique pour s'adonner
entièrement aux travaux des Comités; c'est à peine si de
temps à autre sa pâle figure reparut en public.

Lors de la question générale des mandats impératifs, il
soutint qu'il n'y avait pas lieu à délibérer *même sur le
fonds.* Ses motifs étaient « que la nation française devant
toujours se regarder comme légitimement représentée par
la pluralité de ses députés; ni les mandats impératifs, ni
l'absence volontaire de quelques membres, ni les protestations de la minorité ne pouvaient jamais ni arrêter son activité, ni altérer sa liberté, ni atténuer la force de ses sta-
tuts, ni enfin restreindre les limites des lieux soumis à sa
puissance législative, laquelle s'étend essentiellement sur
toutes les parties de la Nation et des possessions françaises. » (1)

---

(1) Voir *Moniteur,* 8 juillet 1789.

Le jour suivant, 8 juillet, il insista pour le renvoi des troupes qui, réunies autour de Paris et de Versailles, environnaient l'Assemblée, dont le roi, prétendait-il, voulait gêner les opérations : « C'est un outrage ! L'Assemblée doit être libre dans ses délibérations; elle ne peut l'être au milieu des baïonnettes. » (1) Il proposa l'idée de provoquer un armement général qui s'effectua plus tard sous la dénomination de *Garde nationale.*

Sieyès fut nommé membre du Comité de constitution. Il avait démontré dans son *Plan de Délibérations* (2), la nécessité de placer en tête de la Constitution une déclaration des Droits; on l'invita à y travailler le 16 juillet, et le 20, en même temps que Monnier, il fit présenter un projet (2) par le rapporteur Champion de Cicé. Ce projet fut rejeté à cause de son obscurité métaphysique; l'auteur s'emparait, pour ainsi dire, de la nature de l'homme dans ses premiers éléments et la suivait sans distraction dans toutes ses combinaisons sociales. La perfection même de ce système paraissait le rendre moins susceptible de devenir le catéchisme du peuple, et les partisans des privilèges qui en redoutaient la logique ferme et intrépide parvinrent à force d'éloges à le faire abandonner. Celui de Monnier ne fut pas plus heureux. L'Assemblée, après de longs débats, chargea un comité de cinq membres de revoir tous les plans présentés. Finalement on adopta celui de Monnier; Sieyès lui en garda rancune malgré les efforts de Barnave.

---

(1) *Moniteur universel*, 9 juillet.

(2) Voir *supra*, page 20.

(3) Ce projet fut publié par Sieyès sous le titre de : « *Reconnaissance et exposition raisonnée des droits de l'homme et du citoyen.* Versailles 1789, in-8.

Le 10 août il sortit de son silence ; les événements l'y
forcèrent, ses intérêts étaient en jeu.

Après la nuit du 4 août « cette Saint-Barthélemy des
privilèges » comme l'appelle Rivarol, on proposa de décréter que les dimes ecclésiastiques seraient abolies sans
rachat.

C'est alors, qu'avec le plus profond étonnement, on le vit,
lui, jusque-là, à la tête des novateurs, se jeter dans le feu
de la discussion pour s'opposer à cette mesure libérale.
On a essayé de le défendre. Voici, à notre avis, les mobiles
personnels qui dictèrent sa conduite :

Sieyès était ecclésiastique ; nous avons vu (1) qu'à ce
titre, il était possesseur de bénéfices sacerdotaux. Comme
l'intérêt fut toujours en partie le mobile de ses actions,
ce fut donc moins la conscience du député qui parla
que l'intérêt du bénéficier. Certes, l'abbé Sieyès n'était
pas partisan de la dîme, cela aurait été trop contradic-
toire avec ses idées. Il la regardait au contraire « comme
la prestation territoriale la plus onéreuse et la plus incommode pour l'agriculture » (2) ; ce qu'il attaquait,
c'était l'opinion qui s'accréditait qu'elle n'était point ra-
chetable. Dans son discours du 10 août, il prétendit que
la dîme était une propriété et non un impôt, assertion peu
digne d'un philosophe. Il s'indigna avec force contre la
spoliation du clergé, essayant de démontrer en juriscon-
sulte et en prêtre que la remise de la dîme ne profiterait
pas au peuple, mais aux propriétaires fonciers actuels,

---

(1) Voir *supra*, sa fortune en 1789, page 12 et ch. III, § 2, page 75.
(2) Voir l'opuscule qu'il fit paraître : *Observations sommaires sur
les biens ecclésiastiques.* Baudouin, 1789, in-8. Ses théories furent
d'ailleurs réfutées : 1° par A.-B.-J. Guffroy : *Lettre en réponse aux
Observations de l'abbé Sieyès,* — et 2° par T. S... (Servan l'aîné) *Réfu-
tation de l'ouvrage sur les biens ecclésiastiques.*

qui avaient acheté leurs terres ou en avaient hérité sous
la condition de la dîme; et cela aux dépens de l'Eglise. Il
proposa donc que les dîmes fussent rachetées, soit de gré
à gré, soit à un taux réglé par l'Assemblée. Une remise
sur le prix de rachat serait faite aux petits propriétaires. Il
évaluait le présent à 70,000,000 livres alors que les dîmes
rapportaient plus de 120,000,000 livres en valeur de l'époque. Ce fut alors qu'il prononça son fameux mot : « Ils
veulent être libres et ne savent pas être justes. »

Il y perdit quelque peu de sa faveur publique. Mais il
la releva le 7 septembre en faisant opposition à Mirabeau
et en se déclarant nettement contre le droit de *veto*,
même suspensif, qu'on voulait accorder au roi. Le discours
en lui-même est aride et froid, et le principe est un sophisme. Pour attaquer le système de l'influence du roi
dans la législation, il posa cet axiome : Dans une monarchie constitutionnelle, le roi peut être regardé comme
un simple citoyen; il n'est pas le pouvoir exécutif, il en est
seulement le dépositaire et le surveillant commis par la
nation. Tandis qu'en réalité il n'est pas un citoyen isolé,
il est au moins un premier magistrat, investi à ce titre de
prérogatives nécessaires à l'exercice de sa magistrature,
le grand citoyen collectif de la Constitution.

D'ailleurs, dans son *Dire sur la question* (1) qu'il fit
paraître à ce sujet, il prétendit que la question ne valait
même pas la peine d'être discutée, attendu qu'il avait
imaginé une Constitution dont la mise en pratique coupe-
rait court à toute difficulté. Son système n'eut même pas
les honneurs de la discussion; on en retrouvera plus tard
les idées fondamentales dans cette Constitution de l'an III,

---

(1) *Dire*, de Sieyès, *sur la question du veto royal*, sept. 1789, in-8.

dont Sieyès se montra toute sa vie ennemi implacable (1). Le veto fut adopté malgré lui et son *Dire*.

Il eut plus de succès dans le projet, qu'il fit présenter par Thouret, pour la nouvelle division du royaume en départements et en districts, projet digne d'éloges, qui, amendé dans certaines parties, réalisa l'unité nationale (2) (29 septembre).

L'année 1790 consista pour Sieyès dans son travail des Comités.

En janvier, il présenta un projet sur la répression des délits de la presse, rédigé avec beaucoup de soin, mais qui, bien que fort applaudi, ne fut pas mis en délibération(3).

C'est à ce propos qu'il développa son fameux plan pour l'institution des jurés en matière civile comme en matière criminelle (4). Malgré la brochure qu'il fit paraître deux mois après: *Aperçu d'une nouvelle organisation de la justice et de la police en France* (5), malgré la lecture qui en fut faite à l'Assemblée par le marquis de Bonnay, son opinion ne put prévaloir contre les critiques de Garat l'aîné et le jury ne fut introduit qu'au criminel (8 avril 1790).

Le 12 mai, Sieyès, de concert avec Tronchet, La Fayette, Bailly, Talleyrand, Mirabeau même, fut un des fondateurs du *Club de 1789* (6) sis au Palais-Royal. Ce club fut établi pour tenir en échec la fameuse *Société des Amis de la Constitution*, qui siégeait dans la vieille salle des Jacobins, alors en proie à des dissensions intestines et à des déchi-

---

(1) Voir plus loin, chap. I, § 6, page 46 et chap. VIII, § 1.
(2) Voir son analyse et sa discussion, chap. V, § 4, page 92.
(3) Voir plus loin l'étude approfondie, chap. V, page 89.
(4) Voir pour cette question, chap. V, page 98.
(5) Ce livre parut en mai 1790, in-8, chez Baudouin.
(6) Désigné dans la suite sous le nom de Club des Feuillants.

rements d'opinions violents; il en fut nommé président et, sur ses conseils, y entrèrent La Harpe, Chamfort, Chénier. Un journal fut créé sous la direction de Condorcet, Dupont de Nemours et Grouvelle. Les Jacobins s'inquiétèrent. Malheureusement, en raison du modérantisme de leurs opinions, le journal n'eut qu'une existence éphémère, le club tomba en discrédit, et Mirabeau, Sieyès, Rœderer, son lieutenant fidèle, revinrent siéger aux Jacobins.

C'est alors le summum de sa popularité, l'apogée de sa gloire. D'après l'expression même d'Etienne Dumont (1), il était l'oracle du Tiers-Etat; « Tout se réunissait pour le respecter, l'honorer, l'admirer » écrit André Chénier (2). Veut-il soumettre une idée? Cuzot demande la priorité. Paraît-il à la tribune? avant même qu'il ait pu articuler un mot, une triple salve d'applaudissements accueille sa personne; Rœderer l'associe publiquement à son plan d'institution du jury civil; Clermont-Tonnerre, le 8 avril 1790, s'écrie, dans un discours : « Qu'il me soit permis de me plaindre du silence que l'abbé Sieyès s'est trop longtemps obstiné à garder dans cette Assemblée ! » (3)

Mirabeau qui « l'aime et le révère comme un homme de génie (4), » ne cesse de l'appeler « le Maître! » et le 20 mai

---

(1) Voir Etienne Dumont (de Genève). *Souvenirs sur Mirabeau et les deux premières assemblées législatives*. Paris, 1832, in-8.

(2) Voir André Chénier (*Œuvres en proses*) Becq de Fouquières, Paris 1872, in-12, p. 18.

(3) Nous avons cité cette phrase de Clermont-Tonnerre, afin de montrer que la déclaration de Mirabeau qui va suivre était bien l'expression générale de l'Assemblée (voir *Moniteur universel* à cette date).

(4) Lettres à Rœderer : dans une autre lettre adressée à Sieyès, du 23 février 1789 : « *Mon maître* ! car vous l'êtes même malgré vous ! » Et dans une autre lettre à Rœderer : « Il suffit qu'il (Sieyès) soit d'un avis, pour que je sois sûr moi-même, sans examen, que l'on peut honnêtement et raisonnablement avoir cet avis ! »

1790, développant la pensée précédemment exprimée par Clermont-Tonnerre, déclare hautement à la tribune, après une éloquente esquisse de son collègue : « Que le silence et l'inaction de cet homme doivent être regardés comme une calamité publique ! » (1)

Le 17 juin, anniversaire de la Constitution des Etats-Généraux en Assemblée nationale, acte dont il fut le promoteur, les suffrages le portent à la présidence. Il refuse, mais ses excuses ne sont point agréées. Le discours qu'il prononce à cette occasion, « célébrant la Constitution de la Chambre des Communes en Assemblée nationale », est entrecoupé par de frénétiques applaudissements. Rassemblé autour du local de la Société de 1789, le peuple le réclame à grand cri, et lui fait une ovation (2).

En 1791, l'Assemblée dressant une liste de noms parmi lesquels on devrait choisir un gouverneur au prince royal, inscrit le sien avant même qu'il en soit présenté d'autres.

Cette même année, au mois de février, lorsque les principaux rouages de la nouvelle machine politique se furent mis en mouvement; lorsque s'organisèrent les administrations départementales, l'Assemblée électorale de Paris, l'élut membre du Directoire de cette ville. Il accepta, et dans cette charge s'occupa surtout des questions de détail concernant l'Instruction publique.

Mais ce qu'il refusa ce furent la dignité d'évêque constitutionnel et les fonctions épiscopales auxquelles [les électeurs de ce département voulaient l'appeler.

---

(1) Nous reviendrons sur cette apostrophe fameuse de Mirabeau en parlant de Sieyès orateur (chap. IV, p. 82). La citation du fragment entier (discours du 20 mai 1790, *sur le Droit de paix et de guerre*, montrera quelle part on doit attribuer à la sincérité du grand tribun, mise en doute par quelques membres de l'Assemblée, et par Thibaudeau dans ses *Mémoires*, ch. xv. (Voir la note, page 82).

(2) Voir *Moniteur universel*.

On le voit encore à la tribune (1), parler en faveur de
la tolérance des cultes, et exposer les motifs d'un arrêté du
département de Paris du 7 mai 1791, présenté par lui-
même en vue d'autoriser les prêtres non-conformistes à
disposer des édifices publics, inutiles au service de l'Etat,
pour le libre exercice de leur culte. La passion populaire,
agitée déjà par la constitution civile du clergé, s'était
émue; des voies de fait commises à la porte des temples,
dans les églises même; la tranquillité publique menacée;
la ville troublée, firent naître une pétition d'opposition.
Les ennemis de Sieyès, et ils étaient nombreux, l'attaquè-
rent; il présenta sa défense, soutenant son arrêté en termes énergiques. Dans un éloquent discours, au nom du
Comité de constitution dont il était membre, il proclama
la liberté de conscience, justifia les différents articles de
l'arrêté du directoire, et repoussa l'accusation de tendance au fédéralisme faite à ce département (2). Il conclut en proposant d'une façon nette et hardie d'approuver
l'arrêté sur la liberté des cultes et de déclarer explicite-
ment que les principes religieux appliqués par ledit arrêté
étaient conformes à ceux que l'Assemblée avait reconnus
dans sa déclaration des Droits.

Sur ces entrefaites survint la fuite du roi à Varennes.
La question de forme du gouvernement fut alors agitée.
L'Anglais Thomas Payne proposa d'établir une République
et dans le *Moniteur* (3) invita Sieyès, qu'il présumait républicain à manifester sa pensée. De là cette polémique
constitutionnelle (4), qui souleva contre l'auteur du

---

(1) Voir *Moniteur universel* à cette date.
(2) Voir *Moniteur univ.*, du 18 avril et suiv. 1791.
(3) Voir *Moniteur univ.* du 7 juin.
(4) Voir *Moniteur*, n° 187, 197 ; nous y reviendrons afin de l'étudier
plus longuement, voir chap. VI, § 5.

Tiers-Etat des attaques très vives et très violentes. Au club des Jacobins on allait jusqu'à l'accuser de projets contre-révolutionnaires, de vouloir ressusciter la noblesse, d'instituer deux chambres législatives, etc. (14 juin 1791).

Effrayé, il s'enferma dans un mutisme absolu : « Que voulez-vous, » disait-il à ses familiers, « si je prononce que deux et deux font quatre, les coquins font accroire au public que j'ai dit deux et deux font trois ! Quand on en est là, quel espoir d'utilité ? Il ne reste qu'à se taire ! » (1)

Il se tut; son silence commençait. On le vit se retirer du Comité de revision, dont les autres membres trouvaient ses idées trop absolues, trop métaphysiques, où son caractère orgueilleux, intraitable, ne cessait de manifester le plus profond mécontentement. Il se démit peu à peu de toutes ses fonctions et s'isola à la campagne où il se plongea dans la retraite et dans l'étude.

La distinction des ordres signalée à la nation comme une monstruosité, les priviléges et les privilégiés abattus, une assemblée nationale élevée, la liberté proclamée, les bases du gouvernement représentatif établies, une division nouvelle du territoire, un système général d'améliorations présenté, voilà quelle avait été l'œuvre de l'abbé Sieyès depuis 1789.

V

Sa figure disparaît, de plus en plus, à mesure que la Révolution s'avance et dévie; il reste complètement étranger à toute action politique. Son nom est inconnu sous la Lé-

---

(1) Voir *Notice sur la vie de l'abbé Sieyès,* loc. cit.

gislative où, du reste, par application de ses théories, aucun Constituant ne pouvait avoir le droit de siéger (1).

La nouvelle du 10 août 1792 parvint cependant à le tirer de sa torpeur. Il écrivit à un ami « si l'insurrection du 14 juillet a été la Révolution des Français, celle du 10 août sera celle des patriotes ». Et le philosophe ajoutait : « Mais le corps législatif s'est-il emparé de cette journée, et va-t-il la diriger sans partage en attendant la nouvelle Convention? »

VI

Comme en 1789, il dédaigna de se présenter aux élections. Mais trois départements, la Gironde, l'Orne et la Sarthe, se souvenant de son rôle actif et de son ancienne influence, lui accordèrent leurs suffrages pour siéger à cette Convention dont le premier il avait donné l'idée; Sieyès opta pour la Sarthe.

A son arrivée, la nouvelle Assemblée le nomme président; il refuse, n'acceptant que l'honneur d'en être secrétaire et membre du Comité de Constitution.

Dans le procès de Louis XVI, sur la question de l'appel au peuple, il dit simplement : « Non ! » Sur la demande du sursis, sa réponse fut la même. Quant à la deuxième question? Quelle sera la peine, il n'articula qu'un seul mot : « La mort » et la vota « sans phrase », ne prononçant pas l'épithète cynique qu'on lui a odieusement prêtée (2).

(1) Voir chap. VII, § 7, l'influence de Sieyès sur la Constitution de 1791.

(2) Le laconisme proverbial de Sieyès est presque devenu du bavardage tant le mensonge l'a fait parler dans l'histoire. Ce qu'il y a de pire c'est que souvent il n'a gagné que de l'odieux à tous ces mots

Sa perspicacité prévoyait-elle les conséquences qu'allait
avoir « cette tète de roi jetée à la face des nations », selon
l'audacieuse parole de Danton? Songeait-il aux guerres extérieures qui allaient survenir? Avait-il le pressentiment de
« cet infranchissable ruisseau de sang » qui allait couler
dans la Convention, pour en séparer les deux côtés? On le
croirait presque en voyant avec quelle lucidité d'esprit il
prophétise l'épilogue sanglant que va avoir ces divisions
intestines germant déjà entre les principaux partis de l'Assemblée (1). Son penchant naturel, ses opinions le portent
vers les Girondins; dans plusieurs conférences il les avertit du sort qui les attend, s'ils parlent au lieu d'agir. Au
lieu d'accuser inutilement Robespierre, ce qu'il veut, c'est
demander l'annulation des élections de Paris pour cause
d'intimidation et de violence. Quel coup de théâtre c'eût
été : les massacreurs de septembre impitoyablement frap-
pés; la commune de Paris, intimidée, réduite à néant;

supposés. Nous en avons un exemple dans ce fameux vote : « La mort
sans phrase » c'est un des prêts que l'esprit des nouvellistes ou des
folliculaires s'est trop empressé de lui faire. M. du Festel, l'un des
votants, disait souvent à M. de Pongerville (a) que l'erreur venait du
logotachygraphe (b). Il n'en est rien; voici la vérité. Avant le vote
de chacun des membres, le sténographe avait eu à consigner quelque
petit discours justificatif. Sieyès fut un des seuls qui ne dit rien que :
« La mort ! » Pour constater ce laconisme exceptionnel il mit sur sa
copie entre parenthèses (sans phrase). De là l'erreur. D'ailleurs, dans
le *Moniteur* de l'époque (20 janvier 1793, p. 105) au compte rendu
et à l'énumération des votes, on trouve *Syeyès* (*sic*) : La mort! Voir
aussi *Procès-verbal de la Convention*, 1793, tome V, p. 274, 313.

(1) Voir plus loin, ch. III, § 3, p. 79, ce qui est dit de ce don
de prophétie et de perspicacité qui, en somme, n'était que le résultat de son jugement philosophique et sûr.

(*a*) Voir réimpression du *Moniteur*, tome XV, p. 169-208.
(*b*) « Il y avait derrière le fauteuil du président de l'Assemblée un réduit...
où se tenaient d'ordinaire des journalistes qui assuraient avoir trouvé le
moyen d'écrire aussi vite que l'on parle; on les appelait des logotachygraphes. » (Louis Blanc, *Révolution française*, VII, 15.) Ces logotachygraphes
(λόγος, ταχὺς, γράφειν) étaient simplement les sténographes de la Convention.

le peuple découvrant où était l'autorité véritable. L'Oracle avait raison; mais ses avis furent dédaignés.

Le 25 janvier 1793, dans un rapport du plus grand intérêt sur l'organisation du ministère de la guerre, les vues qu'il présente sont nouvelles, le plan original : Trois objets doivent occuper le ministre de la guerre, les hommes et les choses, leur administration civile, leur direction militaire. L'art de fournir des hommes et surtout des choses semble le plus difficile. Sieyès croit résoudre le problème en établissant une Commission générale de fournitures, spécialement requise pour les approvisionnements de terre et de mer, chargée de se procurer par tous les moyens connus, commande, régie ou commission, toutes les espèces de matières premières et secondes, pour les emmagasiner dans les lieux où le besoin du service pourrait l'exiger. C'est là l'*Economat national*; comité intime détaché des ministres pour ne point les entraver et non pour sortir de la sphère ministérielle, mais restant sous l'autorité collective du Conseil, aux ordres immédiats de l'exécutif.

Les choses fournies par l'économe, reçues par l'administrateur sont par celui-ci distribuées au soldat consommateur. Pourquoi une organisation si complexe? C'est que, pour l'auteur, il faut à la guerre un seul ministre. En établir deux serait tuer l'unité; mais il faut aussi, comme suppléments essentiels, un *directeur* et un *administrateur* responsables, n'ayant entre eux aucune correspondance immédiate; leur lien nécessaire est le ministre.

Le projet fut rejeté.

Rejeté aussi sans discussion ce rapport sur l'Instruction publique, paru en juin 1793 dans ce journal d'*instruction sociale* (1) qu'il rédigeait en collaboration avec les citoyens

(1) Ce journal composé de deux feuilles in-8 coûtait 20 livres par an. Son bénéfice était destiné à augmenter dans l'institution nationale

Duhamel et Condorcet. Il avait pourtant chargé le monta-gnard Lakanal de le soumettre à l'Assemblée, sachant bien que ses ennemis étaient trop puissants, trop éloquents, pour qu'une proposition quelconque signée de lui, pût avoir quelque chance de succès ; vain subterfuge : « Citoyens, s'écrie Robespierre qui l'a démasqué, citoyens, on vous trompe ; cet ouvrage n'est pas de celui qui vous le présente. Je me défie beaucoup de son véritable auteur. »

Deux échecs coup sur coup, quelle partie belle pour les ennemis du Constituant. Il est exclu du Comité du Salut public où l'a placé un décret spécial de la Convention ; à la fête de la Raison, on lui demande ses lettres de prê-trise comme aux autres ecclésiastiques siégeant à l'Assem-blée. Son collègue Grégoire se couvre d'honneur en re-fusant énergiquement l'abjuration qu'on lui demandait ; lui, craintif, tremblant pour sa vie, aime mieux suivre l'exemple de Gobel, il renie sa qualité de prêtre et abjure hautement le catholicisme. Ce jour même, (20 brumaire an II, 10 novembre 1793) sacrifice qui doit lui sembler dur, il abandonne ces 10,000 livres de rente viagère dont il jouissait à titre d'indemnité pour sa part d'ancien béné-ficier ; sa tête est sauvée, mais à quel prix !

En 1795, il ferme la bouche à ses ennemis en publiant une *Notice sur sa vie* (1). Le but du panégyrique apparaît

---

des sourds-muets le nombre trop circonscrit des élèves. — Voir *Moniteur* n° 143, année 1793.

(1) Il a déjà été parlé de cette *Notice* au point de vue bibliogra-phique (voir Introduction, page 4 et la note). Quelques explications supplémentaires sont nécessaires ici. Cette biographie apologétique fut écrite par Sieyès, et non par Œlsner, comme le prétend Quérard dans son *Dictionnaire*. Publiée après le 9 thermidor sous le voile de l'anonyme, son auteur l'*antidata*, (elle est exactement de février 1795 et non du 27 juin 1794, date du titre).

nettement; répondre à la calomnie, défendre sa vie politique, sauver ses jours (1).

La vue de cette Assemblée travaillée de rancunes intestines, de haines irréconciliables; la présence de ces hommes
ambitieux, altérés du sang de leurs collègues; les objets,
les figures qui, de toutes parts étonnaient ses regards; les
discours qui frappaient ses oreilles; tout le faisait réfléchir.
Il s'arrêta, il observa « pressentant l'entreprise formée par
ces gens de maîtriser et de perdre la Convention, qu'ils
avilissaient de leur présence! » (2)

Il s'isola. « Que faire dans une pareille nuit, écrivait-il?
Attendre le jour! » (3) Pendant cette période courte, mais
sanguinaire, il se rappela le mot du sage grec : «Dans les
grands orages, cache ta vie! » et se tut. A ceux qui lui
demandaient plus tard ce qu'il avait fait dans ces temps
de Terreur, il répondait : « *J'ai vécu.* » «Nous n'en voyons

---

Quelques phrases détachées de l'avant-propos suffiront à en faire
connaître l'auteur et l'esprit dans lequel elle fut conçue :
« Témoins de l'activité avec laquelle la calomnie a travaillé la par-
« tie la plus connue de la vie de Sieyès, nous pouvons conjecturer
« qu'elle se débordera tout aussi volontiers sur le reste. A tout évé-
« nement, il faut lui épargner l'embarras de marcher sur le vide.
« C'est donc à la calomnie que nous offrons ce tableau sommaire
« d'une vie fidèlement déroulée et toute simple. La dédicace du
« moins paraîtra neuve.
« ..... » Si quelqu'un veut reconnaître l'auteur, ce qui ne sera pas
« bien difficile, nous lui répondrons d'avance : que vous importe?
« Vous n'en avez été que mieux servi pour l'exactitude scrupuleuse des
« faits. D'ailleurs il est des époques et des choses sur lesquelles la
« manière de voir d'un homme fait aussi partie de sa vie. »
(1) Clément de Ris raconte qu'en pleine Terreur, l'abbé Sieyès cor-
rigeant l'épreuve de ce panégyrique vit ces mots terribles : « J'ai
abjuré la République au lieu de j'ai *adjuré* : Malheureux, dit-il à
l'imprimeur, voulez-vous donc m'envoyer à la guillotine! » — Voir
aussi *Revue française,* 20 octobre 1855, p. 21.
(2) Voir sa *Notice, loc. cit.,* p. 43.
(3) *Ibid., op. et loc. cit.*

pas la nécessité, » auraient-ils pu lui répliquer, comme
jadis Louis XV à un de ses maréchaux. Plutôt que de s'enfoncer prudemment dans la plaine, dans les rangs les plus
épais de ceux que Robespierre flétrissait du nom de « cra-
pauds du marais » ; plutôt que de prodiguer ses applaudissements aux hommes qu'il exécrait le plus, de voter tout en
restant *muet*, ces mesures abominables, ces proscriptions
atroces qui ont déshonoré cette époque, que n'eut-il été
plus beau, plus digne pour lui de s'écrier, avec l'âme
poétique d'un Chénier : « Et moi, j'ai mérité mourir. »

L'orage arrivait à sa fin. La foudre tomba, renversant
Robespierre et ses amis. Après le 9 Thermidor, sain et
sauf, Sieyès sort de son refuge, regarde le ciel, ne voit
plus de nuages et reparaît ! Son audace grandit ; chaque
jour voit son acte :

Il attaque les partisans de Robespierre ; demande et
provoque le rappel des députés victimes du 31 mai
et obtient même leur rentrée solennelle dans la Convention (31 mars 1795). La Convention, ouï le rapport de
son Comité d'instruction publique le nomme avec Lakanal représentant du peuple près l'Ecole normale (22 brumaire, an III).

Le muet parle et agit ; son éloquence et son activité re-
naissent. Il répond : « Oui ! » sur la demande d'accusation
contre Carrier ; écrit un rapport sur la situation de Paris fait décréter une loi de grande police pour réprimer
les attroupements séditieux et assurer à l'avenir la sûreté de la représentation et le salut de la République (2)
(12 germinal, an III, 1er avril 1795) ; établit qu'une as-

---

(1) Le discours qu'il prononça à cette occasion eut les honneurs de
l'impression.

(2) Voir ch. II, pages 55 et 56, le projet qu'avait Sieyès d'établir
par tous les moyens possibles la forme monarchique.

semblée représentative privée par violence de quelques-
uns de ses membres, cessait d'être légale et que tous ses
actes étaient nuls ; pour un motif politique et secret demande que dans le cas d'émeutes elle pût se retirer non à
Orléans mais à Châlons-sur-Marne (plus proche de la frontière allemande) (1) ; propose de ratifier tout ce qui a
été fait depuis le 2 juin par la Convention et déclare à ce
sujet, contrairement à sa conviction que la Constitution
de 1793 a été le vœu du peuple et que son acceptation
par les Assemblées primaires l'a constituée loi suprême (2).

Elu président de l'Assemblée, le 21 avril (germinal,
an III), il refuse, prétextant sa santé et ses travaux actuels.
En compensation on l'envoie avec Rewbell aux Provinces
Unies, tous deux comme délégués, pour conférer avec les
commissaires des Etats de cette puissance ; le résultat fut
la conclusion d'un traité de paix et d'alliance avec le gouvernement batave. De concert avec Rewbell et quatre membres des Etats-Généraux des Provinces-Unies, Peters Pau-
lus, Leftevenon, Mathias Ponset, Hubert, respectivement
munis de pleins pouvoirs à cet effet, il dirigea donc avec
succès la diplomatie de l'époque en contribuant aux négociations directes qui amenèrent les traités de Bâle avec
l'Espagne et la Prusse (3), traités dont l'influence devait

---

(1) Le motif politique et secret, mobile de ce projet était coupable;
nous aurons plus tard à y revenir et à l'examiner. — V. chap. II,
§ 5, page 56.

(2) En Germinal il devient rapporteur des Comités de Salut public,
de législation, de sûreté générale et militaire.

(3) Voici, à ce sujet, la lettre qu'il envoya le 17 floréal au comité
de Salut public :

Egalité, Liberté, Fraternité

A la Haye, le 28 floréal, l'an III de la République une et indivisible.
Les représentants du peuple, Rewbell et Sieyès, délégués à la Haye,
à leurs collègues composant le Comité de Salut public.

Vive la République ! Nous sommes d'accord avec les commissaires

bientôt se faire sentir sur la pacification générale (16 mai 1795, 25 floréal, an III).

Il n'avait point voulu être membre de la Commission des Onze, chargée de préparer la nouvelle Constitution de l'an III. On sait, en effet, qu'au lieu de remplir le mandat qui lui avait été donné de faire les lois organiques de la Constitution de 1793, cette Commission l'écarta résolument la reconnaissant impraticable; puis elle en fit une autre dans l'espace de deux mois et demi, et dont les idées fondamentales avaient été puisées dans le *Dire sur la Question du veto royal*. Sieyès s'en aperçut-il? l'oublia-t-il? Quoiqu'il en soit, il apporta, le 2 thermidor an III (20 juillet 1795) un contre-projet qui ne valait pas ce que proposait la Commission (1). Par égard pour le génie de l'orateur, l'Assemblée écouta avec attention les idées théoriques et abstraites qu'il émit sur la Constitution d'une république en forme de triangle ou de pyramide, mais les rejeta à l'unanimité; il devait les faire prévaloir plus tard. Ce refus aurait blessé un homme moins susceptible, moins irritable que l'abbé Sieyès; dès ce jour il se déclara ouvertement ennemi irréconciliable de cette Constitution de l'an III qu'il devait renverser; et silencieux, sa constitution idéale en poche, il attendit qu'un nouveau soleil se levât pour la faire éclore!

---

plénipotentiaires, chers collègues : le traité de paix et d'alliance a été signé cette nuit au bout de la quatrième conférence.

Recevez nos fraternelles salutations,

Signé : SIEYÈS et REWBELL.

(2 Prairial, pages 40 et 41, Procès-verbal.)

(1) Nous passons ici brièvement sur ce discours de l'an III ; toutes les idées constitutionnelles de Sieyès s'y trouvent développées, nous y reviendrons plus longuement dans la 2e partie, voir le ch. VIII qui lui est spécialement consacré.

CHAPITRE II

L'HOMME DU DIRECTOIRE

I. Rôle actif de l'abbé Sieyès sous le Directoire. — II. Tentative d'assassinat dirigée contre lui. — III. Le 18 fructidor; appréciation de sa conduite. — IV. Le diplomate de Berlin. — V. Le Directeur, ses projets ambitieux. — VI. Bonaparte et Sieyès. — VII. Le 18 brumaire; rôle principal de Sieyès. — VIII. Les suites du coup d'État, Sieyès déçu. — IX. Dernières années.

I

Voici arrivée l'époque la plus active, mais la plus répréhensible, de la vie politique de l'abbé Sieyès. Sa haine contre une constitution qu'il avait vue préférer à ses conceptions particulières le rendit aveugle ou fou; la Révolution selon lui n'avait pas trouvé sa vraie formule. Lui qui l'avait créée, il n'aspira qu'à un but : détruire son enfant; ne s'apercevant pas que si la Révolution pouvait tuer la liberté, la liberté ne pouvait tuer la Révolution. Par égoïsme, il machina le 18 fructidor et participa à tous les autres coups d'État; par ambition, il fit le 18 brumaire. De l'an IV à l'an VIII, le premier plan de la scène politique, ce fut lui qui l'occupa, Bonaparte ne vint qu'au second; on l'a trop souvent oublié. La responsabilité de Sieyès est im-

mense, lourde, accablante, écrasante. C'est pendant cette
courte histoire de quatre ans que l'homme politique apparaît, avec sa perspicacité, son don de prophétie, sa
tactique des coups d'Etat, son ambition, son égoïsme.

Dans les dernières séances de la Convention, le représentant du peuple Rovère le peignit « comme vendu à
la Russie, et à la Turquie ». C'était une accusation erronée, aussi fausse que celle portée sur lui par Bonaparte
quelques années plus tard, au sujet de la Prusse;
Rovère oubliait que c'était à lui qu'étaient dues les négociations et les ratifications de paix glorieuses. La
Reveillère-Lepeaux le réhabilita, et sa réputation n'en
souffrit point; son défenseur alla même jusqu'à déclarer
qu'il « ne concevait point de plus inepte conspirateur, si
jamais il pouvait s'aviser de l'être (1) ». C'était faire une
hypothèse gratuite; en le présentant comme un « ambitieux
profond qui sacrifiait son pays à ses vues particulières »
en l'accusant d'avoir conçu secrètement un grand système
de terreur avec Daunou et plusieurs autres, « de former
de sinistres projets et un vaste plan de domination »,
Rovère n'avait peut-être pas tort, mais la Terreur passée,
ces jugements pouvaient-ils paraître suffisants pour une
accusation motivée?

Lors de la mise en application de la Constitution de
l'an III, Sieyès fut nommé membre du Directoire exécutif;
son heure n'était pas venue, il refusa prudemment, préférant rester au Conseil des Cinq-Cents et travailler aux
travaux les plus importants des comités où il fut réélu;
ce fut Carnot qui le remplaça comme directeur conventionnel (2).

---

(1) Séance du 24 vendémiaire, an IV, voir *Moniteur universel* à cette date.
(2) Voir *Moniteur universel*.

II

Le 23 germinal de l'an v (12 avril 1797) Sieyès fut victime d'une tentative d'assassinat. Un de ses compatriotes, nommé Poulle, moine Augustin, s'introduisit chez lui sous prétexte de lui demander des secours (non pour un motif politique comme on l'a prétendu), et à peine assis, lui tira un coup de pistolet. Sieyès, avec le sang-froid qui le caractérisait, écarta l'arme ; il reçut le coup au bas-ventre et dans la main ; son poignet fut fracassé. La douleur ne lui fit point perdre sa présence d'esprit ; courant à la porte, il la referma vivement sur l'assassin. Poulle fut arrêté et conduit au Temple.

Les blessures n'étaient pas dangereuses ; un arrêté du Conseil des Cinq-Cents chargea la Commission des Inspecpecteurs de s'informer de l'état de la santé de leur collègue (1) ; un mois après il remercia l'Assemblée, par une lettre, des marques d'intérêt qu'elle lui avait données (2) et cependant la bizarrerie du caractère de l'abbé Sieyès était telle, que, malgré les témoignages de sympathie qui lui étaient prodigués, son esprit soupçonneux et méfiant s'imaginait voir les juges favorables à l'accusé :

---

(1) « A peine le douloureux événement dont notre estimable collègue Sieyès fut connu de votre Commission, qu'elle interprêta le vœu de votre sensibilité ; elle envoya un de ses membres auprès de lui pour s'informer de la situation et de l'état de ses blessures. A peine le Conseil eut arrêté que la Commission prendrait sur cet attentat tous les renseignements qui pourraient avoir été obtenus, qu'elle chargea deux de ses membres de se transporter chez le ministre de la police. » (Rapport de Daubermesnil, 23 Germinal, an ɪv, Comité des 500.) — Voir aussi le *Moniteur* du 15 germinal.

(2) Voir *Moniteur* du 3 prairial et du 3 floréal.

« Si Poulle revient, disait-il à son concierge, vous lui direz que je n'y suis pas. » Le prévenu fut condamné à vingt ans de fer.

III

L'abbé Sieyès caressait deux projets favoris : 1º *Constituer une République en forme de triangle ou de pyramide.* Il avait déjà échoué le 2 thermidor an III (20 juillet 1795). Soumis depuis à Barras et à ses collègues, il n'avait pu obtenir leur assentiment ; c'était donc un second échec. 2º L'autre projet ne fut pas plus heureux. Il consistait à *extirper la noblesse* jusque dans ses racines les plus profondes.

C'est la seule explication de sa conduite peu louable au 18 fructidor (4 septembre 1797) ; on la connaît généralement peu, bien qu'elle mérite d'être signalée. Ce fut une mauvaise action, un coup d'Etat, quel qu'il soit, étant répréhensible à tous les égards.

Le renouvellement d'un tiers du Corps législatif avait imprimé aux affaires publiques un mouvement autre que celui que l'on espérait. En comité clandestin avec Sotinet et Talleyrand, ministres, Boulay (de la Meurthe) et Treilhard, députés, Sieyès, autant par calcul d'ambition que par inimitié contre la constitution actuelle, poussa le Directoire à un coup d'Etat.

Le complot qui brisait la majorité des deux conseils fut exécuté « aussi tranquillement qu'un ballet d'opéra ; le bon peuple de Paris resta immobile ».

Il ne tint qu'à Sieyès que le coup d'Etat n'eut des suites encore plus dures. Le soir même, son aide de camp fidèle, le député Boulay (de la Meurthe) présenta un rapport af-

firmant l'existence d'une vaste conspiration — c'était l'excuse alléguée par le Directoire, — concluant au nom d'une
commission (1) par un projet qui demandait l'extirpation
totale de tous les conspirateurs, tous nobles, et leur déportation sans jugement.

Robespierre eut été là qu'il se serait écrié comme en
1793 : « J'en reconnais l'auteur ! » L'excuse que Sieyès eut
pu alléguer était minime : Avoir substitué la déportation à
l'échafaud ; il appartenait au libéralisme de la Révolution
de 1848 de mettre en pratique cette idée humanitaire
relativement aux crimes politiques.

Mais pour arriver à l'extirpation de « cette excroissance » (2), (ce que selon Sieyès la Constituante et la Convention n'avaient point fait), vouloir expulser de France
la haute noblesse, mettre leurs biens sous la main de la
nation, priver les autres nobles des droits de citoyen, ou
les obliger à signer « qu'ils méprisaient la honteuse su-
perstition des distinctions de naissances, et qu'ils com-
battraient de toutes leurs forces le retour de la royauté et
de tout privilège héréditaire » ; c'était pousser un principe
jusqu'à ses limites les plus extrêmes ; c'était outrepasser
la justice, et commettre un acte d'atrocité, systématique,
exagéré.

Chénier, Tallien, Barras combattirent le projet, et celui
qui, lors du rachat des dîmes, avait parlé de liberté et de

---

(1) Le soir du 18 fructidor, le Conseil des Cinq-Cents siégea à
l'Odéon. Il nomma une Commission ; Sieyès, Poulain, Grandpré, Boulay (de la Meurthe), Chazal, Villers en furent les membres. Sieyès, qui
depuis longtemps n'assistait plus aux séances, s'empressa de s'y rendre. Cette Commission, en un quart d'heure, fit révoquer les lois
portées depuis quatre mois, et rédiger le projet en question.

(2) C'était l'expression dont Sieyès avait qualifié la noblesse dans
ses brochures *Qu'est-ce que le Tiers-Etat?* et *Essai sur les Privilèges*, voir chap. VI, § 2.

justice, dut se contenter d'un simple décret rangeant les nobles dans la classe des citoyens.

Cela ne suffit pas à l'abbé Sieyès, qui secrètement dirigea les proscriptions lancées par le Directoire ; mais le coup avait mal porté, puisque le bénéfice n'avait point rejailli sur lui ; il vivait après le 18 fructidor aussi isolé qu'avant (1).

IV

Peu satisfait, il partit de Paris, le 10 mai 1798, afin d'aller occuper le poste d'ambassadeur à Berlin, attendant qu'un nouveau tour de roue lui permit de proposer ses idées pour la troisième fois. D'ailleurs, pour les directeurs, cet envoi à la plus grande ambassade de l'époque était un motif d'éloignement.

Il a déjà été parlé (2) des brillantes qualités du diplomate et de ses légitimes succès lors des traités de 1795 avec les Provinces-Unies, l'Espagne et la Prusse. Le ministre plénipotentiaire de Berlin ne se montra pas moins habile (3). Sa grande renommée le rendait plus particu-

---

(1) A ce sujet, il est bon de relater un manuscrit inédit de Sieyès. C'est une lettre du 8 vendémiaire, an VI, adressée au citoyen Otto, d'où nous extrayons le fragment suivant :

« ..... Pourquoi les projets utiles sont-ils si difficiles à exécuter ? J'ignore à quoi cela tient Je vis après le 18 fructidor à peu près aussi isolé qu'avant. Et pourtant à qui en revient la plus grande part ? Cependant ne tombez pas dans l'erreur trop commune qui me fourre *(sic)* bon gré, mal gré dans tout ce qui se fait et se défait. Il n'y a souvent pas un mot dans tous ces bruits qui soit exact, et presque tous n'ont pas même de fondement !..... SIEYÈS. — A l'histoire de déduire, aux lecteurs de juger.

(2) Voir précédemment, ch. I, § 6, p. 45.

(3) Voir *Correspondance de Prusse,* 1798-99, 3 vol. in-folio, aux archives des Affaires étrangères.

lièrement propre à représenter la France auprès de l'Allemagne; ses idées abstraites et sérieuses tenaient un peu du caractère des populations où il était envoyé. Il fut accueilli avec enthousiasme; Frédéric-Guillaume, roi philosophe et quelque peu théoricien, loin de le laisser dans l'isolement, comme le prétend à tort M. Thiers (1), le tenait au contraire en si haute estime qu'il lui fit présent, à son départ, comme marque évidente de sa sympathie, de son portrait enrichi de diamants (2); comment, en effet, aurait-il pu ne pas plaire, lui dont le jugement mêlait si bien l'esprit français à l'esprit allemand.

D'ailleurs Sieyès, tout en sachant avec esprit et fermeté faire valoir le rang qui lui était dû (3), évitait soigneusement d'entrer en conflit avec le gouvernement prussien. Le 5 juin, an VII, une lettre anonyme lui ayant été adressée « pour l'exhorter à organiser secrètement une *société mère* dont les membres ne s'intituleraient plus jacobins, mais *Theophilanthropes*, comme en France, ou dans les pays froids, francs-maçons et illumi-

---

(1) Thiers, *Révolution française*, tome X, p. 71, Ed. Furne et Jouvet, 1871.

(2) Voir *Moniteur universel*, 23 prairial, an VII.

(3) Le jour anniversaire de la naissance du roi, il y eut grande fête à la cour. Tous les ambassadeurs s'y rendirent; Sieyès y arriva le dernier alors que les ministres étaient déjà placés. Le chambellan embarrassé allait faire déplacer tout le monde, mais Sieyès s'y refusa : « *Non, monsieur, dit-il, la première place sera toujours celle qu'occupera l'ambassadeur de la République française* »
Une autre fois il répondit au prince Repnin qui vantait la supériorité du régime russe sur toute autre forme de gouvernement : « Votre gouvernement vous paraît excellent; cependant demain, s'il plaît à votre maître, on vous coupera le nez et les oreilles, et on vous confinera en Sibérie. Au lieu que *dans notre République, nous sommes tous dauphins !* »

nés (1) », il comprit fort bien le parti qu'il pouvait en
tirer pour lui-même et la justice de son pays ; cette
missive qui ne voulait rien moins que se servir du nom
de l'ambassadeur pour importer les idées révolutionnaires
en Allemagne, Sieyès en démasqua la secrète intention au
ministre de la police, alors qu'il lui eut été si facile
d'étouffer l'affaire (2).

V

En France, ses amis, surtout Boulay (de la Meurthe) et
Rœderer travaillaient pour lui, pendant son absence, et

---

(1) Cette lettre inédite et curieuse que nous avons découverte aux
Archives nationale (F. 7, 6174, nº 1972) est ainsi conçue :

Au citoyen Sieyès, ambassadeur de la Grande Nation, en son hôtel
à Berlin

« Vos frères et amis vous exhortent à organiser secrètement à
« Berlin une *société mère* dont les membres ne s'intituleraient plus
« Jacobins, mais *théophilanthropes*, comme chez nous ou comme
« dans les pays *froids, francs-maçons* et *illuminés.*

« ..... Prenez vos mesures de votre côté pour que la tête d'aucun
« roi n'existe sur ses épaules avant la fin de cet an républicain. Que
« le pauvre devienne riche... Sa nouvelle fortune répondra de la du-
« rée et des succès de la Révolution. Que *la Carmagnole* et le *Ça*
« *ira* soient chantés et dansés en liberté, d'un bout à l'autre de
« l'univers.

« Votre caractère d'ambassadeur fait espérer à vos frères et
« amis que cette dépêche, qui ne sera pas remise au courrier du
« Directoire, ne laissera pas de vous parvenir également et avec sû-
« reté. Salut, amitié, liberté, fraternité !

Signé : *Egalité.*

(2) Cette réponse de Sieyès, un de ses rares manuscrits originaux
que nous possédions, a paru assez originale à l'auteur pour être reproduite *in extenso* comme autographe. On trouvera cet autographe
à la fin du volume.

présentaient sa candidature pour remplacer au Directoire Rewbell dont le nom était sorti; il obtint 236 voix sur 420 votants aux Cinq-Cents et 118 sur 205 aux Anciens (22 floréal, an VII).

Lorsque la nouvelle arriva à Berlin, le ministre français se trouvait au bal; il en fit part aussitôt au roi qui lui en témoigna sa satisfaction. Le soir même il eut avec Frédéric-Guillaume un long entretien particulier resté longtemps secret dans lequel il lui exposa ses plans et ses idées; le nom du duc de Brunswick revenait souvent dans le dialogue(1).

A cette époque (floréal, an VII), deux noms frappaient l'attention; Bonaparte représentait la personnalité militaire, Sieyès la personnalité civile; ce dernier cependant, depuis son ambassade à Berlin, emportait la balance.

En présence de la guerre civile et étrangère, les hommes de bon sens comprenaient la nécessité d'un changement actuel des choses; tout le monde s'attendait à du nouveau. Chacun voyait partout des indices; les uns, c'était le plus grand nombre, après le vote du 22 floréal, présumèrent que la nomination du constituant Sieyès, dont la réputation surfaite par une flatterie de Mirabeau était toujours aussi intacte (2), allait amener des modifications prochaines dans la Constitution, machine dont les ressorts faussés ne fonctionnaient plus; les autres, plus clairvoyants, se souvenant de son aversion pour les nobles, de son rôle sous la Constituante, de son discours de l'an III, de sa participation au 18 fructidor, se taisaient et se demandaient avec anxiété ce qui allait advenir.

Quant à l'homme, sur lequel se fixaient tous les regards, ses idées n'avaient pas changé. Il avait toujours dans sa

---

(1) Pour les raisons, voir plus loin même chapitre, même paragraphe.
(2) Voir précédemment, ch. IV, § 1, page 82 et la note.

tête son rêve de monarchie représentative, et dans sa poche cette fameuse Constitution qui devait, selon lui, régénérer le pays (1).

Quand ses projets de monarchie représentative étaient-ils aussi arrêtés qu'on le prétend? On ne saurait le dire; il ne croyait plus à la République; il tâtonnait. Le seul fait certain, c'est qu'il repoussait Louis XVIII, vestige de l'ancien régime avec qui Barras, toujours en défiance contre Sieyès, négociait secrètement.

Peut-être rêvait-il un prince étranger? Lors des traités de Bâle, ses yeux s'étaient tournés vers l'archiduc Charles; au 12 germinal de l'an III (1er avril 1795) pour un motif semblable, il avait demandé que dans le cas de troubles l'Assemblée put se retirer non à Orléans, mais à Châlons-sur-Marne, plus proche de la frontière allemande; enfin il venait d'avoir un entretien secret avec le roi de Prusse, dans lequel il lui présentait ses vues sur le duc de Brunswick.

A son retour, le spectacle qu'il eut sous les yeux modifia son rêve monarchique : le Directoire expirait dans les convulsions. Lorsqu'il vit l'état déplorable des affaires; la Constitution lacérée, mutilée; des passions ambitieuses et turbulentes; aucune garantie aux pouvoirs publics ni aux citoyens; un pouvoir exécutif aussi étroit dans ses vues, que puérilement orgueilleux dans ses prétentions; la République croulant de toutes parts; les ressources épuisées, la confiance perdue, le crédit anéanti, le corps social menacé d'une dissolution prochaine et violente; il

_____

(1) Sa réputation de Constituant s'étendait même au dehors. En l'an VIII, le gouvernement helvétique, voulant se donner une nouvelle Constitution envoya à Paris un de ses membres, en lui recommandant de voir Sieyès et de lui demander un projet de Constitution.

songea. Le souvenir de cette Constitution qu'il avait en poche lui revint plus tenace, plus obsédant que jamais : des pouvoirs s'annulant entre eux ; des autorités se surveillant et s'absorbant mutuellement ; un gouvernement ayant une tête mais impuissante ; une monarchie sans roi, dont il serait la pensée ; voilà, se dit-il, ce qui doit être, ce qui sera. Après l'égoïste venait l'ambitieux. Mais une pareille résolution ne pouvait se faire sans coup d'Etat. Sieyès n'hésita pas : « Le coup d'Etat de l'an v, disait-il, a préservé la France du royalisme et du retour de l'ancien régime, un nouveau coup d'Etat est nécessaire pour sauver du Terrorisme et du Comité de Salut public. (1) »

Sieyès serait donc la tête du nouvel état de choses. « Il faut, disait-il à ses familiers, *une tête et un bras.* » La tête était trouvée, mais le bras ? Sieyès reconnaissait qu'il fallait une épée, un général qui consentît à trancher les fils de l'écheveau, et qui, après l'acte, remettant le glaive au fourreau, disparaîtrait comblé d'honneurs et de présents ?... Mais où le rencontrer cet homme de paille ?

Son arrivée au Directoire allait lui donner, pensait-il, la faculté de le trouver.

Voilà pourquoi l'abbé Sieyès qui, en l'an iv avait refusé d'être membre du Directoire, consentait en l'an vii à être un des chefs du pouvoir exécutif établi par une Constitution qu'il abhorrait et qu'il était chargé d'appliquer.

Telles sont les raisons qui expliquent son rôle politique et ses actes jusqu'au 18 brumaire.

Le 20 prairial, an vii (8 juin 1799) il arrive à Paris, et s'installe au palais directorial du Luxembourg. Le coup d'Etat du 18 brumaire se prépare....

---

(1) Les mémoires du temps et en particulier ceux de Joseph Bonaparte ne font aucun doute sur les projets de Sieyès à cet égard.

Le 30 prairial, le Directoire est précipité d'un coup de
baguette à bas de son siège; Treilhard, Merlin de Douai,
La Reveillière-Lepeaux sont chassés; à leur place on met
des fanatiques bornés, Gohier, Moulins, Roger-Ducos, sur
lesquels il ne comptait pas. Pour mieux lutter contre
Barras, il aurait préféré Cambacérès et Talleyrand; et
c'était ce même Barras qu'il voulait renverser à qui il avait
répondu : « Vous me proposez un coup d'Etat. Je ne
serais que le singe de Cromwell; cela ne réussirait pas
aujourd'hui. » Quoiqu'il en soit, prenant son parti de
l'état de choses présent, il a une conversation significative
avec Gohier : « Nous voici, lui dit-il, membres d'un gouvernement qui, nous ne pouvons le dissimuler, est menacé de sa chute prochaine; mais quand la glace se rompt,
les pilotes peuvent échapper à la débacle. Un gouvernement qui tombe n'entraîne pas toujours dans sa perte
ceux qui sont à sa tête » (1).

Le coup d'Etat du 30 prairial fit peu de sensation
à Paris où les habitants fatigués des changements précédents ne prenaient pas plus d'intérêt aux vainqueurs
qu'aux vaincus. Quant à Sieyès, par cette journée que
Lucien Bonaparte célébrait peu de temps après comme la
plus belle de la Révolution, la majorité lui était acquise;
mais cependant, pour céder au courant, il livrait les emplois aux patriotes ardents et appelait Bernadotte au
ministère de la guerre.

Dans son premier message, le nouveau directeur disait :
« Le corps politique est menacé d'une dissolution totale,
si on ne s'empresse pas de retremper tous les ressorts de
son organisation et de son mouvement ! » Il tentait un appel; la classe moyenne, c'est-à-dire la masse des *modérés*

---

(1) Gohier, *Mémoires*,

ou *politiques* y répondit : c'était la plus nombreuse ; les mécontents se groupèrent autour de lui ; les directeurs étaient aveugles ou muets ; un seul comprenait, mais Barras, le « *pourri* », comme le flétrissait Bonaparte, n'était nullement à craindre ; enfin dans la législature, le Conseil des Anciens lui appartenait, et dans les Cinq-Cents il pouvait compter sur un noyau de gens dévoués.

Sieyès pensa qu'il était temps d'agir. Ses discours officiels et commémoratifs pour les fêtes des 14 juillet et 9 thermidor éveillèrent l'attention de ses ennemis. Ils l'accusèrent d'être l'auteur d'une Convention secrète pour donner à la France une Constitution semblable à celle de 1791; mais les preuves leur manquaient. Il répondit lors de l'anniversaire du 10 août ; dans son discours, véritable chef-d'œuvre, il déclarait: « Que la royauté renversée en France ne se relèverait jamais ! » et protestait d'un dévouement sans bornes « à la République », pendant qu'en même temps i prenait des mesures secrètes pour la détruire.

Tout le favorisait; de plus il avait la tactique des Révolutions et la pratique des coups d'Etat. Se croyant appelé à une grande œuvre, et, par cette idée, rendu orgueilleux, arrogant, intraitable, son esprit systématique trouvait tout mauvais; sa bouche était pleine de phrases de louange à l'adresse de la Prusse, dont il était infatué et qu'il citait comme exemple à tout propos en exhalant sa mauvaise humeur. S'il avait été souple, insinuant, moins égoïste, il aurait pu exploiter avec plus de résultats une situation qu'avec son don de prophétie et son coup d'œil exercé il envisageait seul à sa juste valeur.

Malheureusement il avait peu d'amis, beaucoup d'ennemis et les indifférents le jugeaient trop intolérant et trop dédaigneux pour le prendre comme chef de parti.

Dans les clubs et dans les journaux, son nom fut voué à l'exécration des patriotes.

L'heure était arrivée. L'exemple des Girondins lui avait appris qu'en politique il ne faut pas seulement parler, il faut agir. D'où une série d'actes audacieux : clôture du club de la rue du Bac, suppression de onze journaux, etc. Un député, Briot, s'émeut et vient le dénoncer à la Tribune comme préparant un coup d'Etat pour rétablir la tyrannie. La rupture est complète : Il destitue, sans motifs, Bernadotte qu'il soupçonnait d'être avec ses ennemis, mais la vraie, la seule raison est dans le refus du ministre de la guerre de servir comme bras (1). « L'épée » que Sieyès cherchait toujours ne venait pas, et les événements se succédaient rapides, impétueux.

Il avait pensé à Joubert, le plus brillant, le plus populaire des jeunes généraux, sans importance politique; c'était bien l'homme rêvé. Joubert accepta, mais devant le caractère de Sieyès il fut pris de défiance, et commençait à pencher vers les adversaires du directeur lorsqu'il fut tué à la bataille de Novi (16 août 1799).

Sieyès se tourna alors du côté de Moreau, esprit timide et incertain qui refusa net (2).

Il sonde Macdonald, essaye de gagner Jourdan, lorsque le 22 vendémiaire, une nouvelle circula dans Paris comme une traînée de poudre : Le général Bonaparte est débarqué à Fréjus! C'était l'épée qui venait, mais avec le bras

---

(1) Bernadotte qui présentait une grande importance militaire et administrative, voulant le bien du pays, ne pouvait se plier à l'absurde métaphysique de Sieyès, à ses théories constitutionnelles, ni consentir facilement à voir en lui un maître.

(2) « On m'a offert, c'est un fait connu, la dictature avant le général Bonaparte; je l'ai refusée. » (Déclaration extraite du procès de Moreau.)

la tête. Qui allait triompher dans cette alliance de la philosophie et du sabre ? »

VI

On dit que, à cette nouvelle, Sieyès s'écria : « La patrie est sauvée ! » ; on prétend aussi qu'en novembre 1798 il avait envoyé une dépêche secrète au vainqueur d'Egypte ; deux graves erreurs historiques. L'incompatibilité d'humeur de ces deux hommes, ennemis par situation et ayant l'un contre l'autre une aversion profonde, servirait seule à les prouver. Bonaparte le méprisait et le dédaignait ; Sieyès, était « sa bête noire » comme Mme Bonaparte ne se cachait pas de le dire, et dans son aversion, il allait jusqu'à déclarer que le directeur « s'était vendu à la Prusse et qu'il fallait le destituer » accusation vaine et sans fondement.

Sieyès, de son côté, avait une antipathie prononcée contre « ce jeune homme », dont la réputation l'effrayait, et au 22 vendémiaire il dut, au contraire, penser : Voilà le maître ! » Aux accusations de Bonaparte il répondait : « Avez-vous vu ce petit insolent ? Il ne sait donc pas que je suis le membre d'un gouvernement qui aurait dû le faire fusiller ! » ; et dans sa colère il pensa même un moment à s'en débarrasser en lui confiant au loin une armée.

Ç'est ainsi qu'apparaissaient ces rivaux « tous deux également dissimulés, se défiant également l'un de l'autre, s'observant avec une égale attention. Sieyès redoutait l'audace militaire de son concurrent, et celui-ci craignait les profondes combinaisons du premier ; c'étaient deux renards qui se faisaient la guerre à l'œil ; et chose étrange, ce fut le plus jeune qui trompa l'autre : Sieyès fut joué, raillé, perdu ! » (1)

Mais il comprenait qu'il fallait encore « couper le câble » comme en 1789 ; et cette fois une épée était nécessaire.

L'opinion publique, étrangère à cette lutte muette et sourde ne prévoyait pas avec déplaisir une alliance entre ces deux hommes politiques. Rœderer, dans son *Journal de Paris* s'en faisait l'écho : « Fréjus, où est abordé Bonaparte est la ville natale de Sieyès ; heureux présage des opinions où il abordera en arrivant à Paris, ou plutôt heureux rappel des opinions dans lesquelles il est parti ! »

Malheureusement les deux antagonistes ne parvenaient pas à s'entendre. Sieyès avait besoin du général Bonaparte, sentait et voyait qu'il ne pouvait rien faire sans le tout-puissant directeur. Comme les deux chèvres de la fable, aucun d'eux ne voulait, dans son orgueil, faire les premiers pas. La première fois qu'ils se rencontrèrent à dîner, ce fut chez Gohier : aucune parole ne fut échangée. Il fallut la politique entremetteuse de M. de Talleyrand et les exhortations pressantes de Rœderer et de Boulay (de la Meurthe), pour amener une conciliation entre ces deux hommes. Sieyès affecte de n''agir que par contrainte et ne se rendit qu'à contre-cœur : « Je sais le sort qui m'attend, dit-il un jour en conversant avec Joseph Bonaparte et un de ses amis ; il écartera ses collègues et les rejettera en arrière comme je le fais en ce moment. » Puis joignant l'action à la parole, il passa brusquement entre ses deux interlocuteurs (2).

C'est justement cette pénétration d'esprit, cette perspicacité sur lesquelles il importera de revenir (3) qui lui

---

(1) Gallais, *Histoire du 18 brumaire* (Michaud, in-8, 1814).
(2) Voir Joseph Bonaparte, *Mémoires, loc. cit.*
(3) Voir chapitre III, § 3, page 79, l'étude du caractère de Sieyès.

ôtent toute excuse, car sans lui, Bonaparte, dans ses projets, ne pouvait réussir.

VII

Plusieurs entrevues eurent lieu; les deux complices,
s'entendirent : on convint de donner une constitution plus
forte à la France, sans s'expliquer sur sa forme et sur son
espèce; « il fut sous-entendu qu'elle délivrerait le pays
de ce que l'un et l'autre appelaient les Bavards et donnerait aux deux esprits puissants qui s'alliaient la plus
grande part d'influence (3). »

Dans un conciliabule ultérieur, on parla des moyens
d'exécution : le 15 brumaire, les deux directeurs, Sieyès
et Roger-Ducos devaient donner leur démission après avoir
fait transporter les Conseils à Saint-Cloud. Le coup d'Etat
fut fixé au 18; en cas de réussite, les Conseils seraient
suspendus pour trois mois; trois consuls provisoires seraient substitués aux cinq directeurs et auraient une espèce de dictature avec la mission de rédiger une Constitution.

Sieyès prit quelques leçons d'équitation, et le 18 brumaire on put le voir, à cheval, surveillant la manœuvre;
en cas d'échec, une chaise de poste attelée de six chevaux
l'attendait à la grille de Saint-Cloud.

Il fit preuve dans cette mémorable et triste journée du
18 brumaire (9 novembre 1799) d'un rare sang-froid et
d'une grande présence d'esprit; on peut même dire qu'il
sauva la situation.

Pendant que le général Bonaparte, qui n'avait jamais
tremblé sur le champ de bataille d'Italie et d'Egypte, pâ-

(1) Thiers, *Révolution française, loc. cit.*, tome X.

lissait en entendant ce cri terrible de « hors la loi » par lequel Robespierre avait perdu la tête dans une circonstance non moins tragique, il sentit l'abbé Sieyès se pencher vers lui et ces mots frappèrent son oreille : « Ils vous mettent hors la loi? ce sont eux qui y sont. » (1) Ce fut comme une inspiration soudaine; Bonaparte envoie ses grenadiers chercher son frère; ceux-ci entrent au pas de charge dans l'orangerie du château et la balayent; jetant derrière eux leur costume incommode, ceinture et toque bleues, manteau écarlate, robe blanche, les Cinq-Cents s'échappent par les fenêtres et autres issues qui s'offrent devant eux... Le conseil était dissous, le forfait accompli; la première République avait vécu.

VIII

Nommé consul provisoire avec Bonaparte et Roger-Ducos, Sieyès eut la bonhomie de s'imaginer qu'il allait marcher l'égal du général, et qu'il aurait au civil la puissance de son collègue au militaire.

Ses espérances furent promptement déçues; quand la Commission consulaire vint s'installer au Luxembourg : « Qui de nous présidera? demanda-t-il. — Vous voyez bien que c'est le général, » dit Roger-Ducos en montrant le premier consul déjà assis dans la chaise curule.

Il comprit alors que son rôle était fini, et que les « idéologues devaient céder la place aux hommes d'épée » (2). Pris pour dupe par le général, dans la pièce

---

(1) Rœderer, *Notice de ma vie pour mes enfants*
(2) Selon l'expression de Bonaparte lui-même.

qui venait de se jouer, il allait désormais rester dans l'ombre et admirer son complice à l'avant-scène.

Aucune illusion ne lui demeura ; et s'il ne prononça pas la paroleamère qu'on lui a prêtée, il dut la murmurer ou la penser : « Nous avons un maître, mes amis, car ce jeune homme sait tout, peut tout, veut tout ! » aphorisme qui peignait à merveille la situation et la pensée de Bonaparte (1).

Le chef idéal qu'il avait cherché à faire asseoir théoriquement au haut de sa pyramide était trouvé debout, vivant en action, investi de puissance et de gloire.

Çependant les projets de Bonaparte étaient encore obscurs ; au lendemain du 18 brumaire, il aurait semblé même écouter les plans de son complice. L'auteur du coup d'Etat, — c'est Sieyès que je veux dire, — n'avait pas encore abandonné ses anciens projets ; il parla à Bonaparte de S. A. S. le duc de Brunswick ; l'avertit que 80,000 Prussiens étaient réunis sous les ordres du feld maréchal Mollendorf, dans le comté d'Osnabruck. L'authenticité de ce conciliabule acquiert d'autant plus de certitude, qu'agissant alors pour son compte personnel, Bonaparte, en décembre 1799 envoya à Berlin son aide de camp Duroc (2).

Deux commissions de 25 membres avaient été chargées de préparer la Çonstitution ; Sieyès fut mis à leur tête. Ses entrailles durent tressaillir à la pensée qu'il allait enfin pouvoir mettre au jour ce fœtus qu'il portait depuis si longtemps dans son sein et qui avait failli avorter le 2 thermidor de l'an III (3).

---

(1) Il prétendit plus tard n'avoir jamais proféré ce mot que rapporta Bonaparte.

(2) Voir Thiers, *Hist. du Consulat*, 1er vol., p. 63, 93.

(3) Voir le chapitre IX consacré spécialement à l'examen de cette Constitution.

Bonaparte qui voulait un gouvernement ayant de l'action, de la vie, n'accepta pas les idées de Sieyès qui, au contraire, présentait un pouvoir s'absorbant en lui-même et tirant sa force de son inertie; Il fut même brutal et grossier : « Citoyen Sieyès, » lui dit-il un jour, à propos de la conception de grand électeur, « que voulez-vous qu'on fasse de ce cochon à l'engrais dans le palais de Versailles! — Le tuer quand il se serait engraissé », aurait pu répondre son interlocuteur.

Des disputes fort vives s'élevèrent; ils se séparaient souvent très mécontents l'un de l'autre. Leurs amis communs intervenaient, car briser avec Sieyès c'eut été s'aliéner le parti de 1789. Même au sujet des proscriptions à exercer, ils ne parvenaient pas à s'entendre. Bonaparte(1), au dire de sa femme, la réduisit de moitié (11 novembre) par suite de l'impression fâcheuse qu'elles auraient produites. Devant un pareil état de choses, l'abbé Sieyès donna sa démission de Consul provisoire, Roger-Ducos l'imita; Bonaparte, satisfait, l'annihila dans le Sénat.

Plus son orgueil était blessé dans ses idées, plus le premier consul voulait le satisfaire dans ses faiblesses; il le savait avare, aimant plus les jouissances que les honneurs. Les *Mémoires de Sainte-Hélène* affirment que la Caisse secrète du Directoire qui contenait 900,000 livres fut partagée entre lui et Roger-Ducos; Sieyès aurait pris 800,000 livres et son collègue 120,000 seulement. Des pièces officielles prouvent, en effet, que l'argent de la caisse fut déposé dans celle de la Trésorerie, et que cette dernière étant à la disposition des consuls, rien ne leur aurait

(1) Mme Bonaparte affirme le fait et déclare que Sieyès y avait inscrit plusieurs de ses anciens amis, ou complices de révolution ; rien pourtant n'est moins prouvé.

été plus facile que d'accomplir leur sinistres desseins et de s'enrichir impunément (1).

Il ne tenait qu'à Bonaparte de publier la honte de Sieyès en lui donnant en outre le château et la terre de Crosne, près Villeneuve-Saint-Georges, Seine-et-Oise, « à titre de récompense nationale et comme témoignage de la reconnaissance publique ». Quelle ironie! Cette riche donation, d'une valeur de un million, donna lieu aux deux mauvaises rimes suivantes qui coururent toute la France; (2)

> Bonaparte à Sieyès a fait présent de Crosne,
> Sieyès à Bonaparte a fait présent du trône !

---

(1) Voir plus loin sur son avidité pour l'argent, ch. III, § 2, page 75. Napoléon Ier dans ses *Mémoires* dictés à Las Cases raconte cette scène singulière. Les directeurs avaient au Luxembourg, dans une caisse particulière, une sorte de fonds de réserve destiné à servir d'indemnité aux directeurs sortants. « Voyez-vous ce beau meuble, » dit un jour Sieyès à Bonaparte en lui montrant l'armoire où était enfermée cette somme qui montait à près de 1,200,000 francs ; vous ne vous doutez peut-être pas de sa valeur? » Et il lui révéla la provenance de ces fonds, ainsi que leur destination en le consultant sur l'usage qu'il convenait d'en faire. Bonaparte, frappé de l'expression de cupidité qui se peignait sur ses traits lui répondit : « Si je le sais, la somme ira au Trésor public, mais si je l'ignore, et je ne le sais point encore, vous pouvez vous la partager avec Ducos. » Ce que Sieyès s'empressa de faire en s'adjugeant la part du lion. — *Mémorial de Sainte-Hélène.* Voyez aussi P. Lanfrey, *Hist. de Napoléon*, tome II.

Il ne faudrait pourtant pas oublier que Napoléon, dans les mêmes *Mémoires* dictés à Las Cases, fit un aveu tout différent : « Sieyès, déclare-t-il, m'a toujours été attaché : je n'ai jamais eu à m'en plaindre... Après tout, *il était probe, honnête* et surtout fort habile, la Révolution lui doit beaucoup !... » Napoléon ne se souvenait-il plus de l'aversion et de l'antipathie profondes qu'avait Bonaparte pour ce même Sieyès? « Les amis de Sieyès, dit P. Lanfrey, (*op et loc. cit.*) ont contesté la forme et les détails de ce récit, mais *ils n'ont pu en contester* le fond, qui reste acquis à l'histoire. »

(2) Il est assez curieux d'examiner le rapport fait à cette occasion.

Le premier consul arrivait à son but, Sieyès, « le puritain Sieyès » comme jadis l'avait appelé Chamfort, était déconsidéré.

Il s'ensevelit dans le fauteuil de Président sénatorial, avec le traitement afférent, se couvrit de cordons et de titres, grand officier de la Légion d'honneur (1804) membre de l'Académie française (1804); il était membre de l'Académie des sciences morales et politiques depuis la création de ce corps (25 octobre 1795). Enfin, en 1808,

---

Nous croyons qu'il n'est pas inutile d'en reproduire quelques fragments :

Rapport fait par Arnould au nom de la section des finances

Séance du Conseil des Cinq-Cents le 3 frimaire, an VIII

Représentants du peuple,

Les consuls Bonaparte et Roger-Ducos, par leur message du 29 frimaire, prennent l'*initiative* en exprimant les sentiments de reconnaissance dont nous sommes tous animés, comme la nation française, pour le citoyen Sieyès. Il vous font la proposition solennelle de lui décerner, à titre de récompense nationale, la propriété de l'un des domaines qui sont à la disposition de l'Etat.

Citoyens représentants, sans doute il suffit à la gloire du citoyen Sieyès d'avoir éclairé les peuples par ses écrits, d'avoir honoré la révolution par ses vertus désintéressées, et de s'être soumis au joug de la première magistrature, alors seulement que de grands dangers le rendaient digne de sa brûlante sollicitude pour sauver de l'oubli ou de l'outrage le nom français. Sans doute il suffit au bonheur du citoyen Sieyès d'être parvenu par l'activité de son âme à reconstituer l'édifice social, de rester environné de l'estime des peuples contemporains et d'avoir encore la félicité des générations successives pour l'objet de ses méditations habituelles.

Mais, citoyens, s'il ne manque rien à la destinée morale de Sieyès, ne nous reste-t-il pas à signaler par une marque éclatante, les travaux de cet excellent citoyen. La gratitude des nations n'est-elle pas aussi une institution conservatrice du mécanisme social !. ... C'est donc, citoyens représentants, comme un appendice inséparable de l'*institution politique*, que vous ferez une loi au citoyen Sieyès d'accepter un

Sieyès le Constituant, Sieyès le conventionnel, fut sacré comte de l'Empire (1).

VIII

Sa vieille rancune contre Bonaparte n'était pas éteinte; elle se continua sous Napoléon Ier; mais de quel

---

témoignage spécial de la reconnaissance nationale dont le gouvernement actuel doit se montrer l'interprète.

D'après ces vues d'utilité générale, votre section des finances vous propose le projet suivant :

. . . .

« Considérant qu'il est instant pour l'utilité de toute institution politique de donner des témoignages éclatants de gratitude aux citoyens qui ont rendu de grands services à la patrie,

Déclare qu'il y a urgence.

L'urgence déclarée, la Commission du Conseil des Cinq-Cents prend la résolution suivante :

Article premier. — Le domaine national de Crosne, canton de..... département de Seine-et-Oise, ou tout autre équivalent est décerné en toute propriété, pleine et entière au *citoyen Sieyès à titre de récompense nationale*.

(1) La lettre patente portant création du titre héréditaire de Comte de l'Empire nous a été communiquée aux Archives nationales ; les armoiries attachées à ce titre s'y trouvent désignées. Nous en extrayons le passage suivant :

..... « Permettons à notre cher et aimé ledit sieur Sieyès de se dire
« et qualifier *Comte de notre Empire* dans tous actes et contrats, tant
« en jugements que dehors ; voulons qu'il soit reconnu partout en la-
« dite qualité, qu'il jouisse des honneurs attachés à ce titre après
« qu'il aura prêté le serment prescrit par l'article 37 du second sta-
« tut du 1er mars 1808, devant celui ou ceux qui seraient par nous
« délégués, à cet effet ; qu'il puisse porter en tous lieux les armoiries
« telles qu'elles sont figurées aux présentes, d'argent au pin de sinople
« terrassé de même, au quartier des comtes sénateurs adextre, au
« canton à senestre d'azur chargé d'une tête de borée cantonnée d'or
« soufflant d'argent et pour livrées, bleu, blanc, verd dans les galons
« seulement »

(Donné à Bayonne en mai 1808, scellé le 3 juin 1808).

poids pouvaient être sa voix et ses actes? il était vieux et jugé à sa juste valeur.

Se tapissant derrière Talleyrand, il donna son concours, dans le renversement et la chute de l'Empire en 1814, avec l'abbé Grégoire et Roger-Ducos. Tous trois rédigèrent l'acte de déchéance; des actions aussi basses, aussi viles, aussi flétrissantes n'ont pas besoin de commentaires. Mais l'homme restait toujours aussi prudent; Napoléon pouvait revenir. Aussi lorsqu'il est question de former un gouvernement provisoire, Sieyès n'assiste pas aux séances; il prétexte une légère indisposition, un malaise subit, et ce n'est que le 4 avril qu'il envoie son adhésion. La constitution sénatoriale étant rejetée, l'abbé Sieyès, comte de l'Empire, exclu de la Chambre des pairs comme régicide, rentre à nouveau dans la vie privée, après avoir eu soin de se faire assurer par de Talleyrand la continuation de sa dotation sénatoriale de 40,000 francs.

Lors des cent jours de 1815, il espéra revoir triompher ses idées. On le gratifia d'un siège à la Chambre des pairs où d'ailleurs il ne parut jamais; avec sa clairvoyance habituelle, il comprenait que ce retour à l'Empire n'était qu'éphémère; aussi se tenant à l'écart, il évita de signer l'acte additionnel.

Lorsque les alliés envahirent la France, il s'effaça encore davantage et ne fit partie d'aucune Commission.

Son rôle était bien fini.....

Lors de la discussion de la loi du 12 janvier 1816 contre les régicides, il se retira prudemment à Bruxelles où bientôt d'autres réfugiés vinrent le rejoindre.

Il ne revit sa terre de Crosne qu'en 1830; il était alors très âgé. Il végéta jusqu'au 20 juin 1836 et s'éteignit doucement, à 88 ans, après avoir traversé sain et sauf la tourmente révolutionnaire.

CHAPITRE III

L'HOMME PRIVÉ. — LE PHILOSOPHE

I. Portrait de l'abbé Sieyès. — II. Ses défauts : égoïsme, orgueil, cupidité. — III. Ses qualités et ses mérites : le métaphysicien ; influence des études et des lectures philosophiques sur son esprit ; l'administrateur, le prophète.

I

Il est mort. Est-il permis maintenant d'écarter le linceul et de soulever le voile qui recouvre sa vie privée? Après avoir examiné l'homme d'Etat dans sa politique ambitieuse, il est naturel de se demander quel il était vraiment. Les documents sont là, jetés pêle-mêle avec sa correspondance ; une écriture fine, nette, pleine de fièvre, aux caractères précipités, toujours lisibles, évoquent naturellement l'image de Sieyès.

Sur cet amas de papiers poudreux, sa figure se détache pâle, dure, avec l'œil froid, sévère ; le teint est bilieux, blême par les excès d'étude. Un sourire s'est-il jamais joué sur les lèvres fines de ce visage dont aucun muscle ne semble devoir tressaillir? Quelque douce et expressive que

fut sa voix (1), la physionomie, les manières, toutes les
habitudes de son corps portaient l'empreinte d'une grande
sécheresse d'âme. « La supériorité de son esprit ne saurait
l'emporter sur la misanthropie de son caractère. La race
humaine lui déplaît et il ne sait pas traiter avec elle. On
dirait qu'il voudrait avoir affaire à autre chose qu'à des
hommes et qu'il renonce à tout, faute de pouvoir trouver
sur la terre une espèce plus à son goût » (2).

C'était pourtant du même Sieyès dont Mᵐᵉ de Staël,
avant d'écrire ces lignes, disait vers 1789 : « Quel dom-
mage qu'un homme si aimable veuille être profond! »
L'abbé Sieyès aimable! celui dont la conversation fatiguait
par sa vanité et son obscurité de raisonnement, cet être
sauvage, cet « ours mal léché » aux yeux des contemporains qui, jusqu'à quarante ans, et même après, vécut so-
litaire, isolé, ne fréquentant guère que lui-même et le
monde des idées avec lequel il était en commerce inces-
sant!...

C'était un esprit métaphysique incarné dans un corps
manquant de sensations : une constitution maladive, une
faible complexion, cette vocation contrariée, cet habit ecclésiastique endossé par force, contre ses goûts, contribuaient
à le rendre peu sociable. De là, une mélancolie profonde,
une irritation aigre, se fondant dans un égoïsme incurable.
Son caractère fut le jouet des événements, contre lesquels
l'esprit s'efforçait de lutter, mais en vain. De cet égoïsme,
comme d'une racine, partirent bientôt en rameaux, (con-

---

(1) Si l'on en croit Sainte-Beuve, Sieyès « aurait eu l'esprit doux
comme les Grecs » au lieu de cet esprit rude, de cette prononciation
mordante et forte qui caractérisent ses compatriotes, Raynouard
entre autres.

(2) Mᵐᵉ de Staël, *Considérations sur la Révolution*, loc. cit.

séquences inévitables) un orgueil indomptable, une ambition irréalisable, et finalement, au sommet une cupidité sans bornes, frisant la concussion.

II

« Sieyès n'a servi aucune tyrannie... Un homme d'autant d'esprit ne peut aimer l'autorité d'un seul, si ce seul n'est pas lui-même. » (1) Mme de Staël eut dû dire qu'il a servi la tyrannie de son égoïsme, car il avait en horreur toute supériorité, n'admettant que la sienne. Pour qui, sinon pour son propre intérêt, cette part qu'il a prise aux coups d'Etat du 18 fructidor, du 30 prairial, du 18 brumaire? cette chute de la République qu'il fomenta, accomplit? cette signature qu'il apporta timidement à l'acte additionnel?

De l'égoïsme à l'orgueil il n'y a qu'un pas; l'ambition vient après pour assouvir ce dernier défaut, mais non pour le servir.

Son orgueil, en effet, le rendait inabordable. Aucune discussion calme, paisible; toujours irrité, avec la prétention d'imposer ses idées, ses opinions, ses actes dans leur stricte rigueur, sans correctifs, tels qu'ils étaient sortis de son cerveau. Thibaudeau n'osa-t-il pas se permettre de critiquer son système de l'an III? Une haute accusation

(1) Mme de Staël (*Considérations*, II) ajoutait, ce qui est moins exact : « Non assurément que Sieyès ait voulu établir la tyrannie en France, *on doit lui rendre la justice qu'il n'y a jamais pris part.* » La fille de Necker aimait à recevoir le Constituant dans ses salons; sa préférence pour le génie de Sieyès explique cette inexactitude de jugement.

d'être vendu au royalisme vient frapper le téméraire, qui devine facilement de qui elle émane (1).

Les plans modifiés ne sont plus les plans de Sieyès. Ce ne sont plus ses enfants, ses œuvres ; qu'importe qu'ils soient plus jolis et mieux faits que les légitimes ; ce ne sont que des bâtards et leur père les renie.

Ecoutez-le défendre la tolérance des cultes lors de l'arrêté du Directoire de Paris (7 mai 1791) ; tout le mal vient de la mise en pratique d'un système d'administration, d'une délimitation de pouvoirs auxquels il n'a pas participé :

« Quant à l'anarchie administrative que l'on paraît redouter, c'est ailleurs qu'il faut en chercher la cause, et ce n'est point la faute de la liberté religieuse *si l'on a donné à la France un système d'administration où l'on ait ni classé ni limité les pouvoirs, où l'on ait oublié d'établir les vrais rapports de subordination*, d'une part avec les supérieurs, de l'autre avec les administrés, où la multitude des roues et des agents superflus étouffe l'action utile... Le mécanicien ne doit pas reprocher à sa machine les irrégularités qu'il y a mises ! » (2).

L'orgueil l'a perdu ; ce fut ce vice qui l'empêcha toujours, en 1789, en 1791, en 1793 d'être un chef de parti, et s'il n'eut pas d'ennemis irréconciliables, il lui fut toujours impossible d'avoir des amis sincères ; Rœderer, Boulay ne furent pour lui que des admirateurs.

Lorsqu'elle vit que ces deux défauts, l'ambition et l'orgueil n'avaient mené Sieyès qu'à un résultat final peu recommandable, la cupidité qui dans son esprit n'avait occupé jusque-là que la troisième place chercha, dès lors, à

---

(1) Voir Thibaudeau, *Mémoires*, ch. XV.
(2) Discours prononcé le 7 mai 1791, voir *Moniteur universel*.

acquérir la première. Elle y parvint en 1799. Elle fut le consolateur, le refugium des mécomptes de l'homme politique qui, ne pouvant être grand électeur ou premier consul, se fit thesaurisateur. A mesure que l'homme vieillit, son avidité pour l'argent s'accentue : tous les plans, tous les moyens sont bons; faut-il des scrupules pour remplir son coffre-fort! C'est en vain qu'on veut le défendre, l'histoire qui, plus tard, proclamera hautement ses brillantes qualités, demeure impitoyable pour l'avare.

En 1787, pourquoi cessa-t-il subitement son opposition systématique aux vues du gouvernement? Loménie de Brienne l'a berné d'un leurre qu'il caresse avec plaisir; Hélas! c'est en vain qu'il attend dans l'antichambre du ministre; l'abbaye de 12,000 livres lui échappe! Il est dégagé, mais la vengeance ne se fait pas attendre (1); des pamphlets sont publiés, une diatribe sanglante flagelle l'archevèque de Sens (2).

S'il ne s'est point vendu à la Prusse comme l'a prétendu Bonaparte, il dévia de ses opinions libérales toutes les fois que ses intérêts personnels furent en jeu. De là cet état de fortune inexact qu'il dressa dans son apologie justificative, de là ce discours pour le rachat de la dîme, où le député cède le pas au bénéficier; de là cet abandon de 10,000 livres de rente viagère qu'il fit en 1793 pour sauver sa tête, et comme placement sûr à gros arrérages (3).

Avarice insatiable; Bonaparte la connaît, l'utilise. Ne pouvant briser avec son rival, il l'écrase sous un amas de

---

(1) **Tous** ces récits historiques ont été longuement discutés dans la *Biographie historique*; voir Bertrand de Moleville et ch. I, § 3, p. 15 et la note, pour les documents, preuves, etc.

(2) Voir dans ses *Moyens d'exécution*.

(3) Se reporter pour ces vérités historiques, ch. I et II, à leur date. Il est inutile de les développer à nouveau.

titres, d'honneurs, de richesses: c'est la terre de Crosne et son château d'une valeur d'un million; c'est le fauteuil présidentiel du Sénat avec la dotation qui convient à ce rang purement honorifique, c'est le titre de comte, que sais-je encore? (1)

Et après la chute de l'empire, Harpagon riche à plus de 80,000 livres de rente, ayant bonne table, cour nombreuse, teint de chanoine, s'avilit encore jusqu'à demander à Talleyrand la continuation d'une pension sénatoriale, spéciale, soit 40,000 francs. (2)

Que nous sommes éloignés de cette époque de misère où Sieyès se plaignait de n'avoir « que 46,000 livres de fonds et deux ou trois petites portions de rentes viagères sur l'Hôtel de Ville de Paris » (3).

De la cupidité à la concussion il n'y a qu'un pas ; l'aveu du premier consul prouve que, cette fois, il fut franchi. La caisse du Directoire et ses 900,000 livres, dépouilles des directeurs, ne l'enleva-t-il pas, de concert avec Roger-Ducos, auquel il jeta 120,000 livres, s'attribuant en bonne charité la part du lion (4). Et quand il le dépeignait Bourrienne se montrait connaisseur d'hommes lorsqu'il écrivait que : « Son regard semble toujours dire : donnez-moi de l'argent! » (5)

---

(1) Voir pour détails la biographie historique, ch. II, §8, pp. 67, 68.
(2) Voir chap. II, § 9, page 70.
(3) *Notice sur la vie de l'abbé Sièyes*, loc. cit., voir chap. I, p. 12.
(4) Voir chap. II, § 8, les documents, la discussion et la note.
(5) Bourrienne, *Mémoires*.

III

Que la postérité continue l'œuvre de la mort; qu'elle laisse les défauts matériels pourrir avec le corps; — et les productions spirituelles subsistant seules, qu'elle étudie en Sieyès le triomphe de son esprit, l'auréole de son génie.

A côté de l'homme d'Etat, dont la valeur n'est plus discutable, elle verra apparaître « le novateur, l'esprit fier et peu obéissant, le métaphysicien de premier ordre ».

Une intelligence admirable dans l'art de concevoir, d'ordonner, de préparer un plan; — une âme où tout est sérieux, positif; dont rien ne s'échappe que pour un but certain; — un cœur de philosophe, sceptique, fermé aux émotions de la femme, vivant austère au milieu de la dissolution générale, méprisant la débauche pourrie de ses collègues, Barras entre autres; — un esprit porté à la méditation, logique, serré, mais parfois caustique; — un esprit doué d'une force de raisonnement dont le germe est dans ces premières études, dans cette théologie consacrée au problème de la valeur de l'unité absolue, philosophie par excellence qui lui apprenait à n'avoir confiance que dans les principes abstraits en négligeant les détails accessoires; — un esprit d'une justesse de vue, d'une profondeur de pensée remarquable; — un esprit enfin vouant à la raison un culte fervent, — tel est le fonds de l'abbé Sieyès et ce qu'on retrouve derrière le Constituant.

Ce fut avant tout un penseur profond dont il est souvent difficile de comprendre les sublimes doctrines. Son idée fondamentale était juste; il la faussait à force d'y appliquer les procédés arithmétiques et géométriques. Il formule d'abord les principes, mais en déduit trop logiquement les conséquences; aussi ne s'entendait-il qu'avec lui-même, « mais ne s'entendait ni avec la nature des choses, ni avec les esprits différents du sien. Il les subjuguait par l'empire de ses maximes absolues, mais les persuadait rarement. Aussi ne pouvant ni morceler ses systèmes, ni les faire adopter en entier, il devait bientôt en concevoir de l'humeur ». (1)

« Sieyès va droit aux causes premières, à la nature des choses, à celle de l'homme ; il reconnaît les avantages qu'a eus, pour les sciences naturelles et le progrès de la raison, la méthode de l'observation substituée à l'esprit de système ; mais, il veut que l'observation dépasse le domaine des faits qui, pour la politique, est le monde des sens. Il veut qu'elle combine des idées premières, des principes. » (2)

Tout compte fait, c'est l'homme de cabinet par excellence, le théoricien dans toute sa rigueur, le philosophe abstrait, le métaphysicien réduisant les passions et les hommes à l'état d'entité.

« Il s'exagérait comme la plupart de ses contemporains la puissance de l'esprit ; il tenait plus compte des droits que des intérêts, des idées que des habitudes... Ses vues se tournaient naturellement en dogme ;... il avait quelque chose de trop géométrique dans ses déductions et il ne se souvenait pas assez, en alignant les hommes sous son équerre politique qu'ils sont les pierres animées d'un édifice mouvant (3). »

De même que le philosophe était né au séminaire, ce fut dans les Assemblées du clergé et dans les Etats d'Orléans que s'éveillèrent les instincts de l'administrateur. Ar-

---

(1) Thiers, *Révol. franç.*, *loc. cit.*, tome I (éd Furne).
(2) Boulay de la Meurthe, *Mémoires*. Paris, Paul Renouard, 1836.
(3) Mignet, *Notice sur Sieyès*, *loc. cit.*

rivant en 1789 dans ces Etats-Généraux composés d'hommes nouveaux, il apparaissait donc bien comme devant frapper toutes les imaginations et occuper le premier rang comme organisateur. Aussi en fut-il l'oracle, le prophète.

Prophète il était en effet, avec son sentiment net des situations diverses et des réalités. A chaque époque, à chaque crise, sa perspicacité apparaît, baptisant la situation d'un mot. Le libellé sur le Tiers-Etat préconise la Révolution et aujourd'hui même encore l'accomplissement apparaît comme ayant réalisé la prédiction : le Tiers-Etat est tout! vérité d'expérience qu'il sut établir.

Eh bien! il formera une Assemblée nationale... Six mois plus tard l'événement était accompli.

Toutefois voir les excès de la Révolution dans sa phrase : Ils veulent être libres et ne savent pas être justes, — serait peut-être téméraire; aussi vaut-il mieux s'abstenir.

Pareil aux prophètes de la Bible, nous l'avons vu essayant de dessiller les yeux des Girondins aux premiers temps de la Convention : Peines perdues; ses conseils ne sont pas écoutés. Le parti menacé demeure aveugle et sourd (1).

Sous la Terreur, il se tait; — en 1795, de son coup d'œil d'aigle, il comprend que le moment n'est pas encore venu; et se dissimule, pour apparaître à l'heure dite; seuls, il comprend qu'il faut une épée; seul, quand elle est venue s'offrir, il l'a jugée : « Elle sait tout, peut tout, veut tout » (2).

Oui, le grand mérite de Sieyès fut de savoir attendre, d'avoir été, selon l'expression de Mme de Staël : « Le grand promulgateur de la loi de l'avenir; » et s'il ne fut pas un « architecte politique » comme le prétend Thibau-

(1) Voir précédemment, chap. I, § 6, page 40.
(2) Voir ch. II, § 8, page 65.

deau (1), si l'homme d'Etat habile et prodigue de ressources s'évanouit pour faire place au métaphysicien souvent subtil et vide, il eut toujours la gloire d'avoir érigé
un dogme sans précédents ni modèles et « pressenti la
religion du droit! » (2)

---

(1) Thibaudeau, *Mémoires*, ch. XV, *loc. cit.*
(2) Mignet, *Notice, loc. cit.*

CHAPITRE IV

L'ÉCRIVAIN ET L'ORATEUR

I. L'écrivain et l'orateur. — II. Méthode logique, dédain de la forme ; le style.

I

Que dire de son style ? il est l'homme même, portant le cachet de l'individu qui lui a imprimé son esprit, son caractère dogmatique. Dans la conversation, dans les discours, dans les écrits c'est toujours le même Sieyès qui apparaît ; toujours le « moi », l'homme profond qui a médité toute sa vie les hautes questions sociales, le métaphysicien nourri des grands principes de génie.

Dans son désir de réforme, il s'en prenait même à la langue : « Nos langues, écrivait-il, sont plus savantes que nos idées, c'est-à-dire annoncent des idées, des connaissances qui n'existent pas. » Notre langue oratoire en particulier lui paraissait trop apprêtée : « La langue ne devant être que le serviteur des idées ne peut point vouloir représenter à la place de son maître. Pourquoi donc ces longues dissertations sur l'harmonie, sur la période et sur toutes les qualités du style ? »

Aussi se sentait-il lui-même dépourvu des facultés oratoires. « La nature ne l'avait point fait orateur; il ne parut pas très souvent à la tribune. Dans les Comités il prenait même rarement séance avec ses collègues.... Pendant les délibérations, il se promenait en long et en large, et lorsqu'on le pressait de donner son avis il le donnait et s'éloignait comme s'il eut voulu signifier par là qu'il n'y avait rien à y retrancher ni à y opposer (1) ».

Il était impossible qu'il le fût.

Rigoureux dans ses déductions, ses discours ne pouvaient pas être comme on l'a prétendu, des créations d'idées, des chefs-d'œuvres précieux du genre parlementaire « dont chaque paragraphe fut une révolution; chaque phrase, un aphorisme social. » Ils étaient au contraire subtils et dogmatiques, bien qu'excellents au fond. Sieyès accusait les idées, mais les répandait rarement, comme un avare à qui l'on demande son trésor. Leur force d'abstraction les rendait parfois inintelligibles, à la grande masse de l'Assemblée, qui les goûtait peu. Éclipsé par l'éloquence de plusieurs qui s'éclairaient et s'enrichissaient de ses principes, il se tut par prudence; rien ne put le faire sortir de son mutisme, ni les exhortations de Clermont-Tonnerre, ni la sincère apostrophe de Mirabeau (2) en mai 1790 qu'il importe de citer.

(1) Thibaudeau, *Mémoires*, ch. XV Il était préférable de demander à un contemporain capable de le juger à l'œuvre, son opinion sur l'orateur.

(2) Nous n'avons cité le fragment entier du discours de Mirabeau (10 mai 1790 sur le droit de paix et de guerre) que pour témoigner de sa sincérité. Voir d'ailleurs ce qui a été dit, ch. I, p. 36, des relations entre Sieyès et le grand orateur. Il est regrettable que l'Assemblée ne vit dans cette parole qu'un sarcasme piquant. Selon Thibaudeau, *Mémoires*, ch. XV, Mirabeau aurait, dit-on, pensé tout bas : « Je lui ferai une renommée qu'il ne pourra soutenir ! » L'apostrophe de l'orateur paralt pourtant sincère.

« Je ne cacherai pas mon profond regret que l'homme qui a posé les bases de la Constitution et qui a le plus contribué à votre grand ouvrage; que l'homme qui a révélé au monde les véritables principes du gouvernement représentatif, se condamne lui-même à un silence que je déplore, que je trouve coupable, à quelque point que ses immenses services aient été méconnus, que l'abbé Sieyès... je lui demande pardon, je le nomme... ne vienne pas poser lui-même, dans sa Constitution, de plus grands ressorts dans l'ordre social.....

« J'étais accoutumé à me reposer sur ce grand penseur de l'achèvement de son ouvrage. Je l'ai pressé, conjuré, supplié au nom de l'amour de la patrie, ce sentiment bien autrement énergique et sacré, de nous doter de ses idées, de ne pas laisser cette lacune dans la Constitution; il m'a refusé, je vous le dénonce. Je vous conjure à mon tour d'obtenir son avis, qui ne doit pas être un secret; d'arracher enfin au [découragement *un homme dont je regarde le silence comme une calamité publique.* »

Sieyès, malgré ces véhémentes objurgations resta muet. Esprit perspicace, il sentait trop bien que sa force était justement dans sa prudence; son silence fut son plus grand mérite. Dans une nation comme la nôtre, il est d'un ascendant prodigieux de savoir se taire quelquefois; Ainsi devint-il l'oracle mystérieux des événements qui se préparaient; comme c'était avec peine qu'on arrachait quelques syllabes de ce caractère sombre, taciturne, sujet à l'humeur, elles comptaient par leur rareté comme des ordres ou des prophéties.

II

De même, chez l'écrivain, la façon de procéder est toujours semblable : recherchant l'origine des choses, remontant à l'idée générale pour lui demander la solution de
la question, il pose sèchement le principe et en tire de
rigoureuses conséquences, sans regrets, sans élans. Les
motifs qu'il développe sont froids et brefs. La forme n'est
pas toujours parfaitement pure, non plus que la mise au
net et l'arrangement des mots (1). Ses idées, jeunes filles
qui n'ont pas fait leur toilette, se sachant belles par elles-
mêmes, négligent les ornements, les parures, le brillant
moderne. Le style s'en ressent; il est assez généralement
correct, mais sans chaleur, moins actif que la pensée,
moins pressé, moins hardi que les opinions : pas de pé-
riodes abondantes; les mots appropriés au sujet sont
abstraits, comme lui, rarement harmonieux.

---

(1) Sieyès n'eut jamais des prétentions littéraires pures; il avait
l'esprit trop philosophique et trop abstrait, l'ambition trop grande
d'atteindre par ses idées la réalisation d'un but, pour s'occuper du
style qu'il ne regardait que comme un accessoire négligeable. Reviser ses œuvres, corriger ses épreuves, au dire de Dumont (*Souvenirs*,
loc. cit., p. 65), était pour lui un supplice. D'ailleurs, il ne s'en cachait pas :
« La mise au net, écrit-il dans sa *Notice*, (*op. et loc. cit.*, p 10), le
« remplissage des vides et cette sorte de toilette que les auteurs les
« moins soucieux de fumée littéraire ne pourraient refuser à des
« écrits destinés à voir le jour lui sont insupportables. S'il s'est per-
« mis quelque infidélité à cette sorte de paresse, ce n'a été qu'en-
« traîné par le sentiment d'un grand intérêt public, et dans les mo-
« ments où il avait espoir probable d'être utile. »

CHAPITRE V

L'ÉCONOMISTE, LE LÉGISLATEUR ET L'ADMINISTRATEUR

I. Des conceptions administratives et économiques de Sieyès. — II. La banqueroute et l'impôt. — III. Liberté de la Presse. — IV. Division de la France en départements. — V. Projet sur l'établissement du jury, surtout en matière civile.

I

Sieyès écrivait en 1789 comme épigraphe de sa brochure *Qu'est-ce que le Tiers-Etat?* :

« ... Le devoir de l'administrateur est de *graduer* sa « marche suivant la nature des difficultés... Si le philo- « sophe n'est au but, il ne sait où il est ; si l'administra- « teur ne voit le but, il ne sait où il va ».

Pour l'auteur de ces lignes, quel était-il ce but? « La liberté du citoyen.... fin de toute organisation politique et de toute législation ! » Assis sur le terrain des libertés, des garanties individuelles, il n'hésita pas, comme le fit trop souvent l'Assemblée ; rarement il fit fausse route. Du principe qu'il avait émis, il tirait la conséquence logique que, dans aucun cas, le but ne devait être sacrifié au moyen. Sa voie était trouvée ; laissant à Mirabeau le soin

de lutter pour la défense des droits, pendant l'année 1790,
il donne carrière à son génie systématique qui, ici, pouvait se mouvoir et se déployer à son aise. Aucune de
ses conceptions, trop théoriques, il est vrai, trop abstraites, obligées de subir des modifications dans leur application, ne peut rester indifférente à la postérité. Il n'est pas
une idée utile qu'il ne fut des premiers à émettre et à faire
valoir avec une grande force de raisonnement :

L'établissement de la Garde nationale (8 juillet 1789);
la division du territoire et la substitution de l'unité à l'esprit de provincialisme, le régime municipal (29 septembre 1789); — la liberté de la presse et la répression de
ses abus (20 janvier 1790); — l'organisation de l'Instruction
publique (juin 1793); — la liberté des cultes (mai 1791);
— la police et la justice qu'il prétend reconstruire à neuf
sur l'antique base du jury (8 avril); — il traita sous la Constituante toutes ces matières importantes dans ses écrits et
dans ses discours.

Chez lui, le législateur et l'administrateur se doublaient
souvent d'un économiste.

Avant de se lancer dans la politique, il avait lu les Phy-
siocrates, il les avait même fréquentés, Turgot entre
autres. Bien qu'il trouvât « leur système raide et pauvre »
son jugement reconnaissait cependant que « leurs théories actuelles étaient supérieures cent fois à la misérable
routine qui s'en effrayait ».

Si on ne connaissait l'homme politique trop souvent
intéressé, appréciant son discours pour la dîme au point
de vue économique, il faudrait reconnaître que les membres de la Constituante s'en prirent plutôt à sa robe qu'à
son jugement. N'est-ce pas la voix de l'économiste qui se
fait entendre lorsqu'il combat logiquement la banqueroute,
qu'il propose un mode nouveau d'organisation de l'impôt?

l'éloquence de Mirabeau sur ces deux matières pouvait seule ajouter encore à l'expression de ses idées. A ce triple point de vue, économiste, législateur et administrateur, se présente l'abbé Sieyès. De ses nombreuses conceptions, nous n'étudierons que les plus importantes :

1º La banqueroute et l'impôt;

2º La liberté de la Presse et la répression de ses abus;

3º La division du territoire en départements et le régime municipal;

4º Le projet sur l'établissement du jury, surtout en matière civile.

II

1. *Banqueroute et mode d'impôt.* — Ce fut dans ses *Vues sur les moyens d'exécution,* parues en 1788, que Sieyès s'occupa de cette question qui alors agitait l'opinion publique.

Entendez-le flétrir ce procédé inique; n'apparaît-il pas comme un avant-coureur des idées de Mirabeau?

« ..... Une nation banqueroutière! Tel est le titre dont l'univers entier aurait le droit de flétrir un peuple qui se disait franc, généreux, et qui osait prétendre à la liberté. Quel fruit du premier usage qu'on lui a permis d'en faire! Semblables à un troupeau d'esclaves dégénérés et méchants, dont une occasion fortuite aurait brisé les fers, incertains et rapaces, indignes de la liberté que le sort leur offrait; ces malheureux ne savent que marquer leurs premiers pas, de vols, de violence, de désordre, et baisser la tête sous le fouet des commandeurs, qui viennent bientôt les ramener à la chaîne accoutumée. Les peuples créanciers ne se contenteraient pas de nous mépriser, ils échaufferaient, ils combineraient tous les ressentiments, et nous ne tarderions pas à être en proie aux horreurs d'une guerre qu'il faudrait soutenir sans crédits, avec des fonds achetés à une usure exorbitante!

« ... Et ce n'est pas seulement l'intérêt des créanciers et de tous ceux qui ont des rapports avec eux, c'est l'intérêt de l'universalité des citoyens. Les contre-coups d'un mouvement assez violent, le crédit anéanti, le commerce et les arts paralysés pour 50 ans et 300,000 hommes sur les grands chemins ne décident que trop pour tous, lequel de ces deux maux il vaut le mieux éviter; ils ne démontrent que trop que de tous les moyens de remplir le *déficit, la banqueroute serait le plus cher, comme le plus désastreux pour la nation.* »

On ne peut être plus logique et plus sensé. Le mal étant examiné, Sieyès s'occupe en véritable économiste d'y trouver remède; il croit l'avoir rencontré dans un mode nouveau d'organisation de l'impôt :

La loi constitutionnelle de l'impôt serait votée annuellement; le subside réparti entre les provinces par les Etats-Généraux seuls.

La seconde répartition entre les arrondissements communaux serait l'ouvrage des Assemblées provinciales.

Les districts communaux procéderaient à une 3e répartition entre les paroisses, qui, elles, attribueraient finalement leurs parts aux propriétés ou aux citoyens.

Il terminait sous ces deux considérations :

1o Toutes les parties de la dépense générale, réglées par les Etats-Généraux, seront acquittées par la Caisse nationale, toujours sous les ordres de l'Assemblée nationale.

2o Les deniers publics ne pouvant être que les deniers de la nation, ils lui appartiendront dans tous les degrés de leur circulation, jusqu'au paiement final; jusqu'à ce dernier moment, ils ne pourront, dans aucun cas, être soustraits à l'inspection et à la direction des Assemblées représentatives.

N'était-ce pas montrer aux futurs représentants de la France l'exercice de leurs devoirs?

Il est donc à regretter que le tourbillon politique et révolutionnaire ait absorbé cet esprit philosophique au point de lui faire négliger la science économique.

III

2. *Liberté de la presse*. — Cette matière était trop étroitement liée au mécanisme social pour ne point avoir occupé l'abbé Sieyès.

D'après le philosophe, la liberté de la presse doit avoir ses limites, comme toutes les libertés. C'est le principe qui, depuis, a souvent prévalu; mais à ce moment il y avait erreur : on s'imaginait qu'en balançant les avantages et les inconvénients de cette liberté, on pourrait trouver la juste démarcation entre ce qui pourrait être toléré et ce qui pourrait être défendu. La discussion de la limite à apporter à ce droit de communiquer par écrit ses pensées aux autres hommes a le plus contribué à constituer le fond de la civilisation moderne.

A la fin de l'ancien régime, la presse périodique des journaux était en enfance, elle subissait le même traitement juridique et le même régime d'autorité que les livres. La profession de libraire et d'imprimeur n'était pas libre; une lourde patente pesait sur elle; de plus, aucun ouvrage ne pouvait être publié qu'après examen des censeurs royaux.

Sous la Constituante, la réaction se produisit; elle voulait aller d'un extrême à l'autre, c'est-à-dire permettre la liberté dans toute son étendue.

Sieyès intervint. L'Angleterre lui fournissait deux conditions nécessaires et suffisantes :

1º Il faut que la réglementation soit simplement répressive et non préventive; on doit laisser la liberté, sauf à citer devant les tribunaux; d'où la conséquence que la profession d'imprimeur doit être libre(1), — c'est la condition première. De plus, le législateur ne doit pas chercher à entraver la liberté par des moyens indirects, tels que le timbre spécial, la caution préalable, etc...

2º Pour les délits de la presse, lorsqu'il s'agit de délits intentionnels et non matériels, ils doivent être soumis au *jugement par jury*.

Tels étaient les principes que le législateur français avait comme exemple.

Le 20 janvier 1790, il présente un projet rédigé avec beaucoup de soin, assurément remarquable, émanant d'un esprit puissant, libéral. Le préambule disait :

« Le public s'exprime mal lorsqu'il demande une loi pour accorder ou autoriser la liberté de la presse. Ce n'est pas en vertu d'une loi que les citoyens pensent, parlent, publient et écrivent leur pensées, c'est en vertu de leurs droits naturels, droits que les hommes ont apporté dans l'association et pour le maintien desquels ils ont établi la

---

(1) Cette condition n'a été établie en France que par la loi récente du 29 juillet 1881, article I. La réglementation moderne a été très difficile à opérer, en matière de liberté de la presse. Il y a eu de nombreuses fluctuations, très variées, tantôt esprit de liberté, tantôt esprit de défiance. La loi qui nous régit (29 juillet 1881) a pleinement consacré les garanties et, de plus, a supprimé les délits d'opinion consistant dans le fait de professer une opinion politique. Elle est la loi la plus libérale qui soit en Europe sur cette matière.

loi elle-même, et tous les moyens publics qui la servent. L'imprimerie n'a pu naître que dans l'Etat social; la loi n'existe que pour empêcher la société de s'égarer. La liberté est antérieure à tout; la loi ne peut avoir pour objet que de la protéger. La liberté de la presse, comme toutes les libertés doit donc être protégée; elle doit donc avoir ses bornes. Etablir quels sont les délits légaux, régler la peine, atteindre les accusés, voilà le but qu'elle doit toucher..... »

« Cette institution protectrice qui dérive de la liberté, doit marquer dans les actions naturellement libres de chaque individu le point au delà duquel elles deviendraient nuisibles au droit d'autrui; là, elle doit placer des signaux, poser des bornes, défendre de les passer et punir le téméraire qui oserait désobéir..... »

Ce que Sieyès essayait, c'était, non pas d'entraver le droit, mais de le séparer de l'abus. Mirabeau n'avait fait qu'ébaucher la question; il était donné au philosophe de la résoudre. La voie de l'impression donne lieu à des délits : tout délit doit être puni; une loi s'impose. Les principales dispositions du projet de loi étaient déduites logiquement de trois opérations distinctes. D'abord l'écrit; — en quoi il pouvait blesser les droits d'autrui, quel effet il produisait; — puis, si cet effet était mauvais, il frappait l'auteur sans s'inquiéter de l'intention.

Quant aux dispositions elles-mêmes elles étaient classées sous quatre chefs :

Le premier traitait des délits et des peines qui devaient être appliquées;

Le deuxième était spécial aux délits contre les propriétés des auteurs;

Le troisième chef consistait à rechercher et à indiquer les personnes qui devaient être responsables;

Quant au quatrième, il déterminait l'instruction et le jugement. L'instruction devait être d'abord secrète, puis publique, devant dix jurés, chargés de juger le fait; après quoi, le juge devait prononcer la condamnation ou l'absolution ; c'était, on le voit, un commencement de procédure par jurés. Cette forme de procéder qu'il devait présenter plus tard (1), donnait, selon lui, le seul moyen de s'opposer à ce que le pouvoir judiciaire peut avoir d'arbitraire.

Ce projet n'était en vérité qu'une ébauche; mais on y reconnaissait une main de maître. D'ailleurs, à cette époque, il ne pouvait être question que d'indiquer les limites au delà desquelles le droit devenait licence ; on avait besoin de cette licence jusqu'à nouvel ordre et le travail de l'abbé Sieyès, quoique applaudi, ne fut pas mis en délibération.

Plusieurs fois repris ou réclamé, il ne put jamais arriver à discussion tant les passions étaient grandes au dehors.

IV

3. *Division du territoire en départements et régime municipal.* — Le changement des provinces en départements, leur désignation par des noms pris dans la nature et dans les localités fut une de ces conceptions remarquables qui détruisirent sans murmures, sans dissensions, une foule d'institutions bizarres qu'on ne serait parvenu à renverser une à une qu'avec des peines infinies. L'esprit fédératif et féodal, si favorable à la guerre civile, disparaissait pour jamais ; la France moderne était faite.

En 1789, dans son *Plan de Délibérations pour les Assemblées de Bailliages* (2), l'abbé Sieyès avait déjà donné

---

(1) Voir même chapitre, § 5.
(2) Voir sur cet ouvrage, *supra*, ch. I, § 3, page 20.

l'idée de ce qu'il devait réaliser six mois plus tard :

« Ce n'est qu'en effaçant les limites des provinces, — écrivait-il, — qu'on parviendra à détruire tous les priviléges locaux. Ainsi il sera bien essentiel de faire une nouvelle division territoriale par espaces égaux partout. Il n'y a pas de moyen plus puissant et plus prompt de faire sans troubles, de toutes les parties de la France, un seul corps, et de tous les peuples qui la divisent, une seule nation. »

La mauvaise organisation de la France, telle qu'elle existait à cette époque, devait être la première détruite, si on voulait arriver à un résultat.

Le royaume était partagé en autant de divisions différentes qu'il existait de diverses espèces de régimes ou de pouvoirs : en diocèses, sous le rapport ecclésiastique ; — en gouvernements, sous le rapport militaire ; — en généralités, sous le rapport administratif ; — en bailliages sous le rapport judiciaire. Ajoutez les disproportions trop fortes en étendue de territoire, et, planant au dessus de tout, le roi, dans la personne de ses intendants. Qui gouvernait ces circonscriptions ? Le roi. Qui les administrait, qui les jugeait ? Les intendants, c'est à dire toujours le roi. Il y avait donc unité, mais unité relative, superficielle, puisque chacune de ces subdivisions administratives, judiciaires, financières, ecclésiastiques, militaires étaient variées, distinctes et confuses ; c'étaient des catégories spéciales, déterminées par aucune combinaison politique ; vicieuses sous tous les rapports, physiques et moraux ; ne puisant leur force que dans leurs origines diverses. L'habitude seule pouvait rendre tolérables ces petites nationalités, *imperia in imperio.*

Il paraissait donc frappant que c'était là le premier monument qu'il fallait abattre ; c'était plus que nécessaire, c'était urgent. Aussi, fonder un nouveau système d'administration municipale et provinciale fut la première œuvre de la Révolution, œuvre qui s'imposait.

Les cahiers des Etats-Généraux n'étaient pas explicites. Ainsi, pour l'organisation communale, pas un mot sur les villages ; sur les villes, on stipulait seulement le rétablissement des systèmes d'élection. Après la nuit du 4 août, qui détruisit l'édifice féodal, l'Assemblée eut le champ libre pour établir un ordre de choses différent.

Deux systèmes furent présentés :

A. Celui de Mirabeau qui, pour les communes, demandait qu'il fut fait le moins de législation possible ; il rappelait le système américain dont les municipalités s'étaient organisées selon leur bon plaisir. La simple condition qui devait leur imposer le pouvoir central, c'était qu'elles ne s'écartassent pas des principes des nouveaux droits publics.

B. Le second système était celui de Sieyès, absolument opposé, essayant de faire naître l'organisation de la théorie et de la logique, sans tenir compte des faits. Par ses conseils, il s'efforçait de convaincre les esprits que l'organisation de chaque grand district du royaume devait être constitué de manière qu'elle serve, en même temps, et à la formation du corps législatif, et à celle des diverses assemblées administratives.

C'est pourquoi, partant de ce principe abstrait : « substitution de l'unité à l'esprit de provincialisme », Sieyès en déduisait naturellement qu'il était indispensable de partager la France, dans l'ordre de la représentation, en raison de trois bases : le territoire, la population, l'impôt. Cette triple base devait se combiner dans une juste proportion pour aboutir à l'unité rêvée.

Voici, dans ses lignes principales, en quoi consistait le plan qu'il fit présenter par Thouret, le 29 septembre 1789 ; on y retrouve l'empreinte de son rigoureux esprit.

a) Base territoriale. — La France était partagée pour les élections en 80 grandes parties chacunes d'environ 324 lieues carrées, sans compter Paris qui, à lui seul, formait un *département*.

Chaque département serait divisé en 9 districts sous le titre de *communes*, chacune de 36 lieues carrées, ou 6 sur 6. Il y en aurait 720. Chaque commune à son tour serait subdivisée en 9 fractions invariables ou *cantons* de 4 lieues carrées ou de 2 lieues sur 2. En tout 6480 cantons.

Ces subdivisions multiples, mais simples à concevoir, étaient créées pour faciliter la hiérarchie administrative.

b) Base personnelle ou de la population. — Le droit d'élire les représentants de ces divers centres délibératifs et administratifs était conféré au premier degré des Assemblées qu'on peut appeler *primaires*, établies dans chaque canton ; elles devaient comprendre 450 votants au moins. Les Assemblées primaires nommaient un député par deux cents citoyens actifs qui devaient représenter le canton à l'assemblée *communale*. Enfin les Assemblées de *département* formées par la réunion des députés élus dans les communes, nommaient les membres de l'Assemblée nationale.

Cette hiérarchie électorale ne blessait en rien l'égalité ; elle assurait plus de lumières, plus de garantie morale et plus de notoriété publique dans l'élu. Le premier degré constatait le droit et l'origine véritablement populaire dans le représentant ; le deuxième degré constatait la capacité. C'était toujours le peuple, mais le peuple plus trié, plus concentré, plus éclairé.

c) Base de contribution. — Une seule condition aristocratique, matérielle et fiscale était exigée des représentants pour droit d'éligibilité. « Il est juste, disait Sieyès, que le pays qui contribue le plus aux besoins et au soutien de

l'*Etablissement public*, ait une part proportionnelle dans le
régime de cet établissement. » La base territoriale établie
seulement sur l'égalité des surfaces, devait voir rectifiée
son inexactitude par la base de contribution; aussi de-
vait-on payer une contribution égale à la valeur d'un marc
d'argent, c'est à dire 54 livres (130 francs).

Quant à être électeur, il suffirait d'être citoyen actif,
c'est à dire Français, majeur, domicilié dans le canton,
payer un impôt direct égal au prix local de 3 journées de
travail, ne pas exercer une profession servile.

Ici, Sieyès faussait son principe philosophique et moral
en plaçant sa garantie dans la chose et non dans l'homme;
la propriété était déclarée supérieure à la sagesse. Peut-
être par prudence n'osa-t-il pas aller jusqu'à la dernière
conséquence spiritualiste de cette philosophie qui place
avec raison le droit de l'homme avant le droit du citoyen.
C'était un matérialisme dans la législation.

Des assemblées administratives, également élues, devenaient le pouvoir administratif et exécutif de chacune des
subdivisions territoriales, sous le nom de Directoires.
C'était aller un peu loin en annulant brusquement le pouvoir central, l'unité et la responsabilité, conditions essen-
tielles à tout pouvoir actif.

Telle était cette vaste machine administrative, aux
rouages multiples, dont l'exécution parut à quelques-uns
défectueuse; on ne peut s'empêcher, il est vrai, de trouver ce système artificiel. On alla jusqu'à blâmer Sieyès
d'avoir « coupaillé la France pour en former un damier
départemental (1) »; mais ce n'était là qu'une fusée partie
de quelque esprit chicanier, et malgré Mirabeau et Barère,
malgré le long discours de Bengy de Puy Vallée, député

---

(1) Bertrand Barère, *Mémoires*.

du Berri (1) « l'égalité mathématique » du plan de Sieyès,
triompha en partie dans le système qui prévalut. L'Assemblée, sur les conseils de Barnave qui voulait concilier les
deux systèmes de Mirabeau et du Comité, modifia certaines
dispositions qui eussent donné aux nouvelles divisions une
uniformité trop mathématique. L'usage a prouvé que ce
plan de division, de représentation et d'organisation reposait sur des bases solides et constitutionnelles ; la pratique
marchait ici de pair avec la théorie (2).

Grâce à l'abbé Sieyès, il n'y avait plus qu'une France
en 81 parties dont aucune n'était rien sans le tout. Chacune de ces divisions territoriales soumises à la même administration, au même impôt, à la même représentation,
avait amené dans l'ensemble du royaume et du pays ce
qui devait en faire la force, et ce que recherchait avant
tout l'esprit philosophique du législateur, l'unité ! Le seul
vice de ce plan, le seul reproche qu'on pût lui faire,

---

(1) Voir *Moniteur universel* du 5 novembre 1789.

(2) *En Espagne*, une grande partie de la loi très libérale du
20 août 1870 sur l'organisation municipale, amendée dans le sens
conservateur par la loi du 16 décembre 1876, semble être la mise en
pratique du système artificiel de Sieyès. Le municipe est l'association
de toutes les personnes résidant dans le *Termino* espagnol. Afin de
pouvoir être formé en commune, le territoire doit avoir : 1o une population d'au moins 2,000 habitants; 2o une étendue proportionnelle
à sa population; et 3o les ressources nécessaires pour supporter les
frais d'une municipalité. Ne sont-ce pas là les trois idées fondamentales sur lesquelles repose la conception administrative de Sieyès?
Quand elles se trouvent résolues, on a le *Termino municipal* (district communal) territoire communal sur lequel s'étend l'action administrative d'une *Junto municipal* et d'un *ayuntamiento* (corps municipal), comité exclusif se composant d'un *alcade* (maire), de *tenientes*
(adjoints) et de *regidores* (conseillers).

La commune peut se composer de plusieurs localités (*pueblos*) et
si ces localités ou sections ont 60 chefs de famille, elles peuvent avoir
une administration séparée pour leurs intérêts particuliers.

c'était d'avoir créé des administrations collectives. Il était donné à l'Empire d'y remédier.

V

4. *Projet sur l'Etablissement du jury, surtout en matière civile.* — De même que pour la machine administrative, l'Assemblée constituante s'aperçut que le vieux système judiciaire n'était point susceptible de réforme; il fallait donner à la magistrature française une organisation entièrement nouvelle. De là les nombreux projets qui lui furent présentés. Il importe ici de ne s'occuper que du seul point dans lequel l'abbé Sieyès joua un rôle important : l'Etablissement du jury.

Dans ce même *Plan de Délibérations* (1) qui proposait l'abolition des provinces et une nouvelle division territoriale, Sieyès indiquait déjà (2) cette chimère préconçue du jugement par jurés :

« La loi qui sera faite pour mettre à couvert la liberté individuelle », y disait-il, « doit introduire parmi nous le *jugement par jurés comme le seul moyen de défendre la liberté contre l'arbitraire de tous les pouvoirs à la fois.* »

Le principe qu'il avait en vue, comme dans toutes ses conceptions, était encore la liberté individuelle; le jugement par jurés n'en était qu'nne déduction logique.

Quelques semaines auparavant, en janvier 1789, dans sa brochure *Qu'est-ce que le Tiers-Etat?* il n'avait pas hésité à manifester ses préférences pour cette forme de juge-

---

(1) Voir ce qui a été dit précédemment, ch. I, § 3, page 20 et ch. V, § 3, page 90.

(2) Commencement de 1789.

ment dont l'exemple lui était fourni par l'Angleterre :

« Il y a évidemment telle loi qui vaut mieux que la Constitution anglaise elle-même. Je veux parler du *Jugement par jurés*, le véritable garant de la liberté individuelle dans tous les pays du monde où l'on aspirera à être libre. Cette méthode de rendre la justice est la seule qui mette à l'abri des abus du pouvoir judiciaire, si fréquents et si redoutables partout où l'on n'est pas jugé pas ses pairs (1). »

Il ne faut donc pas s'étonner de le voir monter à la tribune le 8 avril 1790, après Duport, pour présenter un projet sur ce sujet, projet qu'il avait d'ailleurs publié pour la circonstance, en mars de la même année (2).

En principe, Sieyès avait raison de voir dans cette institution anglaise une garantie de justice et d'impartialité.

« L'admirable institution du jury est mieux adaptée, mieux disposée, pour la recherche de la vérité qu'aucune méthode d'investigation employée dans le monde (3). »

Il y a, en effet, un immense danger à laisser le sort d'un accusé à la merci de magistrats, en majeure partie prévenus défavorablement. Le magistrat, accoutumé au spectacle du vice, voyant fréquemment des criminels, possède une sensibilité émoussée. Les mensonges fréquents, les détours employés par les coupables l'ont rendu incrédule aux protestations de l'innocence; insensiblement et malgré lui, son impartialité s'est trouvée altérée. Pour lui, présomptions deviennent preuves, et soupçons, certitude. Là où il voit toujours un criminel, le jury verra un homme,

(1) Voir *Qu'est-ce que le Tiers-Etat ?* ch. IV.
(2) *Aperçu d'une nouvelle organisation de la justice et de la police en France.* Paris, Baudouin, mars 1790, in-8, 64 pages.
(3) Glakstone, *Comment. des lois anglaises*, V.

et chez cet homme, il tiendra compte du milieu ambiant où il a vécu, de ses mœurs, de sa moralité, de sa profession, de ses antécédents.....

L'idée du jury, c'est-à-dire de cette réunion de citoyens constitués juges en leur conscience et sous la foi du serment (de là leur nom de jurés), est aussi ancienne que l'idée de justice, si on la considère dans son principe abstrait; mais son organisation pratique varie suivant les doctrines politiques de chaque siècle, de chaque pays (1).

Dans les temps les plus reculés, la loi de Moïse chez les Hébreux, le dicastère d'Athènes, ce tribunal composé de citoyens et de magistrats, le *judex unus* de Rome, ce juré unique, en renferment des exemples frappants.

Le jury français, lui, paraît avoir une double origine :

D'abord les lois et coutumes des époques barbare et féodale en contenaient le germe sous les Mérovingiens et les Carolingiens; une sorte de jury civil et criminel existait, composé d'hommes libres, les Rachimbourgs, rendant le jugement sous la présidence du roi ou du comte (2). Le jugement par les pairs était bien par lui-même de l'essence de la justice du moyen âge. Mais avec le régime féodal, par l'effet de la centralisation monarchique, la notion du jury s'évanouit et disparut.

Une seconde origine ressort plus manifestement des

---

(1) Cf. Faustin Hélie, *Droit pénal*, tome VIII, nº 3124 et suiv. — Oudot, *Théorie du jury*, 1843. — Aignan, *Histoire du jury*, 1882. Mittermaïer, *Ehrfahrungen über die Wirksanikrit der Schwurgerichte in Europa und America*. Erlangen, 1864.

(2) Voir *Formules de Marculfe*, I, 13 et 25. — De Rozière, *Recueil géneral des formules usitées de l'Empire des Francs du Vau X siècle*, I, nº 216; — *Lex salica emendata*, titre LII, § 2 et LX. (édit. de Pardessus.) — De Savigny, *Histoire du droit romain au moyen âge*, I, nº 52 et suiv.

lois et coutumes anglaises qui présentaient de cette institution une formule complète et une longue expérience. En Angleterre et aux Etats-Unis, elle avait prospéré avec faveur. Dans le premier de ces pays, les Saxons l'avaient introduite, et elle s'y était acclimatée pendant qu'elle tombait en désuétude ailleurs. Il en est fait expressément mention dans les Constitutions de Clarendon (1164) et de Northampton (1174). Depuis cette époque, le jury fonctionne avec ses erreurs fréquentes, ses inconvénients évidents ; les Anglais le conservent par habitude, par respect. Chez eux, le point de vue politique domine ; les citoyens sont associés à l'œuvre de la justice ; les magistrats nommés par le gouvernement ne peuvent devenir tout-puissants, mais au point de vue judiciaire jouissent d'une très grande considération.

C'est à l'Angleterre, en effet, que l'Assemblée Constituante emprunta cette institution, bien faite pour séduire quelques esprits novateurs de la Constituante. Le 17 mars 1790, Adrien Duport présente pour la première fois un projet d'introduction du jury en matière civile à l'Assemblée : « Si vous ne l'admettez pas », s'écrie-t-il, « tout ce que vous avez fait pour la liberté du pays est inutile ! » Son système est simple : La question de fait en matière civile ou criminelle toujours soumise à un jury, à moins d'accord entre les parties. Malgré les discours de Barnave, de Lameth, de Robespierre même, cette proposition fut abandonnée.

Parut alors le projet de Sieyès soutenu au nom de quatre membres du Comité de constitution (Discours du jeudi, 8 avril 1790).

Le principe était le même : le ministère du jury nécessaire dans les instances civiles, comme dans les procès criminels. Mais tandis que Duport ne lui accordait force de

jugement que sur le fait, Sieyès l'appelait à décider sur le
fait et sur le droit, sous la présidence d'un magistrat qui
n'auraït eu qu'à prononcer le jugement. La nécessité des
connaissances spéciales pour remplir de telles fonctions
l'obligeait à exiger de ses jurés une certaine somme d'ap-
titudes, et il était ainsi amené à décider que le nombre
des hommes de loi devait dans tout jury être supérieur
aux deux tiers.

Il faut dire que Sieyès avait en lui une conception spéciale du jury, de sa définition, de ses caractères.

« J'entends par jury, un corps de citoyens choisis et appelés de manière qu'il est toujours propre à décider avec
connaissance et intégrité sur toutes les questions qu'il importe de résoudre pour appliquer la loi. Placez-vous au
moment où un citoyen commettra un délit, soit contre la
propriété, soit contre la liberté, c'est-à-dire au moment où
il manque à la loi, n'est-il pas clair que les hommes les
plus propres à connaître la loi qu'il enfreint en ce moment, sont *ses pairs,* c'est-à-dire ceux qui se rapprochent de
sa position par une similitude de devoirs et de relations! »

L'intervention des jurés dans le jugement était pour lui
la meilleure garantie d'impartialité et d'indépendance. Il
avait au sujet de la composition du jury civil et de son
organisation des idées originales :

« Tous les hommes de loi seront appelés à juger; d'où
il suit que les décisions seront l'ouvrage, non pas seulement de ceux qui, instruits ou non, siégeraient en qualité
de juges, mais de tous ceux des légistes que la confiance
publique appellera à partager cette belle fonction. Ainsi
déjà il faut m'accorder que le corps d'un jury sera composé de membres plus véritablement instruits, plus en état
de juger que ne l'était le tribunal lui-même. Cette certitude est la suite naturelle d'un choix fait sur la totalité

des hommes de loi. Vous remarquerez aussi qu'en intro-
duisant dans les jurés d'autres membres que les légistes,
quoique vous ne les appelez d'abord qu'en petit nombre,
vous ne laissez pas cependant que de produire un très bon
effet par l'espèce de surveillance sur eux-mêmes que les
étrangers accepteront de la part des anciens légistes. »

Dans les procès ordinaires, le juge directeur était chargé
de rédiger un rapport dans lequel étaient exposées et ana-
lisées toutes les questions de fait et de droit qu'avait à résoudre le jury. Lorsque l'affaire présentait une certaine
importance et nécessitait une longue et difficile instruction,
le jury se divisait en deux parties qui prenaient le nom
de Conseil d'instruction et de Conseil de discussion. Au
Conseil de discussion appartenait seul le droit de rendre le
jugement; le Conseil d'instruction, composé de deux jurés,
devait s'adjoindre au juge directeur pour la rédaction et
l'exposition du rapport; le jury était composé de dix
membres au moins en matière civile et de quinze en matière criminelle.

Et Sieyès, citant l'exemple de l'Angleterre et des Etats-
Unis qui lui avait servi quelque peu de modèle, con-
cluait qu'il n'y avait aucun embarras, aucune difficulté à
craindre de la part de cette institution des jurés pour les
procès civils : « S'il est bien vrai », disait-il, « que nous
soyons unis pour la liberté, nous devons l'être pour le
Jury civil comme pour le jury criminel. »

Ce jury de Sieyès n'était pas une création si fantaisiste
qu'on veut bien le dire; cette présidence de jury donnée à
un magistrat qui n'aurait eu qu'à prononcer le jugement
n'était en elle-même qu'une réminiscence du droit germanique dans lequel les *scabini* (échevins), rendaient la justice sous la présidence du roi ou du comte.

Quant à ce caractère politique qui, selon lui, était en

jeu, l'idée en fut souvent reproduite depuis lors. De Tocqueville, entre autres, en a fait la base, la source de la prospérité actuelle de l'Angleterre : « Je suis si convaincu », écrivait-il, » que le jury est avant tout une institution politique
que je le considère encore de cette manière lorsqu'on l'ap-
plique en matière civile..... C'est le jury civil qui a sauvé
les libertés de l'Angleterre... » et plus loin :

« Lorsque les Anglais ont adopté l'institution du Jury,
ils formaient un peuple à demi-barbare ; ils sont devenus
depuis l'une des nations les plus éclairées du globe, et
leur attachement pour le jury a paru croître avec leurs lumières... On les a vus se répandre dans tout l'univers...
partout ils ont également préconisé l'institution du jury.
Ils l'ont établie partout, ou se sont hâtés de la rétablir.
Une institution judiciaire qui obtient ainsi les suffrages
d'un grand peuple durant une longue suite de siècles,
qu'on reproduit avec zèle à toutes les époques de la civilisation, dans tous les climats, et sous toutes les formes
de gouvernement, ne saurait être contraire à l'esprit de la
justice (1). »

Sur la demande de l'Assemblée, l'Oracle avait parlé ;
son plan développé avait été lu à la Constituante par le
marquis de Bonnay. On admira, on applaudit. Sieyès était
alors à l'apogée de sa popularité ; Chapelier abandonna
son projet, Clermont-Tonnerre, Rœderer et plusieurs
autres demandèrent la priorité de discussion.

Vingt jours après, le 29 avril, ce fameux plan si vanté,
si parfait, s'écroulait sous les critiques des deux Garat, de
Thouret et surtout de Tronchet qui avait déjà porté un
coup décisif aux théories de Duport (séance du 28 avril
1790). De même qu'il avait démontré que le plan d'Adrien

---

(1) De Tocqueville, *la Démocratie en Amérique*, 1, 252.

Duport strictement calqué sur la procédure anglaise ne pouvait se concilier avec notre législation, de même il prouva que le plan de Sieyès était matériellement impraticable (1).

En théorie, la juridiction du jury au civil comme au criminel, est certainement « le dernier terme vers lequel doivent tendre les efforts du législateur... C'est seulement quand une nation s'administre à elle-même la justice qu'on peut la considérer comme arrivée à la plénitude de tous ses droits » (2). Mais on faisait à la thèse de Sieyès plusieurs objections :

D'abord, les magistrats de profession formés par l'étude des principes du droit, versés dans la pratique des affaires, et doués du tact et de la claivoyance que donne l'habitude de juger rendront toujours meilleure justice, en matière civile, que des citoyens intelligents et consciencieux sans préparation et sans expérience.

En matière civile, dans tous les actes, dans toutes les espèces de contrats, il se trouve très souvent des clauses sur la signification desquelles les hommes se sont divisés ; de là des procès civils. Les citoyens qui se sont consacrés dès

---

(1) Garat le jeune prononça un discours le 29 avril. — Quant à Garat l'aîné, il avait publié son *Opinion contre les plans présentés par MM. Duport et Sieyès*. Paris, Garnery, 1790, in-8.

E. P. N. Anthoine fit aussi paraître quelques *Observations sur les articles du nouveau projet*. — Paris, Clouzier, 30 juin 1790, in-8, 40 pages.

Les propositions de Cambacérès en l'an III et d'Odilon Bacot, 1848, n'eurent pas plus de succès. (Voir Aubriet, *Vie de Cambacérès*, Paris, 1824, page 20) et (*Assemblée nationale de 1848*, Séance du 14 octobre). (*Moniteur universel* du 15 octobre, page 2853.)

Voir aussi la discussion à l'Académie des sciences morales et politiques, en février et mars 1872, *Comptes rendus*, tome XCVIII, p. 5, et suiv., 166 et suiv., 503 et suiv., — et celle de la législation comparée, *Bulletin*, 1869-1870, p. 153.

(2) Prevost-Paradol, *La France nouvelle*, p. 171.

l'enfance et qui ont passé toute leur vie à étudier les intérêts des hommes craignent encore de n'être pas justes; et
des jurés tout neufs pour les affaires croiraient pouvoir juger des contestations difficiles sans autres règles que le
bon sens!

« Le code ne sera assez simple », disait Tronchet, exami-
nant la forme, « pour que les particuliers d'une conscience
un peu délicate se permettent de juger. L'auteur n'a pas
pensé que des hommes avides cumuleront la qualité de
défenseur et de juge et cacheront sous le secret la première qualité pour se ménager les moyens d'avoir l'autre...
— Le plan que je combats est donc impraticable...

« Il y aurait impartialité et impéritie. Avec des juges
mobiles, on détruit toute espèce d'émulation, tout intérêt d'honneur. Les tribunaux élus par le peuple, toujours
dépendant du peuple, réduits à la simple qualité de ju-
geurs, soumis à une responsabilité sévère, que pourront-ils
contre la liberté publique? » (1)

Autre considération: en matière civile, les juges ne peuvent acquérir d'assez grands avantages pour exercer une
influence impérieuse; ne pouvant se faire craindre ils cher-
cheront à se faire estimer. Le juré est inutile, parce que
le juge n'a aucune influence possible, et que, si elle était
possible, le juré n'y remédierait pas.

Puis, dans une société, où les citoyens vivent de leur
travail, les gens de loisirs, seuls, seraient appelés, ce qui
est contraire à l'esprit d'égalité; ou bien les mêmes listes
serviraient pour le jury civil et criminel. Combien alors de
jurés trouveraient la charge supportable?

Mais ces objections sont faibles devant une autre qui
semble capitale :

---

(1) Voir discours de Tronchet, *Moniteur universel, loc. cit.*

En matière criminelle, dit-on, on remonte du fait à la loi ; en matière civile de la loi au fait. On trouve au civil des affaires où le fait se distingue aisément du droit ; le plus souvent, le droit et le fait sont confondus ; souvent encore, le juge n'a seulement à prononcer que sur un point de droit. La distinction paraît encore plus impossible, si on songe que la preuve testimoniale n'est admise qu'exceptionnellement dans notre législation. La question de droit semble donc impossible à trancher, et quand bien même on le pourrait, le système de Sieyès nous montre à quelles complications inouïes, à quel formalisme regrettable et complexe on aboutit.

Et cependant, malgré ses objections, on peut hésiter, à notre avis, en théorie du moins, eu égard aux avantages qui se présentent, si on examine le système anglais.

Les raisons que font valoir les adversaires du jury civil ? mais elles sont la condamnation du jury criminel, tant ces deux institutions sœurs sont unies par un lien étroit. (1)

Quant à cette séparation entre le droit et le fait, distinction qui est confuse, dit-on, en matière civile, la Cour de cassation aujourd'hui encore ne cesse de la faire ; elle peut donc exister. (2)

---

(1) Cette institution du jury, si elle a eu de redoutables adversaires, tels que Chapelier, Lanjuinais, Tronchet, Pascalis, Giraud, Portalis, Bentham, compte aussi des partisans illustres et convaincus : Duport, Barnave, Sieyès, Cambacérès, Meyer, Charles Comte, Royer-Collard, Cousin, de Rémusat, Casimir Périer, Bonjean, O. Barrot, de Tocqueville, Dufaure, Lefèvre, Jules Simon, Prevost-Paradol, Acollas, de Broglie, Jules Favre, Léon Renault, etc.

(2) Non seulement la Cour de Cassation, mais d'autres juridictions d'exception... Si nous envisageons l'organisation actuelle de la justice, ne doit-on pas dire que l'existence du jury civil existe ? Le tribunal de commerce, le Conseil de prudhommes ont tous deux un jury composé l'un de commerçants, l'autre d'ouvriers, ne possédant ni études juri

Cet affaiblissement de la preuve testimoniale qu'ils allèguent n'est qu'un argument de plus pour ses partisans. Ils sont nombreux, les procès exigeant des vérifications matérielles, distinctes du point de droit ; et ces vérifications matérielles, jugées au criminel par des citoyens instruits ou ignorants, elles échapperont encore moins à la clairvoyance d'hommes de bon sens, pourvus de connaissances techniques, exempts de prévention.

Autre avantage : Un petit nombre de tribunaux suffisent à l'administration ordinaire de la justice. Ne serait-ce pas à côté du bénéfice budgétaire, une simplification et une abréviation des procès, que de supprimer quelques sièges de la magistrature devenus par cela même inutiles, que d'enlever la voie d'appel, incompatible avec le jury ? Qui s'en plaindrait ; les magistrats ? Mais cette réduction de personnel leur donnerait, comme en Angleterre, une renommée de savoir et de moralité justifiée.

Inaccessibles aux intrigues, absents de toute prévention, cherchant la justice avant l'application rigoureuse et stricte d'un implacable texte de loi, les jurés seraient, en outre, une garantie d'impartialité. Peut-être même cette mission de la vie civique qui leur incomberait, et dont ils auraient droit à juste titre de se montrer fiers, pourraient-elle avoir comme conséquence d'être un instrument de moralisation et de liberté publique ; peut-être aussi, au point de vue oratoire, les membres du barreau, par ce fait qu'ils sauraient s'adresser à des hommes et

---

diques, ni diplômes. La loi du 3 mai 1841 règle les indemnités en matière d'expropriation publique au moyen d'un jury ; — et si remontant aux événements de 1870-71, on recherche qui fut chargé de liquider la situation respective des propriétaires et des locataires dans le département de la Seine, on s'aperçoit que la loi du 21 avril 1871 confia cette mission à un jury spécial.

non à des juges, s'inspireraient d'une éloquence plus per-
suasive, plus insinuante, capable d'égaler en matière civile
l'éloquence criminelle.

Ainsi, en théorie du moins, la solution du problème
consiste à associer au jugement des procès, les personnes
pourvues de connaissances techniques, et à établir des
tribunaux où les juges et les jurés délibéreraient ensemble
sur le droit et sur le fait; les juges étant les guides juridiques des jurés; — c'est ce qu'on appelle en Suisse et en
Allemagne les tribunaux d'échevins, par souvenir du droit
germanique. Dans les temps modernes, l'exemple de l'Angleterre et des Etats-Unis, dont les historiens américains
nous donnent les résultats les plus satisfaisants (1), la
tentative de la Suède (2), l'admission du principe faite en
Portugal, sembleraient ouvrir une voie à l'initiative parlementaire française qui, dans son essai en pratique, aurait
soin toutefois, selon le conseil de Turgot : « d'éviter
l'ignorance des jurés pris au hasard. »

(1) Voir sur l'éloge de cette institution: Story. *The inestimable pri-
vilege of a trial by jury in civil cases*, etc., II, ch. XXXVIII. —
Annuaire de législat. étrang., 1872, 1874, 1876, 1878, 1880; — *Bre-
vard's digest of the public statute law of south Carolinal*. — Samuely,
le Jury anglais, *Revue générale du droit*, 1882, p. 38 à 43. — Le Jury
américain, *Annuaire*, 1873, p. 67, 116, 118. — Stephen, *History of
the criminal law of England*.

(2) Cf Janrot, *Annuaire de législation étrangère*, 1877.

DEUXIÈME PARTIE

LE CONSTITUANT

CHAPITRE VI

DE LA BROCHURE : *QU'EST-CE QUE LE TIERS-ETAT?*

I. Son titre est-il de Sieyès? — II. Est-ce un pamphlet? — 3. Etat
des esprits et de la société avant l'apparition de la brochure. . Le
cardinal de Retz, précurseur de Sieyès. — IV. *L'Essai sur les Privilèges* prépare le terrain. — V. *Qu'est-ce que le Tiers-Etat ?*
Analyse, jugement. — VI. Vues de Sieyès, en 1789, sur les *Bases
d'une Constitution*, d'après son libelle.

I

La brochure *Qu'est-ce que le Tiers-Etat?* (1) bien que
parue sous le voile de l'anonyme, fit « la fortune sédi-
tieuse » de l'abbé Sieyès, selon le mot de M. de Vaisne.
Cet opuscule de 60 pages apprit au peuple ses droits et
abattit le colosse féodal.

L'effet principal est dans le titre même. Le titre, c'est la

---

(1) Pour son influence et le succès qu'il obtint, voir ce qui a été
dit précédemment chap. I, page 18.

Bibliographie : 1. *Qu'est-ce que le Tiers-Etat?* s. l. 1789, in-8 de
127 pages.

2. *Qu'est-ce que le Tiers-Etat?* 2e édit corrigée, s. l. 1789, in-8
de 114 pages.

3. *Qu'est-ce que le Tiers-Etat?* précédé de l'*Essai sur les Privi-*

substance de l'écrit, la déclaration de guerre motivée, la promulgation d'un nouveau droit public.

Qu'est-ce que le Tiers-Etat? Tout.

Qu'a-t-il été jusqu'à présent dans l'ordre politique? Rien!

Que demande-t-il? **Y devenir quelque chose**(1).

Mais quel est l'auteur de ce titre? Est-il bien de l'abbé Sieyès?

On a dit que Sieyès le devait à Chamfort; cela est vrai, mais dans une certaine mesure, et sous restriction.

Dans ses *Lettres à la duchesse d'Ussel* (1), le marquis L.-B. de Lauraguais raconte une conversation qu'il aurait eu avec Chamfort d'où il appert nettement que ce serait ce dernier qui, ayant eu l'idée du titre, « en aurait fait présent au puritain Sieyès » (2) M. de Lauraguais n'ayant

---

lèges, nouvelle édition augmentée de vingt-trois notes par l'abbé Morellet, Paris, Correard, 1822, in-8, 224 pages.

4. *Qu'est-ce que le Tiers-Etat?* Pamphlet publié en 1789 par Sieyès, précédé d'une étude sur l'auteur par M. Chapuys-Montlaville, député. Pagnerre, 1839, in-8, 192 pages.

« La brochure *Qu'est-ce que le Tiers-Etat?* dit M. Edme Champion dans son édition récente, rare en 1822, d'après les éditeurs de la collection des mémoires relatifs à la Révolution Berville et Barrière, fort rare en 1847, d'après Louis Blanc, était devenue presque introuvable dans ces dernières années. »

5. Enfin, *Qu'est-ce que le Tiers-Etat?* précédé de l'*Essai sur les Privilèges*, avec une préface de M. Edme Champion, *Société de l'Histoire de la Révolution française*, 1888, in-8 de 228 pages.

(1) *Lettres de L.-B. Lauraguais à Madame la duchesse d'U....* (Ussel). Paris, an x, 1802, in-8, page 162.

(2) Voici le texte même de cette conversation dans laquelle Chamfort annonce qu'il vient de trouver un titre original :

« .... Voyons donc le titre de cet ouvrage? — Vous verrez que ce titre est l'ouvrage lui-même, car il contient tout son esprit; *aussi en ai-je déjà fait présent à mon puritain Syeyès*; car s'il le commente impudemment, il le commentera impunément; il aura beau dire, on ne se ressouviendra que du titre de l'ouvrage. Le voici : *Qu'est-ce*

aucun intérêt à surfaire l'un aux dépens de l'autre, cette anecdote semble avérée et prouve que Chamfort en cette occasion fut une fois de plus « la tête électrique qui, au moindre frottement rendait l'étincelle (1) ».

Il faut remarquer que si Chamfort n'en voyait ni la portée, ni les conséquences, et la fin de la conversation le prouve (2), elles n'échappèrent pas à la « plume de fer mal taillée » de l'abbé Sieyès. Son mot d'esprit c'était l'éclair qui avait lui ; le tonnerre n'allait pas tarder à se faire entendre.

Au titre piquant, spirituel, mais incomplet, qu'on venait de lui donner, le « puritain, » ne manqua pas d'y mettre du sien. Il ajouta une ligne, une simple question : *que demande-t-il ? Devenir quelque chose !* Cette question c'était la Révolution entière.

Sieyès a donc le droit d'en revendiquer la part principale ; sa gloire, son talent n'ont pas souffert de la découverte de Chamfort et le pamphlet lui-même subsiste avec toute sa valeur.

---

que le Tiers-Etat. Tout ! Qu'a-t-il ? Rien. Trouvez-vous là des longueurs ? Qu'en pensez-vous ?

— Qu'en effet il n'est pas possible en moins de paroles d'annoncer ou de promettre plus de sottises !

— Parbleu, s'il en était ainsi, j'aurais fait un beau présent à mon ami Syeyes.

— Et que diriez-vous s'il faisait sa fortune, etc....
                              (*Conversation faite en 1788.*)

(1) Expression imagée et juste de Mirabeau.

(2) Voir J.-B. Lauraguais, *loc. cit.*, *ibid.* « ..... — Que de sottises l'abbé Syeyes va *écrire avec sa plume de fer mal taillée !* — Consolez-vous, vous avez peut-être fait sa fortune. — Comment ? — J'ignore ce qui arrivera, mais vous lui avez donné le peuple à vendre au Tiers-Etat. — Je m'en pendrai !... » Il ne s'en est point pendu.   (*Suite de la conversation précédente.*)

II

Est-ce bien un pamphlet? Et d'abord qu'entend-on par pamphlet?

C'est un manifeste hardi, railleur, empreint d'une colère sourde. L'indignation 'coule à plein bord. Comme cet insecte qui s'attaque aux arbres, il s'attaque, lui, aux abus, aux institutions, aux hommes; il les ruine, il les ronge. C'est un écrit rapide, inspiré, plein d'images, chargé de couleurs. En un mot, le pamphlet, c'est l'homme révolté secouant sa torche sur les populations pour les éclairer, les appeler au combat et aussi pour jeter l'incendie dans leurs esprits.

Toute autre est la brochure de l'abbé Sieyès. Elle est bien aux prises avec les institutions féodales; mais elle ne se borne pas à détruire, elle raisonne, discute, édifie. Un ordre nouveau est entièrement construit. Le style est calme, parfois amer, toujours grave comme les questions approfondies qu'il traite. La parole est éteinte, les couleurs sombres. Elle semble bien plutôt un livre tenant à la fois du publiciste, du pamphlétaire, de l'historien qui rétablit les faits, du législateur proclamant une constitution nouvelle.

III

D'où vient alors son succès? (1) De l'état des esprits, du besoin général auxquels il répondait.

---

(1) Nous ne revenons pas sur le succès du livre de Sieyès, ni sur son influence; nous nous sommes étendus assez longuement sur cette question. V. ch. I, § 3, page 18.

Parlant de l'ancien régime et de l'ancien monde, Sieyès écrivait vers 1774 : « Le genre humain est un corps gangrené d'une part, et dont les mouvements sont convulsifs de l'autre. Les hommes qui pensent sont la partie vive et libre qui redonnera la vie à tout le corps. Si la pensée était perdue, adieu le genre humain!... »

Depuis plusieurs siècles, les abus s'étaient accumulés dans l'État comme la rouille sur le fer. Ils avaient élevé la monarchie à son apogée, comme on élève une pierre au sommet de la montagne. Pour la faire rouler sur le penchant, il ne suffit que d'une impulsion, souvent légère; on la pousse dédaigneusement du pied, elle roule d'abord lentement, puis se précipite, comme une avalanche, entraînant tout dans sa chute; une grande perturbation se produit; l'écho retentit au loin du bruit de ce cataclysme. Cette impulsion, Sieyès la donne en prononçant la phrase : il n'y a pas trois ordres, mais trois nations.

Il en était ainsi en France avant 1789.

« La noblesse avait perdu tout ce qui pouvait la faire respecter; conservé ou augmenté tout ce qui pouvait la faire haïr. » (1) Son épée rouillée dans le fourreau ne lui servait plus que d'un ornement vain et inutile, bon pour la parade.

Le clergé qui avait su prier et ne priait plus, était, comme pouvoir politique, une réminiscence des temps passés.

Restait un troisième ordre : le Tiers-Etat. Il ne disait rien, mais commençait à s'agiter en sourdine. Sa marche était lente, hésitante, mais sûre; s'il n'avançait pas, c'est qu'il ignorait sa force; personne ne lui avait encore montrée. Et pourtant un siècle et demi avant 1789, sous la

---

. (1) Tocqueville. *L'ancien régime et la Révolution, loc. cit.*

Fronde, le cardinal de Retz répondait déjà au prince de Condé, avec un instinct prophétique :

« Le Parlement n'est-il pas l'idole des peuples? Je sais que vous les comptez pour rien parce que la Cour est armée; mais je vous supplie de me permettre de vous dire qu'*on les doit compter pour beaucoup toutes les fois qu'ils se comptent eux-mêmes* **pour tout.** Ils en sont là. Ils commencent eux-mêmes à compter vos armées pour rien; et *le malheur est que leurs forces consistent dans leur imagination. On peut dire avec vérité qu'à la différence de toutes les autres sortes de puissances,* ILS PEUVENT, QUAND ILS SONT ARRIVÉS A UN CERTAIN POINT, TOUT CE QU'ILS CROIENT POUVOIR » (1).

Le cardinal de Retz en savait aussi long que Sieyès sur la force du Tiers.

Mais la colère sourde qui minait n'allait pas tarder à gronder, éclatante. Les turpitudes de la Régence et du règne de Louis XV, les inégalités choquantes léguées par le Moyen âge, le pouvoir arbitraire, le mouvement des idées, l'agitation des esprits, les abus de la féodalité subsistant à côté du despotisme; n'y avait-il pas là de quoi irriter 25,000,000 d'hommes, la nation entière ?

Le Tiers-Etat était la force, il était le droit. Et pourtant il vivait au profit de deux ordres privilégiés; leur restant soumis, obéissant; il ne lui était même pas donné dans les précédentes assemblées, de porter les mêmes costumes, (on lui en imposait un), ni de s'asseoir sur les mêmes sièges. Il comprenait bien la bourgeoisie, mais cette bourgeoisie n'était ni une caste comme la noblesse, ni un corps politique comme le clergé (2). De cette inégalité sociale,

---

(1) Cardinal de Retz, *Mémoires.*
(2) Sur la condition de la bourgeoisie, voir notre ouvrage, *Evolu-*

vraiment choquante, on n'avait qu'un sentiment vague, timide. Et pourtant, depuis les Etats-Généraux de 1614, il y avait déjà débat entre la Noblesse et le Tiers-Etat, entre le Privilège et le Droit commun.

Ainsi donc des soldats inexpérimentés, sans ligne de conduite.

IV

L'abbé Sieyès la leur donna. De là l'*Essai sur les Privilèges* (novembre 1788) (1).

On cherchait un principe, il le trouve, le place au faîte, comme un fanal destiné à jeter quelque lumière sur les règnes passés ; il proclame la souveraineté numérique des hommes et se demande s'il appartient à une poignée de privilégiés de paralyser l'effet d'un peuple !

« Tout privilège a nécessairement pour objet ou de dispenser de la loi, ou de donner un droit exclusif à une chose qui n'est pas défendue par la loi, c'est-à-dire dans un cas comme dans l'autre, de frustrer les non-privilégiés. Donc, la société, qui se compose presque en totalité de non-privilégiés, a des répétitions à exercer contre les privilégiés, et au lieu d'être plus que les autres, ils doivent être moins par de justes représailles. » On ne pouvait être plus net, plus juste et à la fois plus terrible.

Il y traitait de questions sociales jusques alors inconnues, depuis fort débattues par Saint-Simon. Si Turgot avait déjà

---

tion de la bourgeoisie française (sous presse) tome I, *les Origines*, chap. XII.

(1) Voir ce qui a été dit précédemment sur ce libelle et sa bibliographie, ch. I, § 3, page 17.

consacré le travail comme un droit, Sieyès consacrait les droits politiques du travail.

Ce libelle, précurseur du Tiers-État faisait déjà entrevoir à la nation des perspectives nouvelles en enseignant au Tiers son droit, sa force ; au privilégié qui vit de ses ancêtres, il opposait le bourgeois qui est, au lieu d'avoir été, et en appelait au grand nombre, au plus fort. Il disait au Tiers de se compter, et dès 1788, il osait prononcer ce mot terrible : *Révolution*.

V

Cette Révolution, il la faisait deux mois après, dans la brochure : *Qu'est-ce que le Tiers-État?* Les arguments sont exposés avec une énergie, une lucidité qu'on chercherait en vain parmi les autres écrits de l'abbé Sieyès.

Le plan ? Il réunit d'abord tous les argumeuts contre lui, et quand il a nettoyé la place de tous les obstacles par le seul bon sens, il devient raisonneur, créateur. Les preuves qu'il donne à l'appui vont au-delà de sa thèse. Il ne se contente pas d'établir que le Tiers-État a droit à quelque chose, il exclut de l'organisation sociale la *caste* noble qu'il considère comme inutile, malfaisante, stérilement onéreuse (1). Elle est simplement, disait-il, une *excroissance* « dont il importe de se débarrasser au plus tôt », et elle ne doit avoir aucune place dans les Etats-Généraux, avant d'avoir renoncé formellement à ses privilèges.

Sieyès commence par poser et résoudre avec une dia-

_____

(1) Sieyès dit la *caste*, l'*ordre*, et non les ordres, les castes, parce que le clergé n'étant pas une caste héréditaire, n'est pas pour lui un ordre, mais une profession, (ch. I, du libelle).

lectique désespérante pour les préjugés oppresseurs, les trois questions qu'il a avancées.

1° *Qu'est-ce que le Tiers-Etat? Tout*. Il est une nation complète. « Que faut-il pour qu'une nation subsiste et prospère? Des travaux *particuliers* et des fonctions publiques. » Ces travaux, ces fonctions, c'est le. Tiers qui les supporte. Au point de vue économique, n'est-ce pas lui qui produit, distribue, consomme les richesses? Même dans les fonctions publiques, épée, robe, église, administration, la proportion est des dix-neuf vingtièmes. Quant aux privilégiés, ils occupent seulement les places lucratives et honorifiques. Faut-il lui en faire un mérite? Pour cela, il faudrait supposer que le Tiers refusât de remplir ces places ou qu'il fût moins en état d'en exercer les fonctions. Il y a donc là une iniquité odieuse, car des fonctions telles, devraient être naturellement le lot, la récompense des talents et des services reconnus. C'était prévoir que la gloire allait, comme le reste, devenir roturière.

Le Tiers est l'homme fort et robuste dont un bras est encore enchaîné. « Si l'on ôtait l'ordre privilégié, la nation ne serait pas quelque chose de moins, mais quelque chose de plus !.... Il n'est pas possible dans le nombre de toutes les parties élémentaires d'une nation de trouver où placer la caste des nobles. »

Qu'est-ce qu'une nation? Un corps d'associés vivant sous une loi commune et représentée par la même législature. Or la noblesse est une *caste* privilégiée « une excroissance » ne pouvant exister par elle-même « et s'attachant à une nation réelle comme ces tumeurs végétales qui ne peuvent vivre que de la sève des plantes qu'elles fatiguent et dessèchent. C'est un *Imperium in imperio!* » Le Tiers est donc tout, mais un tout entravé, opprimé !

2° *Qu'a-t-il été? Rien*. « On n'est pas libre par des *pri-*

vilèges, mais par les *droits de citoyen*, qui appartiennent à tous. Que si les aristocrates entreprennent, ajoute l'auteur, de retenir le peuple dans l'oppression, il osera demander à quel titre? Si l'on répond : à titre de conquête... le Tiers se reportera à l'année qui a précédé la conquête... il est aujourd'hui assez fort pour ne plus se laisser conquérir... « Fils des Gaulois et des Romains, pourquoi ne renverrions-nous pas les prétendus héritiers des Francs dans les forêts de la Franconie?... Notre naissance vaut bien la leur... Oui, dira-t-on, mais... par la conquête, la noblesse de naissance a passé du côté des conquérants. Eh bien, il faut la faire repasser de l'autre côté; le Tiers redeviendra noble en devenant conquérant à son tour! »

3º *Que demande-t-il? Devenir quelque chose*. Le moins possible, en vérité. Avoir de vrais représentants aux Etats-Généraux, choisis seulement parmi les citoyens qui appartiennent au Tiers, interprêtes de ses vœux et défenseurs de ses intérêts; — que ses députés soient au moins en nombre égal à ceux des privilégiés, *tant qu'il y aura des privilégiés*; — que les votes y soient pris non par des ordres, mais par têtes.

Il ne se contente pas de présenter ces revendications; par des chiffres il en montre la légitimité et la justice. La supériorité du troisième ordre sur les deux privilégiés apparaît immense, indéniable. Le nombre total des têtes ecclésiastiques est de 81,400. La noblesse n'en compte guère plus au maximum que 110,000. Donc, en tout, il n'y a pas 200,000 privilégiés des deux premiers ordres. « Comparez ce nombre à celui de 25,000,000 à 26,000,000 d'âmes, et jugez la question ». (1)

---

(1) Il aurait fallu dire 500,000 à 600,000 privilégiés, prêtres ou nobles, en comprenant les femmes et les enfants, quantités négligeables, il est vrai.

Voilà donc les questions capitales posées; les réponses sont justes.

Qu'a tenté maintenant le Gouvernement et quels remèdes ont proposés les privilégiés en faveur du Tiers-Etat? (ch. IV). Ce que l'on a tenté, ce que les autres ont proposé dans la crainte de leur destruction, ce ne sont que des moyens conciliatoires. Les Assemblées provinciales de Calonne avaient égard non à l'ordre personnel mais à l'ordre réel des citoyens; elles établissaient cependant une véritable représentation nationale. Quant aux notables, ils ont prostitué l'institution à un misérable intérêt de corps; ils ont défendu leurs privilèges, en 1787 contre le trône, en 1788 contre la nation.

Ces deux tentatives ministérielles ont donc abouti à un échec.

Ce que Sieyès demande aujourd'hui « c'est la promesse solennelle de la part de tous les ordres, de supporter également les impositions ».

Sieyès ensuite combat la prétention de quelques-uns 'imiter la Constitution anglaise dont l'étude minutieuse de son présent et de son passé divulgue des résultats peu en harmonie avec les principes de liberté qu'il préconise. L'intérêt de cette école n'est que celui de trois ou quatre cents familles nobles des premières classes, « dont l'orgueil se nourrit de l'espérance de n'être plus confondus dans la foule des gentilshommes », si elles parvenaient, comme en Angleterre, à s'emparer exclusivement d'une des branches du pouvoir législatif. L'Angleterre a toujours été, est, et sera toujours une aristocratie (1). Son art, ce n'est pas de

(1) « L'Angleterre serait morte si elle n'eut, de siècle en siècle, trouvé à son mal intérieur (injustice aristocratique) un dérivatif extérieur : aux XVIe et XVIIe siècles, l'Amérique du Nord et la spoliation de l'Espagne; au XVIIIe, la spoliation de la France, la conquête de l'Inde. Au XIXe, un nouvel essor colonial, manufacturier. » (Michelet).

faire part au peuple, mais de trouver à son action un débouché.

Qu'y a-t-il à faire ? se demande-t-il enfin (chap. V et VI). Sieyès, après avoir attaqué avec force *ce qui a été fait*, et, en particulier, les mesures violentes, arbitraires, de quelques ministres, comme les erreurs, les demi-mesures, la faiblesse des autres, donne enfin ses vues sur les bases d'une Constitution, sur les réformes de toute espèce.

VI

C'est donc ici le point constitutionnel du sujet.

Comme Mirabeau, l'abbé Sieyès dans sa brochure paraissait seulement réclamer que le Tiers qui, en droit, était tout, devint quelque chose en fait. Mais en réalité la conclusion allait plus loin que ne le supposaient les prémisses : Le Tiers doit être tout en fait comme en droit ; il le sera quand une Constitution aura été donnée à la France.

On aurait tort cependant de croire qu'il fut le premier à demander qu'on édifiât une Constitution.

Turgot, dans son *Mémoire au roi* s'était écrié : « Tout le mal vient de ce que la France n'a pas de Constitution !

On s'est obstiné, mais en vain, à soutenir qu'il en existait une sous l'ancien régime. Qu'est-ce qu'une Constitution ?

C'est un ensemble de règles fixes, clairement exposées autant que possible, définissant les attributions, les droits, les devoirs réciproques des pouvoirs publics ; c'est la délimitation des rapports légaux entre les gouvernants et les gouvernés.

Or « rien n'était réglé en France », dit Mounier, « ni les droits de la couronne, ni ceux du peuple ; il n'y avait ni vrai gouvernement, ni vraie liberté ! » Ce n'était donc qu'une prétendue Constitution, où « aucun des pouvoirs politiques ne savait le commencement de ses droits, ni le terme de sa puissance. » (Necker.)

D'ailleurs la France, en tant que nation, n'était pas soumise à une Constitution ; elle ne pouvait pas l'être, puisque la nation est la loi elle-même.

C'est ce que Sieyès essayait d'établir dans sa brochure du *Tiers-État.*

Les parties de ce qu'on appelle la Constitution française, écrivait-il, ne sont pas d'accord entre elles ; à qui appartient-il donc de décider ? A la nation, indépendante de toute forme positive. Quand la nation aurait ses États-Généraux réguliers, ce ne serait pas à ce corps constitué à prononcer sur un différend qui touche à la Constitution. « Une *représentation extraordinaire* peut seule toucher à la Constitution ou nous en donner une, et cette représentation CONSTITUANTE doit se former sans égard à la distinction des ordres. »

La nation seule, et non les notables, a donc le droit de faire une Constitution. Sieyès envisageait trois époques historiques :

1. D'abord l'époque caractérisée par le jeu des *volontés individuelles* ; « l'association et leur ouvrage, elles sont l'origine de tout pouvoir. »

2. La seconde épreuve comprend l'action de la *volonté commune.* « Il faut à la communauté une volonté commune ; sans l'unité de volonté elle ne parviendrait point à faire un tout voulant et agissant. »

3. Et en franchissant les intervalles de temps, on arrive à l'époque d'un *Gouvernement exercé par procuration.* Ce n'est plus la volonté commune *réelle* comme la précédente, c'est une volonté commune *représentative.* « Deux caractères ineffaçables lui appartiennent :

a) Cette volonté n'est pas pleine et illimitée dans le corps des représentants; ce n'est qu'une portion de la grande volonté commune nationale;

b) Les délégués ne l'exercent point comme un droit propre, c'est le droit d'autrui; la volonté commune n'est là qu'en commission. »

Cet exposé développé par l'auteur le conduisait naturellement à définir ce qu'il entendait par la *Constitution politique* d'une société, et à établir ses justes rapports avec la nation même. Voici ses expressions mêmes : « Il est impossible de créer un corps pour une fin sans lui donner une organisation, des formes et des lois propres à lui faire remplir des fonctions auxquelles on a voulu le destiner. C'est ce qu'on appelle la *Constitution* de ce corps. Il est évident qu'il ne peut pas exister sans elle. Il l'est donc aussi que tout gouvernement commis doit avoir sa Constitution; et ce qui est vrai du gouvernement en général, l'est aussi de toutes les parties qui le composent. Ainsi le corps des représentants à qui est confié le pouvoir législatif ou l'exercice de la volonté commune n'existe qu'avec la manière d'être que la nation a voulu lui donner. Il n'est rien sans ses formes constitutives; il n'agit, il ne se dirige, il ne commande que par elles... » (Chap. V.)

Ainsi, d'après Sieyès, les *lois constitutionnelles* sont des lois *positives*, émanant de la volonté de la nation, réglant l'organisation et les fonctions du corps législatif, d'une part, des différents corps actifs, d'autre part.

Elles sont *fondamentales*, en ce sens que les corps qui agissent et existent par elles ne peuvent point y toucher.

En matière de *Pouvoir Constituant*, Sieyès, on le voit, proclamait l'existence d'un pouvoir distinct du pouvoir législatif ordinaire; il en déduisait des dispositions compliquées relatives à la revision, et à l'idée d'un plébiscite (an III, an VIII).

Mais cette nation, qui a le droit de la convoquer pour procéder à une si grande œuvre? « Quand le salut de la patrie presse tous les citoyens, répondait Sieyès, il faudrait plutôt demander qui n'en a pas le droit!... Le Tiers-Etat seul, dira-t-on, ne peut former des Etats-Généraux. Tant mieux! Il composera une *Assemblée nationale*! (1)

Le programme de la Révolution était tracé. « La nation, dit H. Martin, n'avait plus qu'à exécuter le plan de campagne de son audacieux tacticien. »

---

(1) On le voit, Sieyès avait déjà prononcé le mot avant le 23 juin 1789; à la séance mémorable, la réminiscence du député Legrand (du Berry) lui fut donc comme un éclair. (Voir pour le rétablissement de ce point historique, *supra*, ch. I, § 4, page 28.)

CHAPITRE VII

THÉORIES CONSTITUTIONNELLES DE SIEYÈS

I. Sieyès et ses opinions politiques. — II. Sieyès et les écoles philosophiques du xviiie siècle. — III. L'école dogmatique de l'abbé Sieyès. — IV. Système représentatif. — V. Sa monarchie élective. VI. Théorie de la séparation des pouvoirs poussée à l'excès. — VII. Influence des théories de Sieyès sur les Constitutions de 1791 et de 1793.

I

Dans un de ses rares moments d'épanchement, Sieyès disait un jour à Talleyrand : « La politique est une science que je crois avoir achevée ! » (1)

Cet aphorisme présomptueux, d'un esprit plein d'orgueil, mérite d'être examiné. Ce qu'on ne peut ôter à Sieyès, c'est d'avoir souvent érigé des principes, construit des systèmes. On écoutait l'homme avec déférence, on admirait le théoricien, son génie ; mais on ne tardait pas à s'aper-

---

(1) Rapporté par Etienne Dumont (de Genève). *Souvenir sur Mirabeau et les deux premières Assemblées législatives.* Paris, 1839, in-8, page 64.

cevoir après réflexion qu'il y avait un abîme entre une théorie séduisante et une pratique tyrannique.

La véritable gloire de l'abbé Sieyès est cependant d'avoir eu une influence active sur la Révolution française, au point de vue constitutionnel. Ce « Lycurgue moderne », comme il aime à s'entendre appeler, est le plus grand fabricant de Constitution qui fut jamais sur la terre. Chaque circonvolution de son cerveau en renferme au moins une. L'Italie, la Hollande, la Suisse (1) ont donc raison de lui demander des moules du corps social; il ne sera jamais à court; il en a pour tous les pays, pour toutes les époques.

En France, non content de s'entremettre dans la Constitution de 1791, d'y proposer en 1790 des modifications, des amendements préférables (2), il prend une part active au projet girondin de 1793; présente le 29 janvier de la même année un projet d'Economat national qui échoue, et reçoit un coup sensible, le 2 thermidor, an III, en voyant épars au pied de la tribune, les pièces d'un édifice qu'il s'est plu à construire, dans ses méditations les plus longues, les plus savantes. Dans son cœur fomente une haine sourde contre cette malheureuse Constitution de l'an III, qu'il renie, et dont il est pourtant l'auteur indirect (3); avec quelle joie il va hâter sa ruine pour la remplacer par cette Constitution de l'an VIII qu'il a enfantée, et d'où découleront les senatus consultes organiques et consulaires. Son talent voudrait encore se dépenser; mais Bonaparte lui fait entendre que Napoléon se chargera de la confection de toutes les lois politiques et civiles.

---

(1) Voir chap. II, § 5, page 56 et la note.

(2) Notamment le projet de juin 1791 (page 146) sur la division de la chambre unique en deux sections.

(3) Voir ce qui a été dit ch. I, § 4, page 33, sur les principes de cette Constitution puisés dans le *Dire sur le Veto royal*.

Son cours de législation constitutionnelle est fermé, ce cours qu'il avait professé durant dix années!

Toutes ses élucubrations ont beaucoup de sens sur le papier, dans une lecture de cabinet. Mais à l'épreuve, adieu belles chimères; aucune n'est applicable dans son intégrité. Que le Constituant est différent du politique ; deux êtres distincts dans le même individu! Quel sujet d'étude théorique, ce manieur de spéculations abstraites, ce Constituant en Chambre, faisant table rase des lois, mœurs, usages, préjugés politiques, et donnant des principes métaphysiques pour des institutions positives.

Ne vivant qu'au milieu des raisonnements, son esprit s'était créé un monde idéal, une fausse vue de la nature humaine. Sa vanité ne servait qu'à l'enfoncer plus avant dans ses erreurs :

« Tout ce qu'un homme peut savoir », écrit-il, « je le sais ; j'ai creusé et analysé la législation, beaucoup mieux que Locke ou Montesquieu ; je n'ai plus rien à apprendre des hommes. » Apprends du moins, philosophe, qu'ils ont des passions, et que les passions ne veulent pas être réduites à l'état d'entité ; dans quelle erreur t'es-tu plongé? La connaissance de l'être humain est la pierre philosophale non seulement de la philosophie, mais encore de la science politique.

C'est sa vanité, son orgueil métaphysique qui le firent généraliser toutes les institutions politiques, sans consulter aucun des rapports qu'elles ont nécessairement entre elles. Il part de l'abstraction pure et simple comme d'une vérité mathématique ; écarte les relations physiques et morales qui constituent l'ensemble des choses et des idées ; veut transporter dans l'état de société, une théorie à peine applicable dans l'état de nature, et ne se doute pas que ce sont les citoyens qui font les constitutions et non les constitutions qui font les citoyens. « Principalement occupé de garantir l'harmonie de ses ouvrages dans les hypothèses futures, il oublia souvent de faire la part des nécessités du présent. » (Mignet, *loc. cit.*)

Le défaut primordial de ses premières théories constitutionnelles, vient justement de ce qu'il ne pouvait comprendre que les Assemblées ne sont pas faites pour décider d'une manière abstraite et doctrinale sur les droits civils et politiques, par exemple sur la dignité et la capacité des personnes ; c'est en les appliquant qu'elles les adoptent, et non en les formulant comme des académies.

De ces réflexions, il ne faudrait pas déduire que Sieyès n'avait aucun sentiment d'idées politiques et qu'il se soit efforcé, comme le pense Malouet, de séduire le public « par la profondeur de son génie obscur ». La science politique lui doit beaucoup ; il est en France l'apôtre zélé de la souveraineté du nombre, le fondateur du système représentatif, le promulgateur de la séparation des pouvoirs.

II

Mais avant de l'étudier sous ces divers aspects, il faut au préalable rechercher sur quels points le Constituant de 1789 diffère du Constituant de l'an III et de l'an VIII ? Puis, dans quelle mesure il subit l'influence des doctrines philosophiques du XVIIIe siècle ?

Au début de la Révolution, toutes les idées politiques de l'abbé Sieyès ont comme fondement principal : une haine invétérée de l'ancien régime. Ce qu'il veut c'est la suppression totale de tous les privilèges, « véritables ennemis de la subordination »; l'extirpation de la noblesse, « excroissance inutile »; l'abolition des inégalités sociales ; la prépondérance, consacrée par la loi, du mérite personnel sur la naissance.

Voilà pour lui en quoi devait consister la Révolution. Tout ce qu'elle exécutera en dehors de ces grandes lignes, sera déviation. Mais aussi, pour arriver au but, tout doit être sacrifié; la liberté elle-même, si elle est incompatible avec le changement qu'il veut opérer. Ses exhortations au Directoire, lors du coup d'Etat, en sont le développement immédiat.

Mais jamais Sieyès ne s'est attaqué à la propriété même.

« Nous ne sommes pas envoyés ici », dit-il, « pour porter atteinte à la propriété. La France, l'Europe entière dirait anathème à quiconque entreprendra de violer ce premier principe de l'ordre général, ce Dieu de toute législation... Perdons la chose, (l'ancien régime), mais respectons les individus, car si l'état social n'a pas pour unique objet le bonheur des individus, je ne sais plus ce que c'est que l'état social. » (1)

Bien que les doctrines de Sieyès se ressentent de ses fréquentations avec les esprits du XVIIIe siècle, de ses lectures philosophiques, on peut dire qu'il n'a cherché ni précédents ni modèles. Suivant son habitude, il n'empruntait guère qu'à lui-même, et dans ce sens, il était vraiment « le Maître » comme l'appelait Mirabeau.

Si nous le comparons aux précurseurs de la Révolution, si nous lui demandons quels ont été ses guides parmi les philosophes qu'il se plaisait à feuilleter (2), nous ne le voyons disciple d'aucun; il apparaît toujours esprit original.

Montesquieu, avec sa méthode toute fondée sur des con-

---

(1) *Considérations sur la vente des biens ecclésiastiques.*
(2) Pour ses lectures voir ce qui a été dit précédemment, ch. I, § 1, p. 11.

sidérations historiques, tenant compte des précédents de l'humanité, ne pouvait lui convenir ; il avait la haine du privilège et l'amour de l'égalité trop enracinés dans le cœur.

Quant à Rousseau, il le considère comme « un philosophe aussi parfait de sentiment que faible de vue, qui, dans ses pages éloquentes, riches en détails accessoires, pauvres au fond, a confondu lui-même les *principes* de l'art social avec les *commencements* de la société humaine » (1). Son réspect pour la liberté individuelle l'empêchait d'ailleurs d'adopter les paradoxes de cette école démocratique et naturelle. Aussi accorde-t-il à la Société tout ce que Rousseau lui refuse. Mais la société qu'il envisageait était moderne, idéale, non existante. Selon lui, l'homme devait être le but et non le pur instrument de l'Etat. De même, prend-il à partie l'auteur du *Contrat social,* sur la théorie de la souveraineré du peuple, démontrant que dans une contrée vaste et peuplée, l'exercice de la souveraineté ne peut avoir lieu qu'au moyen de la représentation.

Dans sa réponse au premier rapport de Mounier (9 juillet 1789), il ne cache pas son antipathie pour les doctrines de Rousseau. Rousseau prétendait que l'Etat social dégrade la nature humaine, restreint la liberté, porte atteinte à l'égalité ; Sieyès, lui, soutient au contraire la thèse adverse : l'Etat social perfectionne et ennoblit l'homme, étend et assure l'usage de la liberté, protège et défend l'égalité des droits :

« Il n'y a qu'un contrat social », écrit-il, « des rapports mutuels, des devoirs réciproques qui engagent les citoyens entre eux, *tous* sans exception : Il n'y a pas de contrat politique. La nation ne *contracte* pas avec ses *mandataires;*

_____

(1) Ecrit en 1794, au sortir de la Terreur.

elle commet à l'exercice de ses pouvoirs. » Voilà la souveraineté du peuple. Incessamment en action dans la pensée
de Sieyès, elle devait tout subjuguer. Le roi lui-même ne
pouvait être souverain, car une portion de la souveraineté
ne se délègue, ni ne se déplace.

Ces assertions l'amenaient à une distribution ingénieuse
des droits politiques et des droits civils. Les premiers formant la société pour le maintien des seconds ; aussi admet-
tait-il « la dignité et la capacité » chez les individus qui
devaient jouir des droits politiques (1).

Voilà pourquoi dans la lutte théorique entre les trois
partis dont nous avons parlé précédemment (2), l'abbé
Sieyès ne suivit ni l'Ecole historique anglaise de Montesquieu et de Delolme, ni l'école de la souveraineté démocratique et naturelle de Rousseau qui « prenait les commencements de la société par les principes de *l'art social* ».
Cette idée nouvelle, ce fut lui qui la hasarda la première
fois dans ses *Moyens d'exécution* parus en 1788. Quant à
l'école négative et railleuse dont Voltaire était le chef, son
esprit froid et sérieux ne pouvait s'en accommoder.

III

Qu'était-ce donc que cet *art social* que Sieyès se vantait
d'avoir découvert ou du moins professé le premier ? Autrement dit, en quoi consistait sa théorie dogmatique que
Morris, en 1791, prophétisait comme devant être une « nouvelle ère politique égale à celle de Newton en physique » (3).

---

(1) C'est le système qui a prévalu de 1814 à 1848.
(2) Voir première partie, chap. I, § 3, page 13.
(3) Morris, en 1791, paraît avoir reproduit textuellement l'idée de
Mme de Staël, qui s'exprimait ainsi : « Les écrits et opinions de l'abbé

L'esprit de Sieyès, c'est l'esprit de 1789 ; révolutionnaire en ce sens qu'il détestait l'ancien régime. Le genre humain avait fait fausse route, ses institutions étaient imparfaites, vicieuses ; il fallait le régénérer :

« Les hommes ont construit des chaumières avant de construire des palais, et l'architecture sociale a dû faire des progrès bien plus lents que l'architecture civile. Il faut donc s'élever au vrai type du beau et du vrai, au lieu d'en imiter une copie ; il faut vouloir servir d'exemple aux nations au lieu de se régler sur elles ; il faut, en un mot, non en consultant les faits à la manière des physiciens, mais en consultant la raison, constituer logiquement, scientifiquement, une machine politique dont la perfection assure l'efficacité et garantisse la durée. »

IV

Cette machine politique avait sa base dans le *Système représentatif*, jusques alors incomplètement connu même des philosophes qui en avaient le mieux senti l'excellence.

Sieyès, qui, dans son premier libelle s'était demandé *Qu'est-ce que le Tiers-État ?* n'avait pas tardé à se poser la question : Qu'est-ce que la loi ? La volonté des gouvernés, répondait son *Discours sur le veto*. Et cette volonté qui, selon lui, s'apprécie d'après la pluralité des citoyens, il ne faut pas l'aller chercher dans une démocratie complexe, comme le voulait plus tard la Constitution du 24 juin 1793 (1), mais dans un corps de représentants de toutes

---

Sieyès, forment une nouvelle ère en politique comme ceux de Newton en physique. (*Consid. sur la Révol., loc. cit.*)

(1) Voir, à l'Appendice, l'examen de cette Constitution.

les natures de pouvoirs dont se compose l'établissement public.

Aussi, partant de cette définition et la poussant jusque dans ses plus extrêmes limites, allait-il jusqu'à mettre invariablement toute action en représentation :

« Dans un pays vaste et peuplé, disait-il, l'exercice de la souveraineté ne peut avoir lieu qu'au moyen de la représentation... Le système de gouvernement représentatif est le seul qui soit digne d'un corps d'associés qui aiment la liberté et pour dire plus vrai, c'est le seul gouvernement légitime. » (1)

A Sieyès revient donc la gloire de l'avoir établi en France. Allant droit aux causes premières, à la nature des choses, à celle de l'homme, il en avait reconnu les avantages. Pour lui, tout est donc représentation dans l'état social, dans l'ordre privé comme dans l'ordre public. Ce qu'il essaye de démontrer, c'est que c'est au système représentatif à nous conduire au plus haut point de liberté et de prospérité dont il soit possible de jouir. C'est donc une erreur préjudiciable de croire que le peuple ne doit déléguer de pouvoirs que ceux qu'il ne peut exercer lui-même. « C'est », disait plus tard Sieyès (2), « comme si l'on voulait prouver aux citoyens qui ont besoin d'écrire à Bordeaux, par exemple, qu'ils conserveront bien mieux toute leur liberté, s'ils veulent se réserver le droit de porter leurs lettres eux-mêmes, car ils le peuvent au lieu d'en confier le soin à cette partie de l'établissement public qui en est chargé » (3). En l'an III il écrivait : « La démocratie brute est absurde.

---

(1) *Plan de Délibérations à prendre par les Assemblées de Baillages,* loc. cit.

(2) Discours du 2 thermidor, an III, — Voir plus loin, ch. VIII, et *Moniteur universel.*

(3) Discours du 2 thermidor, an III, loc. cit.

Fut-elle possible, le régime représentatif est bien supérieur, seul capable de faire jouir de la vraie liberté et d'améliorer l'espèce humaine... Il n'est pas seulement nécessité par l'étendue du territoire et le nombre des habitants. Dans tous les cas, même dans celui du plus petit territoire, il est certain qu'il y a tout à gagner pour le peuple à mettre en représentation toutes les natures de pouvoirs dont se compose l'Établissement public... La démocratie brute doit être seulement dans l'ordre législatif. Il s'agit donc de mettre la fonction législative en représentation pour avoir le régime représentatif » (1).

Et voici les raisons que Sieyès donnait pour faire prévaloir cette base fondamentale de tout système politique.

« Aucun pouvoir ne peut être arbitraire ; il faut que tous connaissent des limites, ou ce sont des monstres en politique : ainsi, nécessité de limiter toutes les parties du pouvoir exécutif. A qui appartient ce droit ? A ceux qui représentent réellement la France, à ceux qui sont le plus intéressés à la restauration nationale. »

« Le pouvoir législatif réside essentiellement dans la volonté nationale, ainsi il doit être exercé par le corps des représentants de la nation. »

« La représentation doit commencer par assurer sa liberté contre les actes de la tyrannie ; ainsi le premier acte de sa puissance sera de supprimer tous les impôts, comme étant illégaux, et de les recréer provisoirement et seulement jusqu'à la fin de sa session attendu qu'elle devra statuer de nouveau sur ce grand objet : ainsi elle ne sera responsable au pouvoir exécutif d'aucunes paroles, écrits, ou démarches relatifs aux affaires publiques. »

(1) Boulay (de la Meurthe). *Mémoires*. Paris, Paul Renouard, août 1836.

« La confiance du peuple a été accordée non à quelques députés, mais à la totalité des représentants ; ainsi les Commissions chargées de préparer les matières, ne pourraient jamais prendre sur elles de rien décider. La liberté individuelle est un objet sacré (1) ».

En parcourant le développement de ces vérités premières, l'enchaînement qui les lie, on s'aperçoit que dès 1788, c'est-à-dire avant la Révolution, l'abbé Sieyès avait mentalement organisé le système représentatif qu'il devait anéantir plus tard, en l'an VIII. Toutes ses idées, toutes ses méditations convergent vers ce but. Qu'est-ce en effet, que son projet de loi sur la division territoriale du Royaume, sinon l'établissement de cette représentation. Les trois bases du territoire, de la population, des contributions, sont les trois éléments capables de corriger les inégalités de valeur politique.

V

Et cependant, même en théorie, Sieyès préféra toujours la monarchie à la République. Dans sa polémique contre Thomas Payne, en 1791, « ce n'est », disait-il, « ni pour caresser d'anciennes habitudes, ni par aucun sentiment superstitieux de royalisme que je préfère la monarchie. Je la préfère parce qu'il est démontré qu'il y a plus de liberté pour le citoyen dans la monarchie que dans la République. Tout autre motif de détermination me paraît puéril » (2).

---

(1) *Plan des Délibérations sur les Assemblees de Bailliages.*
(2) *Moniteur universel* du 6 juillet 1791.

Sieyès était donc en contradiction avec l'Ecole améri-
caine (1), même après la fuite de Varennes.

La monarchie qu'il voulait tenter d'établir était la monarchie élective dont la supériorité philosophique, selon lui,
était celle du triangle sur la plate-forme; le triangle ne
supposait pas nécessairement l'hérédité. La monarchie
restreinte, comme il la rêvait, aurait non supporté, mais
couronné l'édifice.

« Le roi, disait-il, peut être regardé comme un premier
citoyen : soit; mais il n'est pas le pouvoir exécutif, il en
est seulement le dépositaire et le surveillant commis par
la nation.

« Il ne peut, dans une assemblée quelconque avoir plus
de voix que tout autre opinant; si son suffrage pouvait valoir deux volontés dans la formation de la loi, elle pourrait
en valoir vingt-cinq millions.

« S'il est dépositaire de toutes les branches du pouvoir
exécutif, cela ne dit pas qu'il puisse entrer comme partie
intégrante dans la formation de la loi. S'il peut conseiller
la loi, il ne doit pas contribuer à la faire. » (2).

C'était en 1789, c'est-à-dire au début de la Révolution
que Sieyès émettait ces théories, théories qu'il professa
d'ailleurs avec conviction jusqu'en 1792. Son esprit absolu
n'admettant ni les deux chambres, ni la sanction royale,
se présentait donc comme évoluant dans un cercle de doctrines semi-monarchiques, semi-républicaines; connaissant
Sieyès, cette politique qui, chez d'autres, semblerait bizarre,
s'explique aisément : « Il concevait la société toute unie;
selon lui, la masse, sans distinction de classes, devait être

(1) Voir chap. I; quand il écrivit cette profession de foi il était
« accusé de tourner au républicanisme et de chercher à faire des
partisans à ce système ».

(2) *Discours contre le Veto du roi,* voir *Moniteur universel.*

chargée de vouloir, et le roi, comme magistrat unique, chargé d'exécuter. Aussi était-il de bonne foi quand il disait que la monarchie ou la République était la même chose, puisque la différence n'était pour lui que dans le nombre des magistrats chargés de l'exécution. » (1).

Cependant les mêmes excuses ne peuvent être invoquées en sa faveur, lorsque quelques années plus tard, dans un discours anniversaire, il ne trouve pas de mots assez forts, pas d'expressions assez violentes pour accabler une forme de gouvernement que peu avant il avait qualifiée de « seule convenable ».

« La royauté renversée en France ne se relèvera jamais!.. On ne verra plus ces hommes qui se disaient délégués du ciel pour opprimer avec plus de sécurité la terre, et qui ne voyaient de la France, que leur patrimoine; dans les Français, que leurs sujets et dans les lois, que l'expression de leurs bons plaisirs. » (2)

Les temps ont changé. Dix ans se sont écoulés; en temps de Révolution les esprits traversent des phases, suivent une évolution subite qu'en temps de paix des siècles n'obtiendraient pas. Il ne faut point voir là, comme on l'a trop souvent déclaré, en songeant au directeur ambitieux préparant en sourdine un coup d'Etat, une contradiction apparente, réelle. Abstraction faite des événements, Sieyès était trop logicien pour ne pas s'apercevoir qu'un rétablissement légitime et dynastique était, en 1799, chose impossible, irréalisable.

---

(1) Thiers, *Révolution française*, 13e édit. Furne et Jouvet, tome I, p. 139.

(2) Discours anniversaire du 10 août 1799.

VI

Il y avait un point où la théorie dogmatique de Sieyès se rapprochait de Montesquieu; c'était sur la question de la *division des pouvoirs*; mais il ne l'envisageait que d'une façon théorique, abstraite, et d'une institution bonne en elle-même, il en faisait une source d'erreurs constitutionnelles. Il partait d'une comparaison :

La société, disait-il, doit être organisée sur le modèle du corps humain. Or dans le corps humain il y a la tête qui pense et qui veut, le bras qui agit et qui exécute, sans que l'un empiète jamais sur les fonctions de l'autre. Dans l'organisation sociale, le pouvoir législatif est la tête; le pouvoir exécutif est le bras : il serait absurde et monstrueux de les confondre, car dans aucun cas la tête n'appelle le bras à délibérer avec elle.

C'était donc établir la séparation résolue des trois pouvoirs : exécutif, législatif, judiciaire; c'était vouloir mettre entre eux des barrières, des murs infranchissables. Le motif était juste; Sieyès voulait éviter des sources de conflit.

Mais autant la comparaison était fausse, autant le système de Sieyès était impraticable. Outre qu'aucun esprit humain, quelque puissant fut-il, ne parviendrait à définir, à délimiter strictement et d'une manière rigoureuse, absolue, les attributions de chacun de ces pouvoirs, il était évident qu'une séparation, aussi tranchée, aurait des inconvénients manifestes. L'exécutif agissant pour lui seul, d'une manière exclusive, fausserait, altérerait dans leur exécution, des lois faites contre son gré, contre ses intérêts. Le législatif ne pourrait supporter les moyens d'action de l'exécutif et trouverait toujours ses agissements en opposition avec l'esprit ou les vœux de la nation.

La comparaison, avons-nous dit, était erronée. L'homme est un être vivant, unique ; sa tête, son bras, ses jambes, ses membres enfin, sont sous la dépendance d'une seule force, la volonté ; ensuite, comme dans la fable de Menenius Agrippa, les membres ne peuvent se passer de l'estomac ; non plus que le ventre, des autres parties du corps. Il en est tout autrement dans le corps politique. La tête, les bras, les jambes sont des individualités séparées, distinctes, voulant, agissant par elle-même. Et par cette seule raison que chacun de ces êtres a une vie autonome, des conflits menacent d'exister à chaque moment. Il serait impossible qu'il en fût autrement.

Dès le 18 juillet 1789, Mirabeau avait mis à nu le vice de ce système.

« On parle de la division des pouvoirs », disait-il à l'occasion du renvoi des ministres. « L'occasion viendra bientôt d'examiner cette belle théorie, laquelle exactement analysée montrera peut-être *la facilité de l'esprit humain à prendre des mots pour des choses et des formules pour des arguments*. On verra alors comment on peut concevoir le pouvoir judiciaire distinct du pouvoir exécutif, ou mieux le pouvoir législatif sans aucune participation au pouvoir exécutif. »

Ce que prédisait le grand orateur de la Constituante devait fatalement arriver. Cette conception entraînait Sieyès à des excès dangereux, et explique les théories qu'il fit prévaloir lors de la discussion du veto royal. Sieyès ne pouvait être, sans contradiction, de l'avis de ceux qui voulaient accorder à un roi, non seulement le droit de coopérer à la formation de la loi, mais celui de frapper de nullité l'impression de la volonté générale ; il combattit le veto même suspensif, parce qu'il confondait les pouvoirs et tendait à détruire le gouvernement représentatif.

« Ce veto, absolu ou suspensif », déclarait-il, « n'est rien moins qu'une lettre de cachet lancée contre la volonté générale. Aussi doit-on reconnaître que la majorité du corps législatif doit agir indépendamment du pouvoir exécutif. »

Sieyès niait d'ailleurs que le pouvoir législatif put empiéter sur le pouvoir exécutif, puisque leurs attributions. respectives devaient être fixées par la Constitution.

VII

Cette Constitution, son esprit se plaisait à la façonner à sa manière. Toutes ses méditations, toutes ses réflexions étaient consacrées à l'édification de constitutions; il les voulait parfaites, inéluctables, comme si un seul esprit humain pouvait arriver à la perfection. Elles étaient sa vocation particulière. A force d'y concentrer son intelligence, à force d'y consacrer son temps, ses loisirs, il devint un monomane de Constitutions. A chaque crise de la Révolution il apparait, et retrouve sa voix pour annoncer qu'il a trouvé le remède. Les cœurs tressaillent et espèrent; les regards se tournent vers lui; de l'aveu même de Brissot, il est le membre de beaucoup le plus influent des Comités de Constitution. Avec ce calme, ce sang-froid que lui donnait la confiance en son œuvre, il tire de sa poche un nouveau modèle de Constitution, fruit de ses réflexions et de ses veilles. Malheureusement, après lecture, on reconnaît en général, que ce magnifique échafaudage théorique est appelé à crouler devant. les exigences de la pratique. Sieyès essuie un refus; il remet, sa Constitution dans sa poche, la modifie, la tricture, pour la représenter à nouveau sans plus grand chance de succès.

Et voilà comment il acquit cette célébrité, cette renommée, d'ailleurs méritée, du plus grand fabricant de Constitutions inapplicables qui fut jamais.

Dans le livre *Qu'est-ce que le Tiers-Etat?* se trouve l'origine des préoccupations de fait qui furent les bases de la Constitution de 1791. Ce que Sieyès redoute, c'est de voir s'éveiller l'esprit de corps dans les Assemblées ; d'où distinction du pouvoir Constituant et du pouvoir législatif. Il a peur de tout ce qui n'est pas l'Individu d'une part, l'Etat de l'autre. Ce qu'il veut, c'est un peuple délibérant dans les assises solennelles, indépendamment de toute considération.

Avant même que la Constitution de 1791 fut définitivement établie, Sieyès qui, quoique membre du Comité de Constitution voyait les idées plus pratiques de Mounier et de Lally-Tolendal prévaloir, n'attendit pas l'issue finale.

Il travaillait dans le Comité, mais méditait encore plus au dehors. Lors du veto suspensif, (7 sept. 1789) il proposa (1) un système de constitution qui n'eut même pas les honneurs de la discussion.

Voici quelles en étaient les bases. Le système représentatif y était naturellement développé de manière à effrayer les esprits. Le corps législatif devait être élu pour trois ans. Chaque année un tiers de ses membres en sortirait, avec la faculté de n'y pouvoir rentrer qu'après un temps déterminé. Trois bureaux ayant l'initiative l'un sur l'autre, devaient diviser ce Corps. La pluralité des membres aurait fait la loi, sans aucune intervention du Prince qui n'aurait eu d'autre fonction que de la faire exécuter. Ainsi donc, les principes de la représentation, de la division des pouvoirs, et les attributions du roi

---

(1) Voir son *Dire sur la question de Veto* et ce qui a été dit précédemment, ch. I, § 4, page 33.

étaient appliqués dans leur stricte rigueur. Le système, selon Sieyès, devait être parfait. Il servit de fondement à cette fameuse constitution de l'an III, contre laquelle Sieyès se montra toute sa vie d'une hostilité irréconciliable.

Outre les idées qu'il développait ainsi dans son *Dire sur la Question du veto* l'auteur voulait que dans le cas où quelqu'un des départements du pouvoir exécutif eut estimé que la Constitution était attaquée, une *Convention nationale* expressément convoquée jugeât la difficulté ; que cette Convention fut réunie sans délibération du peuple qui aurait seulement délégué des constituants sans mandats impératifs.

Ce plan si merveilleux au dire de son auteur ayant échoué, l'abbé Sieyès s'absorba dans les travaux du Comité de Constitution, où il était tenu en grand respect ; aussi chercha-t-il à y faire prévaloir ses idées, autant que cela lui serait possible.

Pour quiconque a en main la Constitution de 1791, et connaît les principes constitutionnels de notre Constituant, il est facile de dégager au milieu de cette multitude d'articles, ceux où s'est le plus manifesté son influence.

Pour le corps électoral, Sieyès admettait « la capacité et la dignité » ; on en sait les raisons ; d'où l'élection à deux degrés, l'exclusion des gens « à condition servile », c'est-à-dire des domestiques.

L'exécutif se rapproche beaucoup de celui qu'il concevait. Le roi a la nomination des ministres ; ils sont responsables. Ils ne peuvent cumuler leur qualité avec celle de membre de la Législative. Sieyès avait pensé que l'on empêcherait les ambitions individuelles. Or il arriva comme conséquence indubitable que, dans la pratique, le roi ne put jamais s'entourer de membres agréables à la majorité. Les ministres furent toujours suspects, et lorsqu'il voulut

10

enfin se décider à former un ministère girondin, il prit des doublures, des sous-ordres, des hommes sans crédit et sans autorité. Il lui était, en effet, impossible de choisir les chefs de parti, qui, tous, siégeaient à l'Assemblée.

Comme pour le Corps législatif, qu'il avait précédemment présenté, dont les membres sortis ne pouvaient rentrer qu'après un laps de temps fixé, on voit stipulé que dans l'Assemblée législative ne siégeraient pas les membres de la Constituante. La raison en est facile à comprendre. Pour Sieyès, il faut, avons-nous dit, un peuple délibérant dans des assises solennelles, indépendamment de toute considération. Or ceux qui élaboraient une Constitution ne devaient pas être élus, car dans l'élaboration ils obéissaient à leur point de vue et à leurs intérêts personnels.

C'était une faute, et une grande. De la Législative se trouva exclu un personnel de 900 individus, ayant la notion des affaires et un certain éclat individuel. Autant la Constituante avait été riche en hommes de génie, autant l'Assemblée qui suivit en fut pauvre.

L'Assemblée telle que la voulait Sieyès est unique. On le comprend. Il eut été impossible, selon lui, de créer une Chambre haute composée de ces mêmes privilégiés qu'il venait de renverser.

Le parti constitutionnel de 1789, avec Mounier et Lally Tolendal périt, en effet, par sa persistance à vouloir deux Chambres. Lorsque les erreurs constitutionnelles et législatives de l'Assemblée se firent sentir, lorsque les imperfections de la Constitution devinrent évidentes, même pour Sieyès, il n'hésita pas à se mettre en rapport avec le ministre Montmorin par l'intermédiaire de Cabanis, offrant de faire un travail qui réparât les lacunes et les défectuosités de l'édifice qu'on voulait élever. En Juin 1791 il présenta mystérieusement un projet intitulé : *Déclara-*

tion volontaire proposée aux patriotes des 83 départements
Tout en maintenant l'utilité du corps législatif, il proposait de le diviser en deux sections dont les votes devaient se réunir dans une opération commune, mais dont les discussions et les délibérations auraient lieu séparément. N'était-ce pas reconnaître l'infériorité du système d'une Assemblée unique, et faire un pas vers la création de Mounier et de Lally-Tolendal ? Le parti démocratique ne s'y trompa pas, et Sieyès ne réussit qu'à y compromettre sa popularité. Mais tenace dans ses convictions, il ne se rebuta pas, et dès son arrivée à la Convention, bien que deux ans se fussent déjà écoulés, il n'hésita pas à le proposer.

La Convention nationale, on le sait, dès sa première séance, en même temps qu'elle abolissait la royauté et proclamait la République (21 sept. 1792) déclarait le même jour « qu'il ne peut y avoir de Constitution que celle qui est acceptée par le peuple » et abolissant par cela même la Constitution de 1791, nommait un comité de constitution, composé en majorité de Girondins dont la mission était de préparer un projet. L'entrée de Sieyès dans cette commission s'imposait. Son premier soin fut, — en même temps qu'il cherchait, avec Condorcet, à mettre à exécution le principe de la souveraineté du peuple, — de reproduire son projet favori d'une division du corps législatif en deux sections. Il réussit à le faire insérer à titre de variante dans le texte imprimé de la Constitution Girondine présentée le 15 février 1793 ; — d'où émotion de la Montagne facile à comprendre ; le député Amar alla même jusqu'à menacer de demander contre le comité un décret d'accusation.

Avec le parti Girondin tomba la discussion et par suite le projet. Des deux idées de Sieyès, celle de la souveraineté du peuple triompha dans l'acte constitutionnel du

24 juin 1793 à la rédaction duquel il ne contribua pas (1).

Sieyès n'est donc pas au fond tout à fait hostile à la multiplication des Chambres. Il arrivera même plus tard à se jeter dans l'excès opposé, à vouloir trois chambres. Mais cette évolution ne se produira que lorsqu'un grand courant d'unification aura passé sur la France. Alors ce ne sera plus une seule Assemblée législative qu'il préconisera, ce ne sera même plus un corps divisé en deux sections, mais trois corps distincts, le Sénat, le Tribunat, le Corps législatif. On était seulement en 1791, les idées de Sieyès devaient évoluer tout en restant fidèles aux mêmes principes. Dans le système qu'il fit prévaloir alors, que rencontre-t-on en définitive? un ministre étranger au Corps législatif, un droit de sanction, droit royal, comme on disait, dévolu personnellement au roi et affranchi du contreseing ministériel; enfin, point de dissolution possible, par conséquent point d'appel au pays. Ainsi l'avait voulu le grand principe de Sieyès, le principe absolu de la séparation des pouvoirs.

(1) Nous n'insistons pas ici davantage sur l'influence indirecte qu'a pu avoir Sieyès sur la Constitution de 1793, ni sur cette notion de la souveraineté du nombre qu'il voulait mettre en pratique, nous réservant d'en faire une étude particulière. — Voir à l'Appendice, l'examen de la Constitution de 1793.

CHAPITRE VIII

LE DISCOURS DU 2 THERMIDOR DE L'AN III
(20 JUILLET 1795)

I. Historique. — II. Plan de Sieyès. Généralités sur la division des pouvoirs et la représentation. — III. Théories de l'équilibre et des concours en politique; opinion de Sieyès; sa critique. — IV. Les quatre volontés de Sieyès. — V. Analyse de son système constitutionnel, Tribunat, Conseil d'Etat, Jury législatif. — VI. Le gouvernement et le pouvoir exécutif. — VII. Jurie constitutionnaire. — VIII. Critique du système.

I

Lorsque s'ouvrit la Convention nationale, Sieyès annonça à quelques personnes en termes mystérieux, qu'il avait en poche une Constitution savamment élaborée, où tous les problèmes étaient admirablement résolus et qui devait, d'une manière infaillible, assurer le bonheur à la France.

Le fait était exact, en une certaine mesure. L'étrange législateur dont on connaît l'esprit systématique et impérieux combinait, réchauffait un plan depuis 1789. A tra vers tous les événements, il avait enfin à peu près fixé ses idées, après les avoir maintes et maintes fois remaniées. Seulement il n'avait pas encore écrit une ligne de ce chef-

d'œuvre. Sa Constitution était toute dans sa tête et il paraissait plus difficile de l'en faire sortir que la Minerve du
cerveau de Jupiter. Ce « grand architecte politique »,
comme l'avait appelé Thibaudeau, n'écrivait presque jamais. A ceux qui le pressaient de la communiquer au
pays il répondait que le temps n'était pas opportun,
« qu'on ne le comprendrait pas, et que, dès lors, il valait
mieux qu'il se tût » (1). Inflexible à toutes les sollicitations
de la Commission, il attendait; son seul mérite fut toujours de savoir attendre. Il comprenait cette fois qu'après
le 10 août et le 2 septembre, sa machine merveilleuse, aux
rouages si savamment combinés, aurait couru grand risque
de n'être pas en faveur. Aussi n'était-ce que de simples
conjectures qui faisaient dire que les idées fondamentales
de cette nouvelle Constitution avaient déjà été exposées
par Kersaint après le 10 août (2).

Après les malheureuses journées de Prairial, la Convention se trouva obligée par les mouvements qui se produi-
saient au dehors d'appliquer la Constitution du 24 juin
1793, proclamée avec tant de solennité, mais dont la mise
en activité avait été suspendue par suite de l'établissement
du gouvernement révolutionnaire. Une Commission de
onze membres, dont Sieyès refusa de faire partie, fut
chargée de reviser les lois révolutionnaires précédentes et
de décréter les lois organiques. Son premier acte fut
d'articuler des conclusions pour le rejet de cette Constitution; déclarée impraticable à l'unanimité, elle fut écartée
résolument, et un nouveau projet fut mis à l'étude. La

---

(1) Voir Thibaudeau, *Mémoires, loc. cit.*
(2) Ce Kersaint, après avoir organisé le pouvoir législatif et le pouvoir exécutif plaçait entre eux un tribunal de censeurs, conservateur
du pacte social.

Commission, qui n'avait qu'implicitement la mission de la rédiger, y travaille deux mois et demi, puisant çà et là des principes constitutionnels, des idées politiques, notamment dans le *Dire sur la question du Veto royal*, ce dont Sieyès ne semble pas même s'être aperçu. Le 5 messidor, an III (23 juin 1795) sur le rapport présenté par Boissy d'Anglas, commencèrent les discussions, discussions calmes s'il en fut ; aucun débat passionnant, aucune polémique sérieuse. C'était, pour la première fois, depuis 1789, qu'une question constitutionnelle se trouvait résolue, aussi froidement, avec autant d'indifférence.

Seul, Sieyès, alors membre du Comité de Salut public, semblait s'intéresser au rapport, mais pour en médire. La Commission des onze qui l'avait consulté avec déférence, n'avait essuyé, pour toute réponse, qu'un refus sec et hautain.

Ce projet, Sieyès ne lui avait jamais été bien favorable, même dans sa période d'enfantement. A sa naissance, il le caractérisa d'une expression pleine de dédain et de raillerie, *la Constitution ba be bi bo bu.*

Était-ce par allusion au bégaiement du rapporteur Boissy-d'Anglas ? était-ce pour en montrer la méthode éclectique qui était allé glaner ses conceptions et ses arguments de toutes parts ? Quoiqu'il en soit, elles se présentait comme n'ayant pas mérité toutes les sympathies, toutes les préférences de celui dont l'esprit et les idées en imposaient encore. Mais, lui disait-on, si vous avez résolu le problème, que n'en faites-vous part à l'Assemblée, vous aurez fait œuvre utile au pays autant qu'à vous-même. Ennemi de toute contradiction, de toute discussion, il résistait toujours avec opiniâtreté. Ses admirateurs désespérèrent. Aussi quel fut l'étonnement de l'Assemblée lorsque le 2 thermidor (20 juillet) l'auteur du *Dire,* Sieyès lui-même, consentant enfin à présenter une esquisse de ses principes, vint à la tribune lever le voile qui couvrait son grandiose édifice.

Dans le contre-projet qu'il apportait — et qui certes ne valait pas ce que proposait la commission, — se trouvaient exposées toutes les chimères qu'il devait faire prévaloir quatre ans plus tard.

Le succès ne fut point celui qu'en attendait l'auteur. Patiemment l'Assemblée l'écouta. Soit qu'elle ne comprit pas les nébuleuses abstractions de l'orateur, soit qu'elle entrevit, dans les généralités de ce système, comme autant de pièces et d'engins de despotisme, elle l'accueillit avec une stupeur et une animation défavorables tellement manifestes qu'il ne fut même pas question de mettre en pratique quelques-unes de ses idées.

En raison de cet échec, Sieyès déjà prévenu contre la Commission et ses projets, devait devenir l'ennemi le plus acharné, l'adversaire le plus irréconciliable de la Constitution du 5 fructidor an III (22 août 1795).

II

Quel était donc ce plan? (1)

C'était le germe de la Constitution de l'an VIII. Sieyès, malgré sa préférence avouée pour le triangle sur la plateforme, se donnait depuis son élection à la Convention pour républicain. Il avait fait un violent effort d'esprit pour amalgamer ensemble les principes de la monarchie avec

---

(1) Voir *Opinions sur la Constitution de 1795*, in-8, 1795, et *Opinions sur la jurie constitutionnaire*. Discours du 18 thermidor, an III, (5 août 1795).

ceux de la République, et surtout pour asservir les seconds aux premiers. Il n'y avait en réalité rien de neuf dans sa théorie. Le tour de force était de réorganiser en Républi= que la vieille machine monarchique. Il y parvint en multi- pliant les rouages, les complications, les contre-poids, les ressorts, les engins de pondération, les chausse-trapes, tout en prenant bien garde de ne pas ébranler ses anciens princi- pes. Au fond, il est et veut rester fidèle, sous des périphra- ses nouvelles, à ses vieux engagements de 1791.

« Le meilleure régime social, « avait-il déclaré dans sa polémique de 1791 (1) contre Thomas Payne, « est, à mon avis, celui où, non pas un, non pas quelques-uns seule- ment, mais où tous jouissent tranquillement de la plus grande latitude de liberté possible. » L'Etat monarchique n'étant qu'un moyen, il pouvait donc changer l'effet sans détruire la cause.

Aussi, pour expliquer cette évolution, fit-il précéder son plan de quelques observations générales sur la division des pouvoirs et sur le système représentatif où se trou- vaient développées toutes les théories du Constituant à ce sujet (2). Il y apportait cependant quelques modifications que l'expérience et les événements avaient suscitées à son esprit.

« En fait de gouvernement, et plus généralement en fait de Constitution politique, *unité* toute seule est despo- tisme, *division* toute seule est anarchie; division avec unité donne la garantie sociale dans laquelle toute liberté n'est que précaire.

« L'action politique dans le système représentatif se di-

----

(1) *Moniteur universel* du 6 juillet 1791.
(2) Nous les avons exposées suffisamment dans le chapitre précé- dent pour ne pas y revenir davantage.

vise en deux parties : l'*action ascendante* et l'*action descendante*.

« La première embrasse tous les actes par lesquels le peuple nomme immédiatement ou médiatement ses diverses représentations, qu'il charge séparément de concourir soit à demander ou à faire la loi, soit à la servir dans son éxécution quand elle est faite.

« La seconde embrasse tous les actes par lesquels ces divers représentants s'emploient à former ou à servir la loi. » (1)

Sieyès déclarait nettement qu'il n'entendait point par représentants les membres du Corps législatif, mais bien tous les citoyens chargés de fonctions publiques.

Après avoir ainsi divisé le mouvement politique, il en marquait le point de départ et d'arrivée dans une idée toute métaphysique.

« Le point de départ de ce mouvement politique dans un pays libre ne peut être que la *nation* dans les Assemblées primaires ; le point d'arrivée est le *peuple* recueillant les bienfaits de la loi.

« Organiser ce mouvement, c'est donner toute la Constitution : le reste est accessoire. »

L'idée principale du système était que les diverses fonctions dont un établissement public bien ordonné se compose, doivent être mises en représentation par le peuple, mais séparément et de manière que l'unité d'action résulte du concours de ces fonctions.

Ce que l'auteur recherchait surtout, c'était de ne s'occuper que de l'*Etablissement central.*

---

(1) Les citations sont extraites du discours du 2 thermidor.

Mais là résidait la véritable difficulté. Comment, en effet, les pouvoirs seraient-ils divisés pour donner la meilleure garantie sociale?

« Diviser pour empêcher le despotisme; centraliser pour éviter l'anarchie », étaient deux vérités, deux axiomes qu'il fallait envisager. Donner la préférence au premier c'était tomber dans le système de l'*équilibre*, c'est à dire des contre-poids, et Sieyès n'en voulait à aucun prix; restait l'autre système, celui du *concours*, c'est-à-dire de l'unité organisée. Sur ce sujet, Sieyès, quoique le préférant, avait encore des idées particulières spéciales. Et pourtant les deux écueils qu'il avait en présence, le despotisme et l'anarchie, ne pouvaient être évités que par un équilibre savamment étudié. Le difficile était justement de le trouver.

A proprement parler, pour Sieyès: « il n'y a qu'un pouvoir politique dans une société, c'est celui de l'association; mais on peut appeler improprement pouvoirs, au pluriel, les différentes procurations que ce pouvoir unique donne à ses divers représentants: comme aussi c'est par abus ou par pure politesse que nous prenons ou qu'on nous donne individuellement le titre de représentant. Il n'y a qu'un représentant ici, c'est le corps de la Convention. »

Puis il n'hésite pas à indiquer le système pour lequel il se prononce: « Il faut s'en tenir au système politique du concours ou de l'unité organisée. C'est le système naturel; l'art social y mène par tous les pas et il enseigne à faire bien sur la ligne de la perfectibilité humaine. Il est permis d'espérer qu'il deviendra un jour le système de tous les peuples éclairés et libres. »

En réalité il n'attaquait pas sérieusement le système de
l'équilibre, il n'étudiait que celui du concours, et il en
déduisait les avantages de comparaison :

« Quand on construit une maison, disait-il, on ne confie
pas toute la besogne à une ou deux classes d'ouvriers, en
les chargeant indistinctement de toutes les espèces de travaux, mais à chaque nature d'industrie on assigne sa
tâche particulière, et bien qu'ils travaillent séparément,
tous les ouvriers concourent au même but. Il n'y a pas action unique; il y a unité d'action. »

Voilà ce qu'il voulait imiter, s'écartant ainsi du gouvernement représentatif d'Angleterre.

Mais sa comparaison n'était pas plus heureuse que celle
dont il s'était servi en 1789 pour édifier sa séparation absolue des pouvoirs. La maison en construction n'est pas
seulement le résultat des concours des travailleurs; elle
obéit à une seule impulsion, à une force qui dirige et
gouverne les différents corps de métiers; cette impulsion,
c'est l'architecte. Bonaparte devait plus tard montrer à
Sieyès cette défectuosité de son système.

Dans cette division des procurations, telle que l'entendait
Sieyès, il n'y avait rien de nouveau. D'ailleurs cette distinction entre le système de l'équilibre et le système du concours était-elle aussi solide que spécieuse? N'était-ce pas
jouer sur les mots? Dans les concours des pouvoirs, ce qu'il
voulait, c'était opposer l'ambition à l'ambition, établir chacune des parties du gouvernement de manière à retenir
toutes les autres dans leur place. Une loi dont l'exécution ou
l'observance n'est fondée que sur la bonne volonté, suivant
la comparaison de Sieyès lui-même, est comme une maison
dont les planchers reposent sur les épaules de ceux qui
l'habitent. Or si le *concours* résulte de l'organisation matérielle du gouvernement et des qualités qui lui sont inhé-

rentes, comme cela doit être dans une bonne constitution, n'y a-t-il pas identité avec l'*équilibre*? Que veut, en effet, l'équilibre? Aboutir au même résultat. Alors peu importe que vous appeliez le procédé équilibre ou concours, puisque la chose est et demeure la même.

Mais quoi qu'il fît, dans ce fameux plan de l'an III, tout n'était pas combiné, comme il le prétendait, « pour le plus grand soin du peuple et pour le *maximum* de liberté individuelle! »

V

Son système de l'an III, basé sur la division des pouvoirs, ou, si on le préfère, des procurations diverses qu'il est de l'intérêt du peuple et de la liberté de confier à différents corps de fonctionnaires, se réduisait en définitive à distinguer dans le peuple quatre volontés, et à donner à chacune d'elles un organe distinct.

Le peuple à quatre manières de vouloir :

1 Volonté *constituante* représentée par une *Jurie const.*;

2 Volonté *pétitionnaire* représentée par un *Tribunat*;

3 Volonté *gouvernante* représentée par un *Conseil d'Etat*;

4 Volonté *législative* représentée par une *Législature*.

Et le plan dont Sieyès demandait le renvoi à la Commission des onze comprenait seulement quatre articles, formulant chacune de ces idées. C'était selon lui, la solution de toutes les questions constitutionnelles. Voici le texte de ces articles :

Art. I. — Il y aura, sous le nom de *Tribunat*, un corps de représentants, au nombre de trois fois celui des départements, avec mission spéciale de veiller au besoin du peuple et de proposer à la législature toute loi, réglement ou mesure qu'il jugera utile. — Ses assemblées seront publiques. [*Volonté pétitionnaire.*]

Art. 2. — Il y aura sous le nom de *Gouvernement*, un corps de représentants, au nombre de sept, avec mission spéciale de veiller aux besoins du peuple et à ceux de l'exécution de la loi, — et de proposer à la législation toute loi, règlement ou mesure qu'il jugera utile. [*Volonté gouvernante.*] — Ses Assemblées ne seront point publiques.

Art. 3. — Il y aura sous le nom de *Législature* un corps de représentants; au nombre de neuf fois celui des départements, avec mission spéciale de juger et de prononcer sur les propositions du Tribunat et sur celles du gouvernement. — Ses jugements, avant la promulgation, porteront le nom de décrets [*Volonté législative.*]

Art. 4. — Il y aura sous le nom de *Jurie constitutionnaire*, un corps de représentants au nombre des trois vingtièmes de la législature, avec mission spéciale de juger et prononcer sur les plaintes en violation de Constitution, qui seraient portées contre les décrets de la législature. » [*Volonté constituante.*]

V

Chacune de ces créations demandait quelques explications. Selon l'auteur, les avantages de ce plan merveilleux étaient évidents et un discours ne pouvait que les énumérer; c'est ce qu'il essaya de faire dans son long discours de l'an III.

Les parties principales de l'organisation sociale étaient arrêtées : trois grands pouvoirs avaient recu l'existence ; à l'un appartenait la proposition de la loi ; à l'autre sa formation ; au troisième son exécution.

« Voulez-vous que tous les besoins du peuple soient pris en considération, que ses demandes retentissent certainement à l'oreille du législateur, que tous les moyens d'y pourvoir soient découverts, discutés, et lui soient présentés avec tout le poids d'une opinion publique éclairée? Recueillez tout ce qu'il y avait de bon dans l'institution des sociétés appelées populaires, dans ce mouvement souvent irrégulier de pétitionnaires ardents qui pressaient votre barre, plutôt avec le sentiment du besoin qu'avec la connaissance des moyens ; unissez cette connaissance avec ce sentiment en les faisant représenter par une ou plusieurs *tribunes de proposition*, et votre Conseil des Cinq-Cents... deviendra le *Tribunat du Peuple français*, bien différent du Tribunat de Rome. »

Dans le système de l'unité organisée, le Tribunat avait pour mission de représenter l'opposition d'attaquer le gouvernement, lequel, d'ailleurs, pouvait toujours se défendre grâce aux pouvoirs et aux moyens que Sieyès lui mettait entre les mains ; il devait représenter l'esprit libéral, novateur, contradicteur. Les Tribuns étaient aussi nombreux qu'il y avait de départements ; comme ils étaient chargés de protéger les besoins de chaque partie de la nation, Sieyès prévoyait qu'ils seraient surtout orateurs et hommes d'Etat ; aussi les fit-il rééligibles. Ils avaient près du *Jury législatif* une « tribune de pétition populaire ». Le principal rôle de ce corps était en effet de discuter les lois qui lui étaient soumises, de voter ensuite s'il en poursuivait l'adoption ou le rejet devant le Corps législatif.

Enfin il nommait trois de ses membres pour y soutenir l'opinion qui avait prévalu dans son propre sein. C'était l'esprit libéral, novateur, contradicteur.

Le Tribunat avait donc pour mission de sauvegarder les besoins de la société. Quant aux besoins du gouvernement ils étaient portés au Corps Législatif par le *Conseil d'Etat*, qui lui aussi avait sa tribune près de ce Corps. C'était non plus la « tribune de pétition populaire » mais la tribune où la volonté gouvernante pouvait se faire entendre. Trois membres discutaient donc contradictoirement avec les orateurs du Tribunat. Cette lutte entre les deux partis opposés était logique dans l'esprit de Sieyès. La tendance du gouvernement est d'augmenter ses attributions, ses prérogatives ; celle du peuple de refuser toujours ; il y a donc opposition habituelle entre les orateurs des deux tribunes.

Après avoir écouté en silence les plaidoiries, le *Corps Législatif*, avec l'impartialité d'un jury ou d'un tribunal de juges, jugera, votera, toujours silencieusement. C'était une assemblée de muets, faisant contraste au Tribunat, assemblée de bavards. Cette *Législature unique*, comme l'appelait Sieyès, était un seul corps de représentants, siégeant dans une seule chambre « véritable point central, régulateur suprême de tous les partis de l'établissement public ». Aussi voulait-il qu'il fût le corps le plus nombreux, et qu'il se composât d'un nombre de membres neuf fois supérieur à celui des départements. Il avait à ce sujet une combinaison spéciale. Cette législature serait composée d'un nombre à peu près égal d'hommes « voués aux trois grands travaux, aux trois grandes industries qui composent le mouvement et la vie d'une société qui prospère : l'industrie rurale, l'industrie citadine, et celle qui a pour objet la culture de l'homme. »

Sieyès faisait alors une proposition encore plus extraordinaire, il demandait que cette législature, semblable en cela à un tribunal judiciaire bien constitué « ne puisse jamais rendre un décret *du propre mouvement* ». Pour lui, il n'était pas nécessaire de permettre à une législature des volontés spontanées, ou ce qu'on a appelé des décrets du propre mouvement.

« Le tribunal législatif est de même nature que les tribunaux judiciaires. Tous puisent leur décision dans une autorité supérieure ; les uns, dans le code des lois positives ; les autres, dans le livre plus ancien et plus complet des lois naturelles, car rien n'est arbitraire. Tous peuvent se tromper et sont irresponsables, s'ils ne se sont trompés que par erreur de jugement et sans sortir des bornes de leurs fonctions. »

Le seul but de cette troisième assemblée était donc d'adopter ou de rejeter telles propositions émanant de la volonté pétitionnaire ou de la volonté gouvernante et de lui imprimer par son vote le cachet, le caractère de loi. C'était bien là la volonté législative telle que la concevait le Constituant.

VI

Quel était donc ce gouvernement qui, dans la discussion des projets de loi venait en parallèle avec le peuple ? C'est ici toucher à une des parties les plus abstraites du système.

Sieyès était loin de confondre le *pouvoir exécutif* avec le *gouvernement*. Aussi établissait-il une différence entre ces deux pouvoirs. Cette différence, cette division qui n'existait pas encore, en esprit orgueilleux et infatué de lui-même, il croyait seul en avoir compris l'importance. « C'est une des ces vues qui appartiennent encore au progrès de la science ; c'est au temps à la dévoiler... »

11

Pour lui : « le *Pouvoir exécutif* est toute *action*, le *gouvernement* est toute *pensée*. Celui-ci admet la *délibération*, l'autre l'exclut à tous les degrés de son échelle sans exception;... l'expérience apprend que la délibération accordée au pouvoir exécutif ne fait qu'entraver sa marche. La responsabilité cesse d'être entière là où l'on délibère, *parce qu'elle est nulle pour la minorité*, parce qu'elle laisse rarement au concepteur son idée tout entière; or, s'il ne peut l'employer qu'altérée, comment voulez-vous qu'il réponde de tout son effet? »

« Le nom de pouvoir exécutif, pour qualifier une grande partie du service officiel de la loi est mal choisi. Qui est-ce qui exécute la loi? Ceux qui l'observent; d'abord les citoyens, chacun en ce qui le regarde (c'est là qu'est la plus grande partie de l'exécution de la loi); ensuite tous les officiers publics, chacun dans la fonction ou l'emploi dont il est chargé.... Le pouvoir exécutif, pris pour celui qu'exercent les ordonnateurs de l'action de la loi doit être séparé du *gouvernement* qui embrasse à lui seul trois grandes parties :

1. Le gouvernement est dans la partie supérieure de l'Etablissement central : *jurie de proposition*.

2. Une fois la loi promulguée, et par conséquent mise à *exécution*, le gouvernement est... *jurie d'exécution*.

. . . .

3. Il est enfin *procureur d'exécution*, et à ce titre il nomme le pouvoir exécutif ou les chefs ordonnateurs et directeurs du service officiel de la loi... »

On s'étonne que Sieyès, afin de demeurer fidèle à sa théorie, n'ait pas proposé de déléguer ces trois fonctions de gouvernement à trois corps différents de fonctionnaires. N'était-ce pas ainsi qu'il avait opéré pour les fonctions législatives.

VII

Nous voici enfin arrivé à la pierre la plus importante de l'édifice ; c'est à dessein que nous l'avons réservé pour la fin, car elle exige de plus longs développements. Sieyès la sentait si merveilleuse, si impeccable, la regardait comme un tel trait de génie, que dans son discours de l'an III, c'est par elle qu'il débute :

« Je demande d'abord un *Jury de Constitution*, ou, pour franciser ce mot de Jury et le distinguer dans le son de celui de juré, une *Jurie constitutionnaire*. C'est un véritable corps de représentants que je demande, avec mission spéciale de juger les réclamations contre toute atteinte qui serait portée à la Constitution. »

On le voit, c'est l'idée de 1788 qui surnage : la division du pouvoir constituant et des pouvoirs constitués.

Cette *Jurie constitionnaire*, au nombre des trois vingtièmes de la législature était donc à proprement parler un dépositaire conservateur de l'acte constitutionnel.

Des quatre propositions de Sieyès qui, sur la demande de Thibaudeau, furent renvoyées à la Commission des Onze, celle-là seule reçut quelque faveur dans l'Assemblée. Les autres avaient été rejetées unanimement. Sieyès lui-même se chargea d'expliquer avec plus de développement cette épave de son système ; dans le discours du 2 thermidor, il n'avait, en effet, qu'ébauché sa conception. Il fit tous ses efforts pour qu'au moins, isolée, sa jurie constitutionnaire survécut au naufrage. Ce fut là le motif de son discours du 18 thermidor.

« Une Constitution », y disait-il, « est un corps de lois obligatoires ou n'est rien. De là la nécessité de créer un gardien, une magistrature de ce code. Ce gardien, cette magistrature ne peut être la magistrature civile, sous peine de confondre tous les pouvoirs : la *Jurie constitutionnaire est donc indispensable.* »

La nécessité d'un *Jury de constitution* forme, en quelque sorte, une question préliminaire pour Sieyès. Une plainte contre les infractions à la Constitution ne pourrait être reçue par la magistrature civile, qui, ne pouvant citer devant elle les administrateurs, ne peut à plus forte raison citer les premiers corps politiques de l'Etat.

Il était donc évident qu'il fallait, à côté ou au-dessus des pouvoirs, un pouvoir conservateur chargé de les maintenir dans leur place respective, de veiller à leur mutuelle indépendance et de préserver la liberté du citoyen. Mais quel serait ce pouvoir? Ni dans les temps anciens, ni dans les temps modernes on ne trouvait le modèle de cette institution, il appartenait à Sieyès de la constituer, de l'inventer.

Restait à déterminer les attributions de la Jurie constitutionnaire, ainsi que sa formation.

Sieyès lui donna trois services importants :

a) Veiller avec fidélité à la garde du dépôt constitutionnel. C'était considérer ce jury comme un tribunal de cassation à l'égard des pouvoirs politiques, dans l'ordre constitutionnel ;

b) Se comporter comme un véritable atelier de proposition pour les amendements, les vues propres à perfectionner la Constitution ;

c) Enfin comme un supplément de juridiction naturelle aux vides de la juridiction positive « offrir à la liberté civile une ressource d'équité naturelle dans les occasions graves, où la loi tutélaire aurait oublié sa juste garantie.»

Les devoirs de cette assemblée étaient donc d'assurer la

liberté civile et politique en y amenant des améliorations législatives.

Pour le mode de revision, Sieyès proposait que dans le courant de chaque dixième année, à dater de l'an 1800, le jury constitutionnaire fasse imprimer *son cahier* ou *projet d'amélioration* de l'acte constitutionnel. Ce cahier serait sans doute le choix le mieux fait sur la récolte générale des années précédentes; il serait élaboré de manière à ne pas présenter plus que des vues véritablement utiles pour la réforme constitutionnelle.

Comme tribunal de cassation constitutionnel, la compétence du jury était relative aux actes irresponsables pour lesquels toute autre juridiction était incompétente, soit les actes du Tribunat, du Corps législatif ou du Conseil d'Etat, soit les actes commis dans l'exercice des diverses procurations électorales, en y comprenant les Assemblées primaires.

Toutes les Assemblées, tous les citoyens, même individuellement pouvaient réclamer; ces derniers cependant devaient payer amende si leur réclamation était mal fondée.

Quant à la formation de cette jurie constitutionnaire, elle se composait de cent huit membres, renouvelables par tiers, aux mêmes époques que les autres Assemblées. La jurie elle-même choisissait ses membres parmi les sortants des autres assemblées.

Telle était cette conception admirable « à défaut de laquelle toutes les constitutions anciennes avaient dû périr. L'histoire, en effet, apprend que des pouvoirs indépendants, abandonnés à leurs propres forces et à leur activité naturelle se rivalisent bientôt, s'entrechoquent et se détruisent » (1).

_____

(1) Discours d'Eschasseriaux, fervent admirateur de Sieyès.

Sieyès avait donc enfin trouvé son idéal irréalisable, la vraie solution des problèmes politiques dans un pouvoir qui veut sans agir et un autre pouvoir qui agit sans vouloir. Voici quels étaient, selon l'auteur du projet, les avantages de ce nouveau plan de Constitution :

« Je donne un conservateur, un gardien à la Constitution par l'établissement du Jury de Constitution, une représentation aux besoins du peuple pour proposer les lois qui doivent y pourvoir... Le gouvernement tel que je le propose n'a point d'action directe sur les citoyens; car c'est une idée fausse que celle de faire gouverner les citoyens par le pouvoir public...

« Le pouvoir exécutif, de son côté, prend une physionomie, acquiert une certitude, une promptitude d'action et une sécurité jusqu'à présent inconnues. Il n'est plus, comme dans les systèmes des contre-poids, un bassin opposé dans la balance législative au bassin des représentants du peuple.... Nous le regardons, nous, le pouvoir exécutif, non comme un contre-poids, mais comme la continuation et le complément de la volonté sociale, puisqu'il est chargé d'achever son acte en le réalisant, puisqu'il est chargé d'assurer partout la fidèle et certaine exécution de la loi. Dans notre plan, le pouvoir exécutif est tout entier à des chefs uniques, chacun dans sa partie.....

« L'attaque du Tribunat se dirige contre le gouvernement qui a le temps et les moyens constitutionnels de se défendre. La lutte ne peut jamais devenir dangereuse pour la liberté, puisque ces deux pouvoirs ont au-dessus d'eux un supérieur dans la législature qui contient leurs efforts, juge leurs propositions, un supérieur, dis-je, placé lui-même par la Constitution, au-dessus du Tribunat et du Gouvernement... »

Malheureusement ces avantages étaient méconnus; cet

idéal réalisé, malgré les efforts de la Reveillère-Lepeaux, tombaient sous un vote unanime après un discours sensé de Thibaudeau. Le fœtus avait avorté.

VIII

La critique du système de Sieyès et notamment de sa Jurie constitutionnaire était facile à faire. Sans revenir sur quelques points qui ont déjà été touchés, on peut dire que le vice radical, celui qui frappe au premier abord, lorsqu'on embrasse la Constitution de ce corps, c'est cette infinité de rouages, cette multitude de corps, cet enchevêtrement de fonctions. Le peuple français était condamné à être un peuple de fonctionnaires ; et justement, ce que Sieyès voulait éviter, était rendu plus facile.

Plus il y a de corps opposés ou d'agents entassés les uns sur les autres, plus il y a de chances pour l'usurpation, la confusion des pouvoirs, la discorde entre les partis, les déchirements intérieurs (1).

Et cette Jurie constitutionnaire, « ce dépositaire conservateur de l'acte constitutionnel », elle pêchait par sa base. La raison l'avait édifié ; le simple raisonnement, la logique la plus vulgaire pouvait la détruire. D'abord on sentait très bien que c'était une nouvelle apparition de cette institution qu'il avait déjà tenté, mais en vain, d'introduire en matière civile de cette institution qu'avec de légères modifications on avait fait entrer dans la procédure criminelle, et dans la loi sur la presse. Mais essayer de rendre le *Jury* applicable en matière de Constitution ; l'investir du pouvoir d'indiquer les réformes, c'était outrepasser les li-

---

(1) La théorie des concours a été précédemment critiquée, base fondamentale du système de Sieyès. Voir même chapitre, § 3.

mites et faire dévier une institution qui, en somme, était
excellente dans quelques-unes de ses parties.

D'autre part, ce jury constitutionnaire, était-ce bien la
garantie pratique la meilleure.

En théorie, sur le papier, ses avantages étaient immenses, incontestables. Sieyès le supposait composé d'hommes
sans passions, sans préjugés, étrangers à tous les partis.
Dans la vie réelle, il n'en était pas de même. Où trouver des êtres capables d'autant de vertus, d'autant de dé-
sintéressement? S'ils existaient ces êtres, auraient-ils bien
une nature humaine? N'était-ce pas Sieyès qui, en 1790,
s'était écrié qu'il était impossible « de créer une Constitution sur la vertu?» Il avait sans doute oublié cette parole.
La jurie constitutionnaire ne pouvait donc être composé
que d'hommes. Or demander à une Assemblée humaine
l'impartialité dans les luttes de pouvoirs est bien difficile;
n'est-ce pas demander l'impraticable? Ne serait-elle pas en-
traînée vers l'un d'eux par la corruption, la séduction ou
ses propres passions.   ·

Sur cette pente, la Jurie passera bientôt les limites des
fonctions que la Constitution lui déterminera; il y aura
donc usurpation de sa part. Cette usurpation, qui la ré-
primera? Personne, et pourtant elle existerait incontesta-
ble, évidente, indéniable. Par suite, l'institution devient
inutile, la constitution reste sans garantie; il faudrait
dans cette hypothèse, des surveillants à ce Jury et cette surveillance graduelle s'étendrait à l'infini!...

C'est le cas de répéter cette comparaison si souvent citée
du monde supporté par un éléphant reposant sur une tortue; mais cette tortue, où est son point d'appui? Voilà ce
à quoi le peuple de l'Inde, qui a cette croyance, ne peut répondre.

Un autre défaut de cette jurie, c'est qu'elle pouvait prêter l'oreille aux pourvois en inconstitution émanant de simples citoyens. C'était introduire dans le système une force de volonté pétitionnaire, beaucoup trop étendue, trop effrayante, ne convenant qu'à un peuple chez lequel il est entendu que c'est la minorité qui a toujours raison et qui doit faire la loi.

Le jeu de la jurie ne pouvait donc fonctionner. Ce que Sieyès aurait dû se dire, c'est que la garantie de la République consiste dans la simple division des pouvoirs et dans une bonne organisation. La garantie des pouvoirs, écrivait-il, est dans la jurie constitutionnaire; s'il avait pris soin de se demander où serait la garantie de cette jurie, son système rationnel se serait peut-être écroulé devant le vide, le néant de la réponse.

La plus forte garantie d'une Constitution quelle qu'elle soit est toujours dans le vœu national; le législateur ne doit jamais oublier que son plus solide appui est encore dans le peuple; la pratique et l'expérience seules peuvent l'apprendre; jamais la théorie.

. Dans la pratique, les garanties, en apparence les plus fortes, deviennent impuissantes; les corps institués garants, ne tardent pas à acquérir une influence prépondérante sur ceux qu'ils sont chargés de défendre.

Rien n'est plus aisé que de jeter sur le papier de brillantes conceptions sur cette partie importante de l'organisation sociale, de tracer, en théorie, de beaux plans irréalisables; et c'est devant cet exemple frappant du droit constitutionnel qu'il appartient de citer cette phrase éloquente, et juste de Mirabeau :

« Il y a une différence essentielle entre le métaphysique philosophe promulguant une vérité absolue du fond de ses méditations, et l'homme d'Etat qui est obligé de tenir compte des circonstances et des périls. La métaphysique,

voyageant sur une mappemonde, franchit tout sans peine,
ne s'embarrasse ni des montagnes, ni des déserts, ni des
plaines, ni des fleuves, ni des abîmes; mais quand on veut
réaliser le voyage et arriver au but, il faut se rappeler sans
cesse qu'on est dans le monde idéal et qu'on marche sur
la terre! »

CHAPITRE IX

SYSTÈME PERSONNEL DE SIEYÈS EN L'AN VIII

H. Historique. — Sieyès et sa *Pyramide*. — II. Ses nouveaux principes : la confiance doit venir d'en bas et le pouvoir d'en haut. — III. Premier principe : listes de notabilités. — IV. Deuxième principe : les élections — V. Le pouvoir exécutif et le Proclamateur-électeur. — VI. Collège des conservateurs. — VII. Critique du système de Sieyès.

I

L'édifice élevé si lentement, construit avec tant de peines, s'était écroulé. Mais l'architecte avait une foi inébranlable en lui-même; il ramassa une à une, au pied de la tribune, les pierres qui étaient tombées, et, plein d'espérance, il attendit une meilleure occasion.

Il crut l'avoir trouvée dans le 18 fructidor (1), ce fut un second échec.

Allait-il être plus heureux une troisième fois?

Le coup d'Etat des 18 et 19 brumaire (2) avait livré le

---

(1) Voir pour la participation de Sieyès au 18 fructidor, PREMIÈRE PARTIE, ch. II, § 3, pages 50 et suiv.

(2) Voir la participation de Sieyès au 18 brumaire, *ibid.*, ch. II, § 6 et 7.

pouvoir à trois consuls provisoires, avec mission de préparer une Constitution nouvelle. De ces trois personnages, Sieyès, Roger-Ducos et Bonaparte, il était évident, visible, qu'un seul allait être le maître, l'arbitre réel de la République. Il y avait cependant un rôle qu'on assignait assez généralement à Sieyès, celui de préparer la Constitution. Lui-même prétendait qu'il en possédait une, longuement méditée, d'une perfectibilité irréprochable, non pas une de ces constitutions éphémères, comme celles qui avaient précédé, mais une Constitution savante, fondée sur l'observation des sociétés et les leçons de l'expérience.

Qu'il s'en occupât sans cesse dans ses heures de solitude et de méditation, nul ne l'ignorait. Chacun savait que ç'avait été le rêve, la monomanie de cet esprit bizarre, métaphysique, pendant la Constituante, pendant les heures sanglantes de la Convention; quelques-uns, plus clairvoyants, le soupçonnaient même, et avec raison, d'avoir renversé le Directoire pour opérer cet accouchement d'une nouvelle espèce. Mais ce fameux chef-d'œuvre qui devait régénérer la France, qui devait assurer le bonheur et la paix au pays, cette « arche d'alliance qui devait réunir tous les partis » (1) qui pouvait se flatter d'en connaître seulement l'échafaudage? On croyait que Sieyès présenterait toute rédigée cette fameuse Constitution; ce fut la première illusion déçue. En législateur discret, d'une confiance illimitée dans son talent, il n'avait, bizarrerie singulière, jamais rien écrit, jamais rien publié. Vaguement, quelques-uns se rappelaient son discours de l'an III, ce plan qu'il avait produit à la tribune, et qui avait eu tous les honneurs d'une défaite. Mais il disait que, depuis cette époque, il y avait apporté nombre de modifications néces-

---

(1) Mme de Staël, *op. et loc. cit.*

saires : le générateur et le moteur de la machine étaient
radicalement changés; le système électoral et le gouvernement recevaient une organisation toute nouvelle.

Le temps pressait; les complices avaient hâte d'en finir
avec une situation équivoque, Bonaparte surtout; ce dernier sentait qu'il avait encore besoin de Sieyès, auquel
d'ailleurs il était redevable du succès de son coup d'Etat.
Sur les conseils de ses amis, il le chargea de présenter ce
projet, ce plan si merveilleux.

Sieyès put enfin croire que l'heure était sonnée, qu'il
allait pouvoir s'acquitter de sa tâche. Aussi se décida-t-il à
communiquer ses idées et ses conceptions à Boulay (de la
Meurthe); celui-ci, ami fidèle du Constituant, se chargea
de les transcrire au fur et à mesure de leurs entretiens. Il
en résulta une série d'aperçus et d'ébauches qui, recueillis
avec soin ont pu être conservés à la postérité.

II

.En réalité, ce n'était point une machine nouvelle; elle
avait les mêmes rouages, les mêmes complications, les
mêmes engins de pondération, que celle du 2 thermidor
de l'an III. Le générateur et le moteur seuls étaient changés, comme il l'avait annoncé; les pièces intermédiaires
subsistaient presque entièrement.

Quel était donc ce principe nouveau sur lequel s'appuyait le plan de Sieyès? On s'en souvient, en l'an III, il
reposait sur cette idée que les fonctions d'un établissement
public doivent être mises en représentation par le peuple,
mais séparément, de manière que l'unité d'action résulte
du concours de ces fonctions. En l'an VIII, il était tout
autre. Avec ce dogmatisme qu'on prenait volontiers pour

de la profondeur, et qui ressemblait par tant de côtés à l'outrecuidance du sophisme, il avait érigé en axiome une maxime qui lui paraissait indéniable et qu'il répétait à satiété.

A force d'y réfléchir, il avait fini par découvrir que dans tout Etat bien organisé, bien constitué, *la confiance doit venir d'en bas et le pouvoir d'en haut.* Cette antithèse n'avait rien de neuf; elle revenait à ceci : Tous les pouvoirs viennent du peuple; ils ont le peuple pour objet; mais toute autorité établie doit avoir assez de force pour se faire respecter; en d'autres termes, le peuple doit obéir, le gouvernement se faire respecter.

Sieyès en fit une généralité philosophique d'où il déduisit rigoureusement toutes ses conséquences constitutionnelles, conséquences qu'il appuyait sur deux vérités axiomatiques :

1. *Nul ne doit être revêtu d'une fonction publique que par la confiance de ceux sur lesquels elle doit s'exercer.*

2. *Nul ne doit être nommé fonctionnaire par ceux mêmes sur lesquels doit porter son autorité.*

C'était, disait Sieyès, parce que le Directoire les avait méconnues, que pendant quatre années de son gouvernement, il s'était vu obligé, forcé, de nécessiter l'intervention d'une force irrégulière.

III

A. PREMIER PRINCIPE : *La confiance doit venir d'en bas.* — Une constitution ne manœuvrera bien, sans fluctuations que lorsqu'elle aura été appliquée par des hommes investis de la confiance publique, représentant le peuple

qui les a choisis et ayant toujours le droit de parler et
d'agir en son nom.

Ainsi, quoiqu'il fît, qu'il changeât ses plans, qu'il les
modifiât, Sieyès en revenait toujours à ce principe fonda-
mental qu'il avait professé en 1789, et dont il ne se départit jamais, la représentation nationale. Seulement si la
cause était la même, les moyens étaient différents. En
l'an VIII, Sieyès conciliait ses idées et établissait son système tout entier dans la formation et le fonctionnement
des *listes de notabilités*.

Revenant à son projet de 1790, qui n'avait pas été entièrement admis par l'Assemblée, — car il était tenace dans
ses idées, cherchant toujours coûte que coûte à les faire
prévaloir, — il distribuait ou plutôt fractionnait le territoire
de la France (1) en trois divisions politiques : la commune,
le département et l'Etat. D'abord 780 grandes communes
de 36 à 40 lieues carrées chacune. Tous les Français âgés
de 21 ans, jouissant des droits de citoyen aux conditions
ordinaires, c'est-à-dire inscrits sur un « registre civique »
devaient se réunir par arrondissement et désigner le
dixième d'entre eux. Sieyès évaluait que sur 30,000,000 de
Français, il y avait 6,000,000 de citoyens. En réduisant
ces 6,000,000 au dixième, il obtenait 600,000 notables de
confiance parmi lesquels le gouvernement aurait à choisir
les conseillers municipaux, les maires, les juges de première instance, les membres des conseils d'arrondissement
(circonscription nouvelle qu'il proposait), les sous-pré-
fets, etc. Cette première liste, le Constituant l'appelait la
liste des *notabilités communales*.

Ces 600,000 notables communaux se réunissant à leur

---

(1) Voir l'explication et le développement de son système, ch. V,
§ 4, pages 92 et suiv.

tour, désignaient le dixième d'entre eux ; soit 60,000 nouveaux notables composant la liste des *notabilités départementales*. Le pouvoir y choisirait tous les fonctionnaires départementaux, comme dans la liste précédente il avait choisi les fonctionnaires d'arrondissement (commissaires du gouvernement, membres des conseils de département, administrateurs, préfets, juges d'appel et tous les fonctionnaires de cet ordre).

Enfin avait lieu une troisième et dernière opération, identique aux autres.

Les citoyens portés sur les listes départementales formaient par sélection d'un dixième, un groupe de 6,000 individus qui paraissaient ainsi les plus dignes de confiance. Ce dernier triage produisait la dernière liste, ou liste de *notabilités nationales.* Ces 6,000 notables étaient autant de candidats parmi lesquels on devait prendre obligatoirement les hauts fonctionnaires nationaux (membres du gouvernement, du Corps législatif, du Tribunat, Conseillers d'Etat, ministres, juges du Tribunal de cassation). On devait procéder tous les trois ans au remplacement des membres décédés ou absents de chacune de ces listes, et la majorité des citoyens avait le droit d'en rayer ceux qu'elle voulait faire disparaître ; toutefois on pouvait cesser d'être sur une liste inférieure, sans cesser d'être sur une liste supérieure.

Ce système de prétendue représentation nationale, Sieyès ne l'appelait plus un triangle comme jadis ; il le nommait une *Pyramide,* étroite au sommet, tant il croyait assis sur une large et forte base la totalité du territoire et la masse du peuple.

Nous verrons que ces listes étaient adressées et recueillies par le Collège des conservateurs qui les examinait, les épurait, et pouvait, par droit de censure, en rayer un dixième (1); elles étaient revisées annuellement en commençant par les communes.

Le rôle de la nation se réduisait donc à former des listes de candidats, ou mieux de solliciteurs, entièrement dans la main du Pouvoir. Cette souveraineté du peuple dont il parlait toujours, il ne la supprimait pas, il l'escamotait, crime d'autant plus grand, qu'il offense la morale publique.

Le premier principe était établi : l'Etablissement public n e se composait que d'individus revêtus de la confiance du pays.

IV

B. DEUXIÈME PRINCIPE : *Le pouvoir doit venir d'en haut.* — Toute autorité émanant de la représentation nationale doit être assez forte pour se faire obéir et respecter, sinon plus d'ordre social. Mais, dans l'application, cette seconde partie de l'antithèse soulevait de graves difficultés, surtout à l'époque où vivait Sieyès.

Après les événements qui venaient de se dérouler, ce qu'il y avait à redouter, c'était la passion des électeurs. Aussi crut-il dissiper toute crainte en attribuant aux fonctionnaires nationaux le choix des fonctionnaires départementaux qui nommeraient les individus capables d'exercer les charges communales.

Restait, il est vrai, la liste principale, celle des notabilités nationales.

A qui devait être dévolu le droit redoutable de recruter sur cette immense liste de candidature? Tantôt au pouvoir

(1) Voir plus loin, même chapitre, rôle du Sénat.

législatif, tantôt à l'exécutif, suivant la nature des fonctions. Le suffrage de la nation ne parlait donc qu'en théorie. Ce n'était qu'un simulacre de système électoral, où
l'initiative populaire était annihilée, réduite à néant. On
reconnaissait les débris de cette préoccupation sous l'influence de laquelle la Convention prolongea le mandat des
députés au-delà du terme légal de cette préoccupation qui,
plus tard, avait fait casser les élections des départements
au 18 fructidor, au 22 floréal.

Par trois fois, la Révolution, au nom de la liberté, avait
annulé la souveraineté nationale. Voilà l'incommodité que
Sieyès voulait anéantir, en substituant au droit de suffrage
ces listes de notabilités à l'aide desquelles un parti privilégié pourrait s'éterniser lui-même. Il ne prévoyait pas que
ce parti privilégié tomberait infailliblement au pouvoir
d'un seul homme.

Ce fut donc l'arme la plus perfide qu'il imagina contre
la nation.

La *présentation* des listes avait eu son point de départ
dans la masse des citoyens. Quant au *choix*, eh bien, il se
concentrerait dans le législatif et enverrait ses ramifica-
tions dans l'exécutif. Ces deux pouvoirs désigneraient
leurs propres membres et se composeraient eux-mêmes. Il
y aurait donc deux classes de fonctionnaires : les fonctionnaires de l'ordre exécutif seraient choisis, médiatement ou
immédiatement par le chef du gouvernement; ceux de l'ordre législatif par le Collège des conservateurs.

La théorie de Sieyès était donc satisfaite; la partie *gouvernante* était apte à conduire la partie *gouvernée*; les
fonctionnaires se trouvaient établis non par des égaux,
mais par un pouvoir supérieur et plus éclairé.

V

En l'an III, Sieyès avait fait résider l'*Exécutif* dans un conseil de sept personnes élues par le peuple; en l'an VIII, il en réduisit le nombre à trois, qu'il appelait *consuls* (1). Finalement il imagina une autre conception plus savante. Cette *pyramide*, dont il avait trouvé la base, exigeait une pointe, un magistrat suprême pour observer toute l'étendue de l'horizon politique, y dissiper les nuages, y 'rétablir la sérénité.

Sieyès l'appelait d'un mot tout germanique : le *Proclamateur-électeur* ou *Grand électeur*. Quoique inactif, imposant, irresponsable, et inamovible, ce n'était pas tout à fait « un cochon à l'engrais » (2), comme devait le qualifier Bonaparte. Il avait de nombreuses ressemblances avec le doge de Venise. Elu, non par le peuple, mais par une autorité représentative plus impartiale, capable d'exprimer et de connaître le vœu de la nation, il était le couronnement de l'édifice. C'était lui qui donnait l'impulsion, communiquait la vie et le mouvement à la machine exécutive. Sous l'influence de sa raison, de son patriotisme et de l'opinion, il nommait et révoquait non les ministres, mais deux consuls, chargés de gouverner et d'administrer le pays.

A part ce seul acte, sa mission était de représenter la nation tout entière, au dehors, sa grandeur, son unité, sa dignité. Il recevait les ambassadeurs étrangers, signait certains traités... Aussi, pour qu'il pût en imposer par son éclat, Sieyès lui assignait un revenu de six millions, une garde de 3000 hommes, des palais somptueux, soit à Paris,

(1) Projet communiqué à Lucien Bonaparte.
(2) Voir le jugement de Bonaparte, ch. X, § 4, page 193.

soit à Versailles. Ce roi fainéant, entouré de faste et
d'honneurs, convenait à merveille, au dire de quelques-
uns, à l'orgueil du Constituant; sa cupidité aurait été satisfaite, son ambition assouvie; ses talents de législateur
mis à l'épreuve dans la manière de rendre la justice; il
était l'image effacée d'un roi et d'un despote, il aurait
été cette fois le premier citoyen de la République, règnant
sans gouverner. En concevant ce mannequin, avait-il pensé
à lui? on ne saurait le dire. Connaissant l'homme, il y aurait, au contraire, lieu de croire que ses aspirations étaient
toutes différentes. Etablir un roi de théâtre, une espèce de
titulaire dont il serait le tuteur et le protecteur-régent,
sous le nom duquel il sanctionnerait ses volontés, paraît
une conception mieux adaptée au caractère de l'abbé
Sieyès. Ses goûts n'auraient-ils pas été satisfaits? Sans sortir de la solitude et de la méditation où il se complaisait,
sans trop s'astreindre à l'étiquette qu'aurait exigée son rôle
de premier gouvernant, dissimulé derrière ce masque,
n'aurait-il pas pu, en évitant toute responsabilité écrasante, gouverner sans régner, agir sans être vu, et faire
triompher ses opinions politiques?

Quant aux deux consuls nommés par le Proclamateur
électeur, ils avaient vraiment la charge, le soin du gouvernement.

L'un pour l'*extérieur* s'occupait de l'armée de terre, de
la marine, des colonies, des rapports avec l'étranger;
c'était le *Consul de la guerre*. L'autre, le *Consul de la
paix*, veillait à l'*i térieur* la police, la ustice, l'intérieur
proprement dit, à l'exception toutefois des listes d'éligibilité.

« Cette séparation du ministère en deux départements », disait Bonaprate, « est une véritable anarchie;

il faut, avant tout, de l'ensemble et de l'unité (1) ». Cette critique était justifiée; cette division séparait des attributions indivisibles par une distinction plus métaphysique que praticable.

Comme moyens de gouvernement, Sieyès, pour les éclairer et leur faciliter la tâche, avait mis à la disposition de chacun d'eux un Conseil d'Etat, une haute chambre de justice politique, des ministres responsables, dont la nomination ou la révocation leur appartenait.

Il y avait donc deux *Conseils d'Etat*. Chaque conseil avait quatre attributions :

1. Comme organe du gouvernement, ils rédigeaient, proposaient, discutaient contradictoirement avec le Tribunat les projets de loi qu'ils jugeaient nécessaires.

2. Comme jury d'exécution pour les lois rendues, ils agissaient à la demande des ministres sur un point litigieux, contesté.

3. Comme pouvoir réglementaire, ils imposaient obligation des règlements aux fonctionnaires et employés.

4. Enfin ils prêtaient l'oreille aux réclamations administratives des fonctionnaires ou des citoyens contre les ministres.

Les *Chambres de justice politique* n'étaient que des instruments de gouvernements, dans le but de prévenir les négligences, de corriger les délits officiels des ministres; conseillers d'Etat ou grands juges. Il les appelait les **deux hautes Chambres**.

Sieyès voulait *quatorze ministres*, c'est-à-dire un ministre par service public. Ils auraient exercé le pouvoir exécutif comme « vrais procurateurs du service public » selon son expression même. Chacun d'eux était chef unique dans son département, afin qu'il y eut *action* et non délibéra-

_____

(1) *Mémoires dictés à Gourgaud.*

tion. L'idée que le Constituant s'était toujours formée des ministres de la République, « hommes qu'il faut entourer de tous les moyens de faire leur devoir et de toutes les lumières propres à les diriger dans leurs vastes opérations », l'obligeait à placer auprès d'eux une chambre de justice permanente, appelée chambre inférieure, pour traduire leurs subordonnés et faire respecter les actes de leur administration.

Les fonctionnaires départementaux étaient autant d'agents intermédiaires entre les fonctionnaires communaux et les ministres qui, eux, correspondaient avec les Consuls.

Le pouvoir exécutif était ainsi l'auteur de sa propre formation, il choisissait ses agents dans les listes de notabilités correspondant aux fonctions auxquelles il s'agissait de pourvoir. Nous nous sommes précédemment étendus à ce sujet en traitant des différentes listes.

VI

Quant au pouvoir législatif, il devait être organisé comme dans le projet de l'an III. A ce projet, Sieyès n'avait rien changé. On y trouvait toujours le *Corps législatif* proprement dit, placé entre deux corps opposés, le *Tribunal et le Conseil d'Etat* (1); puis à part et au-dessus le *Collège conservateur*.

Ce collège conservateur n'était autre que la jurie constitutionnaire modifiée. Comme elle, il était chargé de casser

---

(1) Nous ne reviendrons pas sur ces institutions, Corps législatif, Tribunat, Conseil d'Etat ; elles ont été suffisamment exposées dans le chapitre précédent ; Sieyès n'y avait apporté aucune modification. I n'en est pas de même du Sénat conservateur qui avait subi quelques changements.

toute loi ou tout acte lui paraissant entaché d'*inconstitu-
tionalité* : son ancien nom aurait évoqué de tristes souvenirs ; aussi Sieyès lui donna-t-il un nom nouveau, montrant
bien sa fonction de maintenir la constitution dans sa pu-
reté. Il l'appela *Collège des conservateurs.* « Il n'est rien
dans l'ordre exécutif, rien dans l'ordre judiciaire, rien
dans l'ordre législatif; il est parce qu'il faut qu'il soit,
parce qu'il faut une magistrature constitutionnelle pour
améliorer la Constitution! » (1) Il sera le complément de
tout, suppléant par des décisions d'équité à l'insuffisance
des lois.

Ses membres, après démission, ne pouvaient concourir
à aucune autre place; c'était une incapacité. Aussi Sieyès
leur attribuait-il un revenu territorial de 100,000 francs
dans le rayon de 30 à 40 lieues; c'était pour le budget
une dépense de 10 millions. Ils étaient inviolables.

Il se composait de 100 places; 80 membres étaient
nommés à vie; quant aux sièges vacants, ils devaient être
remplis par des nominations extraordinaires. C'était une
amélioration. La jurie constitutionnaire, on s'en souvient,
avait 108 membres, renouvelables par tiers comme les autres corps; d'où mobilité des opinions.

Bien que le Collège conservateur fut incapable d'ordonner, incapable d'agir, il avait une action directe, une influence manifeste sur tous les rouages de la machine.

Dans l'ordre exécutif, il nommait dans son sein le Proclamateur-électeur, ce moteur qui donnait l'impulsion
générale; le faire nommer par le peuple, c'eut été lui donner quelques velléités de dictature.

Dans l'ordre législatif, il nommait les fonctionnaires
chargés de son exercice. C'est lui, nous l'avons vu, qui re-

(1) Sieyès. Discours du 2 thermidor, an III.

cevait les listes élémentaires de notabilités; il les recueillait, les examinait, les épurait. Il avait sur elles droit de censure, ce qui lui permettait d'en rayer un dixième. Dans la liste nationale, il choisissait les 400 représentants du Jury législatif du Tribunat et du Tribunal de Cassation. Cette assemblée immobile paraissait donc instituée pour mettre un frein aux pouvoirs existants, pour *absorber* et *ostraciser* tout citoyen qui portait ombrage. Il pouvait en effet appeler à lui le grand électeur et le noyer dans son sein; c'était tuer le cochon engraissé.

Un coup d'Etat était donc théoriquement impossible. Le Collège conservateur, par une espèce d'ostracisme, absorbait le Proclamateur-électeur, qui pouvait, lui, révoquer les consuls. Les ministres étaient sous la dépendance des deux consuls, et ne se feraient pas faute de destituer ou de déplacer tout général trop souvent victorieux.

VII

Et pourtant, en pratique, est-ce que le Proclamateur-électeur aurait pu ne pas se mêler du gouvernement? « Si j'étais ce grand électeur, disait Bonaparte, je me chargerais bien encore de faire tout ce que vous ne voudriez pas que je fisse. Je dirais aux deux consuls de la paix et de la guerre : « Si vous ne choisissez pas tel homme, ou si vous « ne prenez pas telle mesure, je vous destitue. » Et je les obligerais bien de marcher à ma volonté! » — C'était la vérité; il n'y aurait rien eu de plus facile que de redevenir maître tout-puissant, par un détour.

Il en était de même de tout le système.

D'ailleurs, qu'était-ce, après tout, que cette Constitution finale si longtemps murie de Sieyès? C'était un spectre, un fantôme de monarchie représentative; c'était la constitution britannique, plus savante, plus artificielle, moins praticable. Les trois classes s'y trouvaient :

On y voyait la *Royauté* personnifiée dans le Grand Electeur; royauté avec des sauvegardes, il est vrai, mais nous venons de voir que ce pseudo-monarque aurait pu facilement sortir de l'état de nullité où on voulait le tenir enfermé.

L'*Aristocratie* s'y trouvait représentée dans une Chambre haute, le Collège des conservateurs. Seulement, à la différence de la Chambre des Pairs d'Angleterre, le corps de Sieyès était à peu près tout; c'était comme une réminiscence devant aboutir fatalement, selon l'expression de Thiers, à une complète « oligarchie vénitienne ».

Quant à la *Démocratie*, mais elle avait sa chambre des Communes. Ces trois Assemblées distinctes, Corps législatif, Tribunat, Conseil d'Etat ne formaient, en réalité, qu'un seul corps en trois sections, pour la proposition, la discussion et le vote de la loi. On y retrouvait cette ancienne proposition, que Sieyès avait voulu faire prévaloir en 1789 et 1793, d'une Assemblée divisée en deux sections.

Le principe de la souveraineté? Il le croyait sauvegardé, garanti par le procédé des listes. Mais la nation n'aurait pas tardé à s'apercevoir qu'elle n'aurait eu aucun intérêt à les renouveler, puisque la pairie aristocratique aurait tout absorbé.

Cet embryon de suffrage universel annulé par les rouages compliqués de la Constitution ne devait être compris et développé que beaucoup plus tard, en 1848.

Ainsi, à quoi servait à Sieyès d'avoir dénaturé, énervé, neutralisé l'un par l'autre le principe monarchique et le principe démocratique? Sa séparation des pouvoirs disparaissait dans une concentration de tous les pouvoirs; la liberté était mise en jeu; l'unité d'action résidait dans une seule assemblée, inamovible, investie de prérogatives exorbitantes.

« Sieyès », dit Mignet, « espérait ainsi concilier la liberté l'ordre, le mouvement et la stabilité, l'action nationale et la force du pouvoir. »

Mais si au lieu de n'envisager que l'extérieur, que la surface, on pénétrait au fond du système, on rencontrait infailliblement tous les défauts, tous les vices du projet de thermidor an III : le gouvernement représentatif anéanti; le peuple privé de toute action sur son propre sort; une étrange mécanique ôtant toute liberté, toute vie politique, et dont tous les ressorts ne semblaient destinés qu'à se paralyser les uns les autres.

CHAPITRE X

LA CONSTITUTION DÉFINITIVE DU 22 FRIMAIRE DE L'AN VIII
(13 DÉCEMBRE 1799)

I. Sieyès et Bonaparte, le théoricien et l'homme pratique. — II. Principe constitutionnel de Bonaparte; modifications apportées au système de Sieyès : listes de notabilités. — III. Organisation des grands pouvoirs. — IV. Le Grand électeur et le Premier consul. — V. Sénat conservateur, — VI. Conclusion.

I

Cette savante, mais étrange combinaison que Sieyès communiqua aux deux Commissions législatives de 25 membres, servant d'auxiliaires aux consuls, devait être modifiée, tricturée, mutilée.

Les deux sections de constitution chargées du travail préparatoire furent d'abord séduites par la singularité et la nouveauté du système qui leur était proposé. Leurs membres se voyaient déjà pour la plupart faisant partie du Collège des conservateurs.

Bonaparte les rappela à la réalité.

Autant Sieyès était théoricien, autant le Premier consul réalisait le type de l'homme pratique!... N'avait-il pas dit

que les idéologues devaient céder la place aux hommes
d'épée? Ce n'était plus le temps où l'on pouvait s'écrier :
Cedant arma togœ!...

Ce que voulait le général Bonaparte, c'était un gouvernement ayant de l'action, de la vie, « un corps législatif
sans rang, impassible, sans yeux et sans oreilles pour ce
qui l'entoure, sans ambition, ne l'inondant plus de mille
lois de circonstances » (1). Il ne pouvait donc s'accommoder d'une œuvre aussi métaphysique, aussi compliquée
que celle que lui soumettait son collègue; ce qu'il voulait
c'était la réalité du pouvoir et non l'apparence, la dictature
vivante et non la représentation oisive; à aucun prix il
n'entendait être *absorbé*! Or ce que présentait Sieyès,
c'était un pouvoir s'absorbant lui-même, tirant sa force de
son inertie!

« Il n'avait mis partout que des ombres, ombre du pouvoir législatif, ombre du pouvoir judiciaire, ombre de gouvernement; il fallait bien de la substance quelque part. » (2)

Bonaparte ne cessait donc de manifester son irritation;
employant des termes extrêmement vifs, dépassant souvent
la politesse, atteignant parfois à la brutalité et à la gros-
sièreté dans ses sarcasmes.

Le Lycurgue moderne, chose facile à comprendre, s'en
irritait violemment. « Il avait fort à cœur que son plan ne
fut pas mutilé : c'était le fruit des méditations de toute sa
vie; c'était une machine qu'il avait construite avec un soin
extrême et qu'il prétendait avoir munie de tous les rouages
nécessaires à sa pleine et régulière activité; rouages tellement assortis, tellement faits les uns pour les autres et
pour le tout, que, toucher à un seul, le supprimer, le dé-

---

(1) *Mémoires* de Boulay (de la Meurthe), *loc. cit.*
(2) Napoléon. *Mémorial de Sainte-Hélène.*
(3) Lettre de Bonaparte à Talleyrand après Campo-Formio.

placer, le modifier, c'était vouloir, selon lui, arrêter la machine, ou bien y introduire la confusion et le désordre. »(1)

Aussi s'éleva-t-il de fortes disputes; souvent les deux premiers personnages de la République se séparèrent très mécontents, irrémédiablement brouillés (2), mais comme deux complices d'un crime, ils avaient besoin l'un de l'autre, et le sentaient. Les efforts conciliateurs de Talleyrand, de Boulay (de la Meurthe), de Rœderer, etc., amenèrent un rapprochement définitif. Le système de Sieyès fut enfin mis en délibération.

II .

A cette antithèse : « La confiance doit venir d'en bas et le pouvoir d'en haut! », Bonaparte opposait une autre maxime : « Un peuple qui n'est pas souverain peut avoir besoin de prendre des garanties contre le pouvoir; mais lorsqu'il est souverain, qu'a-t-il besoin de garanties? » — Ce principe devint la base de la Constitution.

Le Premier consul a laissé, dans ses *Mémoires*, ses appréciations personnelles sur les théories de son collègue.

« Les listes de notabilités, dit-il, avaient le double inconvénient de gêner le gouvernement dans son choix et de ne laisser au peuple qu'une influence illusoire et toute métaphysique dans la nomination de la législature. » Cependant elles avaient de si nombreux avantages pour Bonaparte, elles étouffaient si bien l'action populaire, qu'elles furent

---

(1) Boulay (de la Meurthe). *Mémoires, loc. cit.*

(2) « Il veut partir? qu'il s'en aille, » avait dit Bonaparte. « Je vais faire rédiger une Constitution par Rœderer, la proposer aux deux sections et satisfaire l'opinion publique qui demande qu'on en finisse.

admises en partie. On y apporta seulement **quelques** modifications de détail :

La confection des listes qui devait avoir lieu tous les
dix ans à partir de l'an x, ne devait être faite que dans le
cours de l'an ix. — Leur revision, au lieu d'être annuelle,
serait triennale. — Les fonctionnaires inscrits sur ces
listes ne seraient choisis qu'autant que l'exercice de leurs
fonctions publiques serait expressément désigné soit par la
constitution, soit par la loi. — Enfin la première nomination des autorités constituées devait se faire sans listes.

Bonaparte aurait voulu assujétir la formation des listes
à un tarif de factures. Mais Sieyès s'y opposa formellement,
et, en cette occasion, retrouva ses élans oratoires et patrio-
tiques de 1789 ; on passa outre.

Par sa métaphysique, il avait embrouillé la question la plus
simple, celle d'élection « et c'est à l'ombre de ces nuages que
Bonaparte s'introduisit impunément dans le despotisme ». **(1)**

III

Lorsqu'on s'occupa de l'organisation des grands pouvoirs, la discussion ne fut pas longue. Il y eut peu d'opposition. « Ces dispositions plurent, dit Bonaparte, parce
qu'elles tendaient à supprimer le bavardage des tribunes
et les motions d'ordre dont on était las. »

Le *Corps du jury legislatif* fut réduit à 300 membres,
âgés au moins de 30 ans, renouvelables par cinquième
tous les ans ; les députés sortants n'y devaient rentrer
qu'après un an d'intervalle ; il est vrai qu'ils pouvaient être
promus à d'autres fonctions. Cette assemblée aurait un

---

(1) Thibaudeau; *Mémoires, loc. cit.*

représentant au moins de chaque département. La session commencerait chaque année le 1er frimaire et ne durerait que quatre mois, mais le gouvernement en dehors de cela se réservait le droit de le convoquer extraordinairement.

Bonaparte l'aurait désiré « sans rang, sans yeux, sans oreilles », Sieyès le voulait seulement muet, votant les lois au scrutin secret après avoir entendu les orateurs du Tribunat et ceux du gouvernement, mais sans que ses membres.prissent part au débat. Ce fut son avis qui prévalut.

Le gouvernement, par l'entremise du *Conseil d'Etat* préparait donc les lois et les règlements et résolvait les difficultés; les commissaires du gouvernement près le Corps législatif étaient tous des conseillers d'Etat.

A côté du Conseil d'Etat, les *ministres* assuraient l'exécution des lois et contresignaient les actes du gouvernement. Les sénateurs, membres du Corps législatif, du Tribunat, les consuls, les conseillers d'Etat n'encouraient aucune responsabilité en raison de leurs fonctions; s'ils commettaient des délits privés, les corps auxquels ils appartenaient pouvaient autoriser à les poursuivre devant la justice ordinaire. Mais les ministres n'étaient point dans la même condition; ils étaient responsables des actes gouvernementaux qu'ils signaient, des ordres particuliers qu'ils donnaient et de l'inexécution des lois. Dans ce cas, ils étaient dénoncés par le Tribunat, mis en accusation par le Corps législatif, et jugés par une *Haute Cour* composée de juges choisis dans son sein par le Tribunal de cassation et de jurés pris sur la liste nationale.

Le Conseil d'Etat autorisait les poursuites contre les autres fonctionnaires, et le Tribunal de cassation contre les magistrats.

Le camp opposé du Conseil d'Etat, dans les discussions devant le corps législatif, c'était le *Tribunat*, cette Assemblée qui, dès sa conception déplut au premier consul. Il sentait que c'était de là que naîtrait le foyer d'opposition ; c'était bien préjuger. Aussi prit-il ses mesures en conséquence ; il lui fit retirer le droit de proposer des lois et réserva exclusivement au gouvernement l'initiative parlementaire. Sieyès l'avait accordée à cette Assemblée dans l'intérêt du peuple ; aussi ne céda-t-il qu'à regret, après un long débat, et à condition que le Tribunat en fut indemnisé par d'autres attributions.

Il était composé de 100 membres âgés de 25 ans au moins, renouvelables par cinquième tous les ans et rééligibles tant qu'ils figureraient sur la liste nationale.

Le gouvernement était forcé de lui donner communication des projets de lois, qu'il pouvait adopter ou rejeter après discussion ; son vote était soutenu par trois orateurs ; cette assemblée dont les séances étaient publiques comme celles du corps législatif, pouvait exprimer son vœu sur les lois faites ou à faire, sur les abus à corriger, sur les améliorations à entreprendre dans toutes les parties de l'administration publique, mais jamais sur les affaires civiles ou criminelles portées devant les tribunaux, sous la réserve toutefois que la manifestation de ses vœux n'aurait aucune suite obligatoire ; il eut le droit de déférer au Sénat, pour cause d'inconstitutionnalité seulement, les listes d'éligibles, les actes du corps législatif et ceux du gouvernement. Enfin, quand il s'ajournerait, il pourrait nommer une commission de dix à quinze de ses membres chargée de le convoquer, si elle le jugeait convenable ; cette dernière faveur lui supposait le droit de rester en permanence tant qu'il le voulait.

Les traitements annuels étaient de 10,000 francs pour un législateur, de 15,000 pour un tribun.

IV

Quand on vint au chapitre du Pouvoir exécutif, tout accord fut rompu.

Ce fut à propos du *Proclamateur-électeur* que la dispute devint vive, que les mots piquants s'échangèrent entre les deux hommes.

De cette création qui n'avait paru que singulière aux sections de constitution, Bonaparte ne voulait entendre parler à aucun prix et l'écrasait sous la vivacité et le pittoresque de ses expressions (1).

« Un pareil gouvernement est une création monstrueuse... ce grand électeur est l'ombre décharnée d'un roi fainéant. Personne dans votre projet n'a de garanties ; car si l'électeur peut dominer les deux consuls en les menaçant d'une destitution, il est lui-même placé sous le coup de l'absorption du Sénat!... Connaissez-vous, citoyen Sieyès, un homme de caractère assez vil, pour se complaire dans une *pareille singerie?* (2).

Et une autre fois il s'écriait : « Citoyen Sieyès, que voulez-vous que l'on fasse de ce *cochon à l'engrais* de quelques millions dans le château de Versailles? » (3)

Le premier consul avait en effet beaucoup réfléchi aux attributions de cette autorité. Si c'était pour lui-même que Sieyès s'était réservé ce rôle, la prétention était excessive ; si c'était pour lui, Bonaparte, il y avait folie à y son-

---

(1) Nous avons vu, en l'étudiant, qu'il n'était pas si inactif, si roi fainéant qu'on voulut bien le dire et que souvent les images de Bonaparte étaient trop fortes.

(2) Voir *Mémoires dictés à Gourgaud.*

(3) *Mémorial de Las Cases.*

ger. De son côté, Sieyès ne voulait à aucun prix qu'on fît participer au gouvernement le chef du pouvoir exécutif : « C'est de l'ancienne monarchie, et je n'en veux pas ! » Mais Bonaparte demeurait inflexible ; ce qu'il redoutait, c'était cette absorption, cet ostracisme de la part du Sénat, suspendus sur sa tête comme une épée de Damoclès. Il est vrai, nous l'avons vu (chap. IX), qu'il espérait bien redevenir maître par un détour et acquérir personnellement les prérogatives que la Constitution lui refusait.

Les sarcasmes, les ironies piquantes de Bonaparte, la nécessité du présent, l'utilité actuelle d'une dictature, forcèrent Sieyès à s'incliner encore une fois. Il céda et sa conception fut balayée. — On proposa le mot de président ; pour ménager les susceptibilités républicaines, on s'en tint à l'état existant, c'est-à-dire trois consuls nommés pour 10 ans. En réalité, il ne devait y avoir qu'un *Premier consul*, dont la toute-puissance serait dissimulée par ses deux assesseurs.

Bonaparte était donc arrivé à ses fins. Le Sénat ne pouvait l'ensevelir, et pourtant, sortant par démission ou autrement, il devenait sénateur de plein droit, il était revêtu de fonctions et d'attributions particulières : promulgation des lois, nomination et révocation à volonté des membres du Conseil d'État, des ministres, des ambassadeurs, des agents extérieurs, des juges criminels et civils, etc. Bref, il avait le gouvernement tout entier, signait les traités, dirigeait la guerre et la diplomatie et possédait l'initiative parlementaire d'une façon exclusive. Son traitement devait être de 500,000 francs, celui de ses deux collègues de 150,000 fr.; tous trois logeraient aux Tuileries et auraient une garde consulaire.

V

Quant au *Collège des conservateurs*, il devenait le *Sénat conservateur*. Il fut réduit à 80 membres au lieu de 100; âgés d'au moins quarante ans et inamovibles; 60 devaient être nommés de suite et 20 dans l'espace de dix ans, par l'addition de deux chaque année : Bonaparte l'avait vu d'un œil inquiet, aussi le rendit-il le moins influent qu'il put. Ne pouvant le supprimer, il voulait qu'il fût ce qu'il devint sous l'Empire, un troupeau de muets, bien domestiqués, portant une livrée bleue brodée d'or et recevant des gages assez élevés pour tenir une trentaine de séances chaque année, écouter respectueusement les orateurs du gouvernement et mettre dans l'urne une boule blanche (1).

La dotation annuelle des sénateurs réduite d'un quart fut abaissée à 25,000 francs; il n'avait plus ce droit d'os-

---

(1) Bonaparte, premier consul, affecta le Luxembourg à *son* Sénat. Ces sénateurs étonnèrent le monde et le maître lui-même par leur servilité. Ils prorogèrent les pouvoirs consulaires, allèrent à Saint-Cloud lui offrir « l'empire héréditaire de la République » et méritèrent ces deux vers de Chénier :

> Que sont donc désormais les piliers de l'Etat ?
> Un fantôme avili qu'on appelle Sénat.

Dans les occasions solennelles, le digne président Fontanes « d'un tyran soupçonneux pâle adulateur », avait le privilège de haranguer le maître. Dans un langage « éloigné de toute servitude » il ne craignait pas de s'écrier : « Sire, tous nos cœurs sont émus des témoignages de votre affection pour les Français ; les paroles que vous avez daigné faire entendre du haut du trône ont déjà réjoui tous les hameaux. » Les voilà donc ces hommes dont Napoléon disait : « Un signe était pour eux un ordre qui leur faisait donner plus qu'on ne leur demandait. » Et ce furent eux qui, le trahissant les premiers, prononcèrent sa déchéance le 3 avril 1814, appelèrent Louis XVIII, et pour prix de eur infamie, n'oublièrent pas de stipuler le maintien de leurs offices et de leurs dotations !

tracisme et d'absorption d'un citoyen influent que lui avait donné d'abord Sieyès. Toutefois le premier Consul sortant en deviendrait membre de plein droit et obligatoirement; quant aux deux autres, sauf s'ils démissionnaient, ils avaient le droit de le devenir dans le premier mois qui suivrait l'expiration de leur mandat.

Les sénateurs étaient à jamais inéligibles à d'autres fonctions; ils n'eurent plus le droit de censure; leurs délibérations n'étaient pas publiques; et quant à leur initiative, elle consistait à annuler les actes qui leur étaient déférés comme inconstitutionnels par le Tribunat et le gouvernement, et à élire sur l'ensemble des listes nationales les membres des autres Assemblées, les consuls, les juges de cassation et les commissaires à la comptabilité; puis c'était tout.

Cette Assemblée législative qui devait passer pour la plus importante des trois, n'émanait point de l'élection. Ce fut Sieyès qui proposa la combinaison : En cas de vacance, les sénateurs remplaceraient leur collègue, en choisissant sur une liste de trois candidats présentés, l'un par le Corps législatif, l'autre par le Tribunat, le dernier par le chef du gouvernement, c'est-à-dire le premier Consul; de telle sorte que si les trois autorités choisissaient le même candidat, celui-ci était forcément nommé et si le même était proposé par deux de ces trois puissances, le choix serait borné à deux noms. Cet amendement rendait illusoire le droit qu'avait le Sénat de se compléter lui-même.

Bonaparte pouvait donc bannir toute crainte; le rôle passif de Collège conservateur l'empêchait d'être « un nid de conspirations ».

Le premier Consul avait tout lieu de prendre ses précautions, car c'était au Sénat que devait appartenir la nomination des trois chefs du gouvernement. Or le choix de

Bonaparte était fait : Cambacérès et Lebrun devaient être ses assesseurs; ils s'imposaient par leur influence, le premier sur le parti révolutionnaire, le second sur le parti constitutionnel et monarchique. L'ex-conventionnel Daunou qui, comme en l'an III avait été rédacteur de l'acte constitutionnel, eut peut être été celui sur lequel se seraient portés les plus nombreux suffrages. Mais « Bonaparte jeta au feu les bulletins contenus dans l'urne » (1) et chargea Sieyès de désigner les noms; celui-ci remplit scrupuleusement le programme.

Comme récompense, il eut avec Roger-Ducos, le second Consul provisoire, qui, comme lui abandonnait ses fonctions pour devenir sénateur, la charge de désigner leurs 29 premiers collègues avec l'assistance des deux Consuls qui allaient les remplacer. Ces trente-et-un sénateurs nommèrent les 29 autres; le Sénat devait ensuite se compléter en nommant deux membres par an pendant dix ans. Le Sénat conservateur, ruine de l'ancienne jurie constitutionnaire, était ainsi constitué.

VI

Telles furent les bases de la Constitution du 22 frimaire de l'an VIII (13 décembre 1799), promulguée le 24 frimaire (15 décembre) et ratifiée par le plébiscite du 18 pluviose an VIII.

« Citoyens », disait le préambule, « cette Constitution fait cesser les incertitudes que le gouvernement provisoire mettait dans les relations extérieures, dans la situation intérieure et militaire de la République...

---

(1) Taillandier, *Documents biographiques sur Daunou.*

« Elle est fondée sur les vrais principes du gouvernement représentatif, sur les droits sacrés de la propriété, de
l'égalité, de la liberté.

« Les pouvoirs qu'elle institue seront forts et stables,
tels qu'ils doivent être pour garantir les droits des citoyens
et les intérêts de l'État.

« Citoyens, la Révolution est fixée aux principes qui
l'ont commencée; *elle est finie!* » (1).

Sieyès devait se déclarer satisfait! Quelques-unes de ses
idées avaient été repoussées; mais, en somme, c'était sa
Constitution presque tout entière. Bonaparte, en centra-
lisant le pouvoir, sans cesser de généraliser, avait mis ce
qu'il voulait, de la substance; Napoléon devait compléter
cette unité organisée, rêve de son complice du 18 brumaire;
car l'influence de Sieyès se continua bien après qu'il eut
disparu de la scène politique.

On ne saurait nier la prodigieuse force d'esprit et même
les grandes connaissances de ce génie métaphysique qui
tint trop peu compte des passions et des hommes, dont il
faisait « des êtres trop raisonnables et des machines trop
obéissantes » (2). Sa Constitution prévalut, parce qu'elle
sembla neuve, et que les précédentes étaient usées; elle
puisa sa force dans sa modération même. Retouchée, perfectionnée aux différentes époques de sa vie, elle était
destinée à clore définitivement l'ère de la Révolution.

Abstraction faite des modifications apportées par Bonaparte, l'œuvre de Sieyès, examinée, étudiée dans le silence
du cabinet, demeure assurément le système politique le
plus savant, le plus compliqué, et aussi le plus chimérique
qu'ait jamais enfanté la manie de légiférer. Mis brutale-

---

(1) Voir *Moniteur universel*, 24 juin, an VIII.
(2) Mignet, *Notice, loc. cit.*

ment en application, tel que l'esprit de son auteur l'avait
conçu, son existence eut été éphémère, tant ses défauts,
ses vices eussent promptement éclaté aux yeux. Eut-il
même jamais pu se constituer pour entrer en mouvement?

Émondé, modifié par les exigences de la pratique, rendu
dictatorial par les desseins du Premier consul, — car en
soi, il faut l'avouer, il était libéral — le système de l'an III,
n'en reste pas moins un document précieux, digne d'attirer l'attention de l'histoire autant que de la philosophie :

De quels éléments divers n'est-il pas l'expression et le
témoignage? — D'un côté l'effort constant d'un seul homme
vers un idéal rêveur, le labeur d'une réflexion continue,
la concentration d'une intelligence sur un point unique;
— de l'autre, l'esprit d'une époque, la manifestation de sentiments et d'intentions diverses, les secrètes préoccupations
des fanatiques de Sieyès, les craintes et les espérances du
temps; — enfin et surtout, il apparaît comme le peplum sous
lequel vont se dissimuler et se dérober le cœur et les passions d'un grand homme voulant perpétuer sa dictature, en
la décorant d'apparences légales.

Telle est, finalement, la conclusion qui appert de cette
suite d'événements mémoriaux, et ne peut-on pas dire que
le rêve de Sieyès s'était en effet réalisé? N'y avait-il point,
en somme, comme il le voulait : « L'alliance de la philosophie et du sabre? »

APPENDICE

———

PARALLÈLE ENTRE L'ACTE CONSTITUTIONNEL
DU 24 JUIN 1793
ET LA CONSTITUTION DU 22 FRIMAIRE AN VIII

————

TEXTES COMPARÉS

APPENDICE

———

DE LA CONSTITUTION DU 24 JUIN 1793 ET DE CELLE DU 22 FRIMAIRE AN VIII

> *Du pain et la Constitution de 1793 !*
> (Devise des insurgés dans les émeutes de
> famine du 12 germinal et du 1er prairial
> an III.)

Faire suivre notre étude du texte de la Constitution du
22 frimaire an VIII, ne paraîtra peut-être pas inutile.
Amendée, épurée, perfectionnée pour se mieux plier aux
exigences de la pratique et pour mieux servir les desseins
d'un seul, la machine mise en mouvement n'en reste pas
moins l'œuvre capitale de Sieyès, et à ce titre mérite plus
particulièrement d'attirer l'attention. L'intelligence du
livre ne peut d'ailleurs qu'y gagner : épargne de temps,
facilité de recherches, clarté dans le récit, curiosité satisfaite, ne sont-ce pas là avantages suffisants pour mettre
l'idée à exécution?

Mais un texte, dans sa nudité, est glacial; de plus,
un Appendice, dans sa sécheresse, court grand risque de
n'être ni lu, ni même consulté; à tous deux il faut une
attraction, une originalité, un intérêt quelconque. C'est
afin d'atteindre ce but que l'auteur s'est cru autorisé à
mettre ce monument juridique en parallèle avec un autre

monument constitutionnel tout aussi curieux, plus intéressant peut-être, et à la rédaction duquel l'influence de
Sieyès, d'une façon indirecte, n'est point restée étrangère.

*
* *

La Constitution du 22 frimaire an VIII, l'Acte constitutionnel du 24 juin 1793..... quel contraste, quelle différence frappante entre ces deux ordres de démagogie; en
face de la démocratie césarienne, la démocratie montagnarde, Napoléon et Marat. Prémisses différentes, conclusion semblable : la tyrannie. Emanant d'une faction ou
d'un seul, le résultat est identique, également haïssable
et funeste. Les règles de la politique sont éternelles et
justes lorsqu'elles reposent sur la morale; il n'y a jamais
de politique vraie, efficace, fructueuse quand la force
viole, même passagèrement, les principes du droit et de
l'humanité.

Entre ces deux partis violents, il y a un point milieu; de
l'exemple opposé de ces deux démagogies découle nettement l'idée d'une démocratie radicale reposant sur les principes de liberté, de solidarité et de justice. Comme les précédentes, elle part de la souveraineté du peuple; mais son
but n'est plus le même; au lieu d'un intérêt privé, particulier, ce qu'elle veut fortifier c'est l'individu organisé,
l'homme en lui-même, pour atteindre au gouvernement de
la nation par le pays. La raison fait son droit; le peuple, sa
seule force; — démocratie régulière, loyale, réalisant le
plus sûrement l'idéal politique, assurant avec plus de
perfection l'égalité sociale dans les mœurs, dans les
faits, dans les lois. Et pourtant, bien envisagée, elle
apparaît comme le triomphe immédiat et la réalisation
pratique des principes théoriquement posés par la Révolu-

tion française. De ce système résultent, en politique, la liberté; en sociologie, l'égalité; en morale, la justice; en économie la paix et, par suite, l'aisance; en intelligence, la science; enfin, comme résumé, en logique, « l'ordre établi sur l'équilibre et l'harmonie des droits et des intérêts ».

Voilà l'enseignement utile que peut donner le parallèle établi entre ces deux monuments constitutionnels; c'est pourquoi il importe de les examiner et de les comparer, car la vérité, ici encore, semble être, comme toutes les vertus, entre deux extrêmes.

*
* *

Opposés, dissemblables, inconciliables, ils apparaissent dans leur nature, dans leurs inspirations, dans leur rédaction, dans le but même qu'ils se sont proposés d'atteindre :

Dans la Constitution de l'an VIII, l'intervention réelle du pays disparaît; l'élément conservateur domine; l'édifice des garanties et des libertés si laborieusement construit par la Constituante, si péniblement défendu et conservé par les Assemblées révolutionnaires s'est écroulé pièce à pièce. De la République il ne subsiste que le nom; car dans l'administration, dans l'organisation, tout a été profondément bouleversé. L'intervention de la nation dans la direction des affaires publiques n'est plus qu'un leurre; elle a été complètement annulée par un système habilement combiné de suffrages à plusieurs degrés (1).

(1) Nous jugeons inutile de caractériser avec plus de développement la Constitution de frimaire, an VIII; la seconde partie de notre ouvrage n'étant à proprement parler qu'une étude approfondie des idées qui prévalurent lors de sa rédaction, nous y référons le lecteur.

La Constitution du 24 juin 1793, au contraire, en est l'antipode; c'est le triomphe de l'élément démocratique, poussé à ses plus extrêmes limites. Dernier coup de hache porté à l'ancien régime, elle fait table rase de toutes les institutions constitutionnelles précédentes (1). Aucune trace, aucun vestige du passé n'est respecté. Un principe nouveau est posé, principe révolutionnaire duquel il faut tout déduire : institutions, lois, intérêts et mœurs mêmes. A toute époque son application scientifique achèvera en France la Révolution de 1789, et son influence dans les autres nations fondera l'ordre réel, c'est-à-dire la liberté, l'égalité et la justice absolues; ce principe, posé par Rousseau, discuté et établi par Sieyès, dès 1788 (2), deux mots le résument : « la Souveraineté du nombre ». Mais, dans l'ardeur de ses convictions, passionnée à tirer de la souveraineté du peuple toutes les conséquences constitutionnelles, juridiques et sociales que ces deux mots semblaient contenir, la Convention ne comprit pas qu'en pressant et épuisant une vérité avec trop d'énergie, on en fait parfois surgir l'erreur; aussi, cherchant à réaliser l'exercice constant de cette idée abstraite, fit-elle une faute grave en autorisant, en pratique, l'intervention *directe* du peuple dans la confection des lois.

*
* *

Rien n'est plus curieux et à la fois plus utile pour étudier l'esprit de l'acte de 1793, que de remonter à sa pé-

(1) Les circonscriptions et attributions des communes seules subsistèrent. C'était la récompense de l'énergie dont elles avaient fait preuve dans la revendication de leurs droits.

(2) Sieyès, dans son *Essai sur les Privilèges* (nov. 1788) et dans son libelle *Qu'est-ce que le Tiers-Etat?* le proclamait hautement. Voir ch. VI, § 4 et suiv., et chap. VII, § 2 et suiv.

riode de conception, troublée, maladive, nerveuse ; de suivre sa gestation si hâtive, si agitée, son enfantement si précipité... C'est alors qu'il y a lieu de se demander, en face de ce colosse éphémère, édifié en huit jours, s'il est permis d'articuler des griefs sérieux contre lui ; et si, au point de vue abstrait, il ne vaut pas mieux en admirer l'originalité et la gigantesque conception. (1)

La Constitution de 1791 qui, dans la pensée de ses rédacteurs, devait être immuable, éternelle, inéluctable, vécut un an. — Dès sa première séance (21 septembre 1792), la Convention vota l'abolition de la royauté et la proclamation de la République, deux idées dont l'exécution avait été vainement demandée sous la Législative par des pétitions marseillaises et parisiennes (9 août 1791).

Le même jour l'Assemblée déclara « qu'il ne peut y avoir de Constitution que celle qui est acceptée par le peuple. »

Une commission fut aussitôt nommée, chargée de préparer un projet de Constitution. Sieyès et Condorcet, qui depuis longtemps cherchaient, au moyen de la représentation (2), à mettre en pratique la théorie de Rousseau sur la souveraineté, en étaient les principaux membres.

Le projet élaboré en l'espace de cinq mois, présenté le 15 février 1793 par Condorcet, rapporteur (3), est peu connu, quoique souvent cité sous la dénomination de *Constitution girondine* (4).

---

(1) On sait que cette Constitution de 1793, suspendue presque aussitôt que décrétée, ne fut jamais mise à exécution, et qu'un décret de la Convention du 14 frimaire an II, organisa le gouvernement révolutionnaire jusqu'à la conclusion de la paix.

(2) Voir ce qui a été dit dans notre seconde partie, ch. VII, § 2 à 4.

(3) Voir *Moniteur universel*, 1793, à sa date, nᵒˢ 48, 49.

(4) Elle comprenait une Déclaration des droits en 33 articles. Quant au texte il était divisé en 3 titres et 334 articles. Il serait inté-

- Les luttes intestines qui éclatèrent au sein de l'Assemblée en ajournèrent l'examen et la discussion. Le parti girondin tomba, et avec lui son projet.   . . .

. Mais le libéralisme de ses idées survécut. Le 2 juin, le travail est repris, huit jours suffisent au Comité de constitution pour bâtir un second projet. Le 10 juin, son rapporteur, Héraut de Séchelles, le présente, et le 24, la *Constitution montagnarde* est définitivement achevée. L'Assemblée exulte; le souverain applaudit; le peuple, par le plébiscite du 9 août 1793 la ratifie dans un élan de 1,801,918 suffrages; les sections de Montreuil et des Quinze-Vingts, dans leur pétition de mars 1795, le regardent comme le seul moyen efficace pour terminer les tempêtes politiques. « Organisons dès aujourd'hui », disent-elles, « cette constitution populaire de 1793, que le peuple français a acceptée et juré de défendre; elle conciliera tous les intérêts, calmera tous les esprits et nous conduira aux termes de vos travaux. »

*   *
*

Mais Sieyès, qui n'a point pris place dans le Comité de rédaction, la dédaigne.... Son esprit orgueilleux se refuse à admettre qu'une œuvre qu'il n'a pas conçue puisse avoir quelque valeur : « C'est une table des matières », fait-il en . raillant. — S'il eut réfléchi, si ses yeux n'eussent été aveuglés par un sentiment puéril de personnalité mal placée, son jugement eut été tout différent; sa verve critique aurait pu s'exercer sur un autre terrain, car il

---

ressant de tirer de l'oubli ce monument constitutionnel, et de montrer tout ce dont l'acte de 1793 lui est redevable. La déclaration des droits notamment, est presque identique; certains articles et plusieurs titres se trouvent reproduits presque textuellement. L'auteur · s'est borné à des renvois sommaires ajoutés au texte de la Constitution de 1793.

n'échappait à personne que « cet *Impromptu républicain* » (1), qui, aux dires de certains sectaires, passe encore pour « un monstre de folie démagogique », n'était que le plan girondin abrégé, corrigé, amélioré, si l'on veut, mais subsistant toujours en tant que réalisation des principes de Sieyès et de Condorcet, avec leur simplicité, leur logique, leur forme même.

La base du système est semblable : concilier le principe représentatif et le principe démocratique (2). Toutefois, en considérant le système représentatif fondé uniquement sur l'élection, la Constitution de 1793 dépassait le projet de Sieyès ; n'allait-on pas jusqu'à proposer dans la discussion de faire un seul scrutin pour tout le peuple et d'obtenir ainsi la véritable expression de la volonté générale ? La combinaison était impraticable, on dut y renoncer.

On peut même aller jusqu'à dire, sans paradoxe, que, sur certains points, l'œuvre des Montagnards se montrait peut-être moins libérale, moins démocratique que le projet girondin lui-même (3). Cette infériorité relative peut s'expliquer, à notre avis, par deux raisons :

---

(1) Selon la qualification heureuse de Héraut de Séchelles.

(2) Relativement aux idées de Sieyès et des Constituants de la Révolution sur le système représentatif et le principe démocratique, se reporter à l'examen approfondi, chap. VII, § 4.

(3) Prenons quelques exemples au hasard :

1. L'élection des membres du Conseil exécutif (sept ministres et un secrétaire) sera faite *immédiatement par tous les citoyens de la République*, dans leur Assemblées primaires (projet girondin, section II, article premier.)

L'Assemblée électorale de chaque département nomme un candidat. Le *Corps législatif* choisit sur la liste générale, les membres du Conseil exécutif. (Const. de 1793, art. 63.)

2. Il y aura trois commissaires de la Trésorerie nationale *élus comme les membres du Conseil exécutif* de la République, et en même temps, mais par un scrutin séparé (Projet girondin, titre VI, art. 1).

Les agents de la trésorerie nationale sont surveillés par des com-

D'abord l'influence de la tourmente révolutionnaire, de cette crise qui, en 1793, torturait la France ; un gouvernement fort, une centralisation du pouvoir pouvait être le seul remède et aussi le salut.

Le second motif tient aux pensées diverses qui agitaient et préoccupaient les deux partis politiques ; les Girondins ne voyaient qu'un principe : la liberté ; les montagnards, un autre : l'égalité ; — de ces deux vents contraires pouvaient sortir des conceptions analogues, mais non pas identiques.

Telle se présente à nous la Constitution du 24 juin 1793. Son but, trop souvent oublié, fut de mettre un terme à l'incertitude des destinées du peuple français, de servir d'étendard, et d'être, selon une expression plus exacte, un mot de ralliement laconique.

*
* *

Si les discordes civiles, si l'établissement du gouvernement révolutionnaire en firent suspendre la mise en activité, elle n'en demeura pas moins un mot d'ordre pour les Républicains de la nuance montagnarde et jacobine pendant la réaction thermidorienne. Et depuis, elle est restée comme une sorte d'idéal pour certains partis qui n'en veulent renier ni le culte, ni le respect.

Rêve fallacieux cependant de vouloir avec Condorcet qu'une Constitution basée sur deux pouvoirs, l'exécutif et le législatif, soit fondée à l'origine sur deux partis « qui bientôt tendraient théoriquement à n'en former qu'un » ; — idéal irréalisable et dangereux que cette poursuite vers l'unité

---

missaires nommés par le Corps législatif ; pris hors de son sein, et responsables des abus qu'ils ne dénoncent pas (Const. de 1793, art. 104), etc., etc..

Comparez aussi dans les déclarations des droits les deux garanties de la liberté individuelle, l'inviolabilité du domicile, la liberté de la presse, etc...: — la même infériorté apparaît.

intellectuelle et politique des membres d'un pays ; tout mouvement serait arrêté, la machine sociale se rouillerait.

Mais, *en théorie*, le monument de 1793 n'en demeure pas moins une remarquable pièce constitutionnelle que l'on doit regarder mais non toucher, de crainte d'en briser les illusions chimériques, les utopies irréalisables, brillanteset fragiles comme des globules de verre.

Intéressant sujet d'étude cependant ; curieux à plus d'un titre : D'une part, un *pouvoir exécutif* déféré et réduit à « un simple commissariat temporaire » composé de 25 membres, choisi par le corps législatif sur une liste électorale de chaque département, chargé des rapports extérieurs ; d'autre part, une *Assemblée de représentants*, unique, indivisible, permanente, délibérant en séances publiques, élue au suffrage universel direct, renouvelable chaque année, et surtout ayant prédominance sur l'exécutif ; à côté, un *pouvoir judiciaire* composé d'arbitres publics, élus tous les ans ; enfin le *souverain*, formé par l'universalité des citoyens français, ayant connaissance de tous les projets de loi proposés par le Corps législatif et pouvant les annuler par la seule réclamation du dixième de ses Assemblées primaires ; n'y a t-il pas là une combinaison vraiment simple, justement libérale ?

Puis en face, placez la Constitution de l'an viii appliquée six ans plus tard ; — mécanique sociale et politique, aux rouages multiples, plus savamment « organisés que ceux de la machine de Marly ou de la boîte arithmétique de Pascal » ; — constitution complexe, mise en mouvement par l'action d'un seul homme ; — maintenant nominalement la République, mais la bouleversant profondément dans son organisation ; — annulant l'intervention de la nation dans la direction des affaires par un système habilement combiné de suffrages à plusieurs degrés ; — établissez le parallèle et jugez.

N. B. — *Dans les textes des deux actes constitutionnels qui sui-vent, afin de faciliter les recherches comparatives, l'auteur a cru devoir faire suivre chaque article du numéro de l'article correspon-dant auquel le lecteur devra se conférer.*

EXPLICATION DES ABRÉVIATIONS

Cf. Const. 1793 $=$ Conférer à la Constitution du 24 juin 1793.
Cf. Const. an VIII $=$ Conférer à la Constitution du 22 frimaire an VIII.
I. Cr. $=$ Code d'instruction criminelle.
C. Civ. $=$ Code civil.
P. $=$ Code pénal.

ACTE CONSTITUTIONNEL

DU 24 JUIN 1793

Déclaration des droits de l'homme et du citoyen (1).

Le peuple français, convaincu que l'oubli et le mépris des droits naturels de l'homme sont les seules causes des malheurs du monde, a résolu d'exposer dans une déclaration solennelle, ces droits sacrés et inaliénables, afin que tous les citoyens, pouvant comparer sans cesse les actes du gouvernement avec le but de toute institution sociale, ne se laissent jamais opprimer et avilir par la tyrannie ; afin que le peuple ait toujours devant les yeux les bases de la liberté et de son bonheur ; le magistrat, la règle de ses devoirs ; le législateur, l'objet de sa mission. — En conséquence, il proclame, en présence de l'Être suprême, la déclaration suivante des droits de l'homme et du citoyen (2).

ARTICLE PREMIER. — Le but de la société est le bonheur commun. Le gouvernement est institué pour garantir à l'homme la jouissance de ses droits naturels et imprescriptibles.

---

(1) Cette déclaration des Droits de l'homme fut regardée comme nulle de plein droit par le décret du 18 vendémiaire an 11 (9 octobre 1793) parce qu'elle n'avait été ni acceptée par le peuple ni même présentée à son acceptation.

(2) Le but que s'est proposé la Constitution de 1793 est d'assigner à la société le bonheur commun. Sa déclaration, rédigée sous l'influence de Robespierre, œuvre d'ardents disciples de Rousseau, est placée sous l'invocation de l'Être suprême ! Contradiction singulière, mais excusable, dans ces temps de tourmente révolutionnaire. Et cette même Convention, un mois avant, lors de la discussion du projet girondin, ayant à statuer sur cette question, hésitante, l'avait ajournée. Vergniaud, se faisant en cette occasion, l'interprète de la majorité de l'Assemblée avait déclaré qu'on ne pouvait « consacrer des principes absolument étrangers à l'ordre social ».

ART. 2. — Ces droits sont : l'égalité, la liberté, la sûreté, la propriété.

ART. 3. — Tous les hommes sont égaux par la nature et devant la loi

ART. 4. — La loi est l'expression libre et solennelle de la volonté générale ; elle est la même pour tous, soit qu'elle protège, soit qu'elle punisse ; elle ne peut ordonner que ce qui est juste et utile à la société ; elle ne peut défendre que ce qui lui est nuisible.

ART. 5. — Tous les citoyens sont également admissibles aux emplois publics. Les peuples libres ne connaissent d'autres motifs de préférence dans les élections que les vertus et les talents.

ART. 6. — La liberté est le pouvoir qui appartient à l'homme de faire tout ce qui ne nuit pas aux droits d'autrui : elle a pour principe la nature ; pour règle, la justice ; pour sauvegarde, la loi ; sa limite morale est dans cette maxime : *Ne fais pas à autrui ce que tu ne veux pas qu'il te soit fait.*

ART. 7. — Le droit de manifester sa pensée et ses opinions, soit par la voie de la presse, soit de toute autre manière ; le droit de s'assembler paisiblement, le libre exercice des cultes, ne peuvent être interdits. — La nécessité d'énoncer ses droits suppose ou la présence ou le souvenir récent du despotisme. — P. 291 et suiv.

ART. 8 — La sûreté consiste dans la protection accordée par la société à chacun de ses membres pour la conservation de sa personne, de ses droits et de ses propriétés.

ART. 9. — La loi doit protéger la liberté publique et individuelle contre l'oppression de ceux qui gouvernent.

ART. 10. — Nul ne doit être accusé, arrêté ni détenu que dans les cas déterminés par la loi et selon les formes qu'elle a prescrites Tout citoyen appelé ou saisi par l'autorité de la loi doit obéir à l'instant ; il se rend coupable par la résistance.

ART. 11. — Tout acte exercé contre un homme hors des cas et sans les formes que la loi détermine est arbitraire et tyrannique ; celui contre lequel on voudrait l'exécuter par la violence a le droit de le repousser par la force. — Cf. Const., 22 frim. an VIII, art. 82. — I, cr. 615.

ART. 12. — Ceux qui solliciteraient, expédieraient, signeraient, exécuteraient ou feraient exécuter des actes arbitraires sont coupables et doivent être punis. — Cf. Const. an VIII, art. 81 ; — I cr. 615.

ART. 13 — Tout homme étant présumé innocent, jusqu'à ce qu'il ait été déclaré coupable, s'il est jugé indispensable de l'arrêter, toute rigueur qui ne serait pas nécessaire pour s'assurer de sa personne doit être sévèrement réprimé par la loi.

Art. 14. — Nul ne doit être jugé et puni qu'après avoir été entendu ou légalement appelé, et qu'en vertu d'une loi promulguée antérieurement au délit. La loi qui punirait des délits commis avant qu'elle existât serait une tyrannie; l'effet rétroactif donné à la loi serait un crime.

Art. 15. — La loi ne doit décerner que des peines strictement et évidemment nécessaires : les peines doivent être proportionnées au délit et utiles à la société.

Art. 16. — Le droit de propriété est celui qui appartient à tout citoyen de jouir et de disposer à son gré de ses biens, de ses revenus, du fruit de son travail et de son industrie (1). — C. civ. 544.

Art. 17. — Nul genre de travail, de culture, de commerce ne peut être interdit à l'industrie des citoyens.

Art. 18. — Tout homme peut engager ses services, son temps; mais il ne peut se vendre ni être vendu : sa personne n'est pas une propriété aliénable. La loi ne connaît point de domesticité: il ne peut exister qu'un engagement de soin et de reconnaissance entre l'homme qui travaille et celui qui l'emploie.

Art. 19. — Nul ne peut être privé de la moindre portion de sa propriété sans son consentement, si ce n'est lorsque la nécessité publique, légalement constatée, l'exige, et sous la condition d'une juste et préalable indemnité. — C. civ. 545.

Art. 20. — Nulle contribution ne peut être établie que pour l'utilité générale. Tous les citoyens ont le droit de concourir à l'établissement des contributions, d'en surveiller l'emploi et de s'en faire rendre compte.

Art. 21. — Les secours sont une dette sacrée. La société doit la subsistance aux citoyens malheureux, soit en leur procurant du travail, soit en assurant les moyens d'exister à ceux qui sont hors d'état de travailler (2).

---

(1) Les Girondins étaient tombés. Après leur chute, on doit facilement comprendre que le Comité montagnard, craignant de compromettre la situation victorieuse, s'efforçât de rassurer ceux qu'avaient effrayés les théories de Robespierre sur la propriété.

(2) En édictant ce principe, les rédacteurs de 1793 en comprenaient-ils bien la portée et les conséquences? Assurément non. Cinquante ans plus tard, en 1848, à une époque plus économique, une obligation telle imposée à la société parut obstructive du droit de propriété. Le principe de la fraternité était, sous la Convention, le guide de tous les actes législatifs.

Art. 22. — L'instruction est le besoin de tous. La société doit favoriser de tout son pouvoir les progrès de la raison publique, et mettre l'instruction à la portée de tous les citoyens.

Art. 23. — La garantie sociale consiste dans l'action de tous, pour assurer à chacun la jouissance et la conservation de ses droits : cette garantie repose sur la souveraineté nationale.

Art. 24. — Elle ne peut exister si les limites des fonctions publiques ne sont pas clairement déterminées par la loi et si la responsabilité de tous les fonctionnaires n'est pas assurée. — Cf. Const. an VIII, art. 75.

Art. 25. — La souveraineté réside dans le peuple : elle est une et indivisible, imprescriptible et inaliénable.

Art. 26 — Aucune portion de peuple ne peut exercer la puissance du peuple entier ; mais chaque section du souverain assemblée doit jouir du droit d'exprimer sa volonté avec une entière liberté.

Art. 27. — Que tout individu qui usurperait la souveraineté soit à l'instant mis à mort par les hommes libres. — Cf. art. 25.

Art. 28. — Un peuple a toujours le droit de revoir, de réformer et de changer sa constitution. Une génération ne peut assujettir à ses lois les générations futures.

Art. 29. — Chaque citoyen a un droit égal de concourir à la formation de la loi et à la nomination de ses mandataires ou de ses agents.

Art. 30. — Les fonctions publiques sont essentiellement temporaires ; elles ne peuvent être considérées comme des distinctions ni comme des récompenses, mais comme des devoirs.

Art. 31. — Les délits des mandataires du peuple et de ses agents ne doivent jamais être impunis. Nul n'a le droit de se prétendre plus inviolable que les autres citoyens.

Art. 32. — Le droit de présenter des pétitions aux dépositaires de l'autorité publique ne peut, en aucun cas, être interdit, suspendu ni limité. — Cf. Const. art. 83.

Art. 33. — La résistance à l'oppression est la conséquence des autres droits de l'homme. — Cf. art. 34.

Art. 34. — Il y a oppression contre le corps social lorsqu'un de ses membres est opprimé ; il y a oppression contre chaque membre lorsque le corps social est opprimé. — Cf. art. 33.

Art. 35. — Quand le gouvernement viole le droit du peuple, l'insurrection est, pour le peuple et pour chaque portion du peuple, le plus sacré et le plus indispensable des devoirs. (1)

(1) L'Assemblée constituante posait le principe, mais sans en régler

Acte constitutionnel

I. De la République (art. 1). — II. De la distribution du peuple (art. 2-3). — III. De l'état des citoyens (art. 4-6). — IV. De la souveraineté du peuple (art 7-10). — V. Des Assemblées primaires (art. 11-20). — VI. De la représentation nationale (art. 21-36). VII. Des Assemblées électorales (art. 37-38) — VIII. Du corps législatif (art. 39-44). — IX. Tenue des séances du corps législatif (art. 45-52). — X. Des fonctions du corps législatif (art. 53-55). XI. De la formation de la loi (art. 56-60). — XII. De l'intitulé des lois et décrets (art. 61). — XIII. Du Conseil exécutif (art. 62-71). XIV. Des relations du Conseil exécutif avec le Corps législatif (art. 75-77). — XV. Des corps administratifs et municipaux (art 78-84). XVI. De la justice civile (art. 85-95). — XVII. De la justice criminelle (art. 96-97). — XIII. Du tribunal de cassation (art. 98-200). XIX. Des contributions publiques (art. 101). — XX. De la trésorerie nationale (art. 102-104) — XXI. De la comptabilité (art 105-106). XXII. Des forces de la République (art. 107-115). — XXIII. Des conventions nationales (art. 115-117). — XXIV. Des rapports de la République française avec les nations étrangères (art. 118-121). XXV. De la garantie des droits (art. 122-124).

I. *De la République.*

ARTICLE PREMIER. — La République française est une et indivisible. (Cf. Const. an VIII, art. 1.)

---

l'exercice; la Constitution de 1793 a peut-être dépassé la limite dans ses trois derniers articles. Le projet girondin était plus explicite :

Art. 31. Les hommes réunis en société doivent avoir un moyen légal de résister à l'oppression.

Art. 32. — Il y a oppression lorsqu'une loi viole les droits naturels, civils et politiques qu'elle doit garantir.

Il y a oppression lorsque la loi est violée par les fonctionnaires publics dans son application à des faits individuels.

Il y a oppression lorsque des actes arbitraires violent les droits des citoyens contre l'expression de la loi.

Dans tout gouvernement libre, le mode de résistance à ces différents actes d'oppression doit être réglé par la Constitution.

II. *De la distribution du peuple.*

Art. 2. — Le peuple français est distribué, pour l'exercice de la souveraineté, en assemblées primaires de cantons (Const. 22 frim. an viii, art. 1).

Art. 3. — Il est distribué pour l'administration et pour la justice en départements, districts, municipalités. (Const. an viii, art. 1.)

III. *De l'état des citoyens.*

Art. 4. — Tout homme né et domicilié en France, âgé de vingt et un ans accomplis; tout étranger âgé de vingt et un ans accomplis, qui, domicilié en France depuis une année; y vit de son travail; ou acquiert une propriété; ou épouse une Française; ou adopte un enfant; ou nourrit un vieillard; tout étranger enfin qui sera jugé par le Corps législatif avoir bien mérité de l'humanité; est admis à l'exercice des droits de citoyen français. (Cf. Const. an viii, art. 2, 3.)

Art. 5. — L'exercice des droits de citoyen se perd; par la naturalisation en pays étranger; par l'acceptation de fonctions ou faveurs émanées d'un gouvernement non populaire; par la condamnation à des peines infamantes ou afflictives jusqu'à réhabilitation. (Cf. Const. an viii, art. 4.)

Art. 6. — L'exercice des droits de citoyen est suspendu par l'Etat d'accusation; par un jugement de contumace tant que le jugement n'est pas anéanti. (Cf. an viii, art. 5.)

IV. *De la souveraineté du peuple.*

Art. 7. — Le peuple souverain est l'universalité des citoyens français.

Art. 8. — Il nomme immédiatement ses députés.

Art. 9. — Il délègue à des électeurs le choix des administrateurs des arbitres publics, des juges criminels et de cassation. (Cf. art. 37.)

Art. 10. — Il délibère sur les lois. (Cf. art. 19, 58 et suiv.)

V. *Des Assemblées primaires.*

Art. 11. — Les assemblées primaires se composent des citoyens domiciliés depuis six mois dans chaque canton. (Cf. Const. an viii, art. 2, 6.)

ART. 12. — Elles sont composées de deux cents citoyens au moins de six cents au plus appelés à voter.

ART. 13. — Elles sont constituées par la nomination d'un président, de secrétaires, de scrutateurs.

ART. 14. — Leur police leur appartient.

ART. 15. — Nul n'y peut paraître en armes.

ART. 16. — Les élections se font au scrutin ou à haute voix au choix de chaque votant.

ART. 17. — Une assemblée primaire ne peut, en aucun cas, prescrire un mode uniforme de voter.

ART. 18. — Les scrutateurs constatent le vote des citoyens qui, ne sachant pas écrire préfèrent de voter au scrutin.

ART. 19. — Les suffrages sur les lois sont donnés par *oui* et par *non* (Cf. art. 10, 58 et suiv.)

ART. 20. — Le vœu de l'Assemblée primaire est proclamé ainsi : *Les citoyens réunis en Assemblée primaire de...... au nombre de..... votants, votent pour ou votent contre à la majorité de...*

VI. *De la représentation nationale.*

ART. 21. — La population est la seule base de la représentation nationale.

ART. 22. — Il y a un député en raison de 40,000 individus

ART. 23. — Chaque réunion d'assemblées primaires, résultant d'une population de trente-neuf à quarante et un mille âmes nomme immédiatement un député.

ART. 24. — La nomination se fait à la majorité absolue des suffrages.

ART. 25. — Chaque Assemblée fait le dépouillement des suffrages et envoie un commissaire pour le recensement général, au lieu désigné comme le plus central.

ART. 26. — Si le recensement ne donne point majorité absolue, il est procédé à un second appel et on vote entre les deux citoyens qui ont réuni le plus de voix.

ART. 27. — En cas d'égalité de voix, le plus âgé a la préférence, soit pour être ballotté soit pour être élu. En cas d'égalité d'âge, le sort décide.

ART. 28. — Tout français exerçant les droits de citoyen est éligible dans l'étendue de la République.

ART. 29. — Chaque député appartient à la nation entière.

ART. 30. — En cas de non-acceptation, démission, déchéance ou mort d'un député, il est pourvu à son remplacement par les Assemblées primaires qui l'ont nommé.

ART. 31. — Un député qui a donné sa démission ne peut quitter son poste qu'après l'admission de son successeur.

ART. 32. — Le peuple français s'assemble tous les ans, le 1er mai, pour les élections.

ART. 33. — Il y procède, quel que soit le nombre des citoyens ayant droit d'y voter.

ART. 34. — Les assemblées primaires se forment extraordinairement, sur la demande du cinquième des citoyens qui ont droit d'y voter.

ART. 35. — La convocation se fait en ce cas, par la municipalité du lieu ordinaire du rassemblement.

ART. 36. — Les assemblées extraordinaires ne délibèrent qu'autant que la moitié, plus un, des citoyens qui ont droit d'y voter, sont présents.

VII. *Des Assemblées électorales.*

ART 37. — Les citoyens réunis en assemblées primaires, nomment un électeur à raison de deux cents citoyens présents ou non; deux depuis trois cent un jusqu'à quatre cents; trois depuis cinq cent un jusqu'à six cents.

ART. 38. — La tenue des Assemblées électorales et le mode des élections sont les mêmes que dans les Assemblées primaires.

VIII. Du *Corps législatif* (1)

ART. 39. — Le Corps législatif est un, indivisible et permanent. (Cf. Const. an VIII, art. 25 et suiv.)

ART. 40. — La session est d'un an. (Cf. Const, an VIII, art. 31.)

ART. 41. — Il se réunit le 1er juillet. (Cf. Const. an VIII, art. 33.)

ART. 42. — L'Assemblée nationale ne peut se constituer si elle n'est composée au moins de la moitié des députés, plus un.

ART. 43. — Les députés ne peuvent être recherchés, accusés ni jugés en aucun temps, pour les opinions qu'ils ont énoncées dans le sein du Corps législatif (Cf. Const., an VIII, art. 69.)

ART. 44. — Ils peuvent, pour faits criminel, être saisis en flagrant délit ; mais le mandat d'arrêt, ni le mandat d'amener ne peuvent être

_____

(1) Cf. Constit., 22 frim. an VIII, titre III, du *Pouvoir législatif*, art. 25 à 38.

décernés contre eux qu'avec l'autorisation du Corps législatif. (Cf. Const. an VIII, art. 70.)

IX. *Tenue des séances du Corps législatif.*

ART. 45. — Les séances de l'Assemblée nationale sont publiques. (Cf. Const. an VIII, art. 35.)

ART. 46. — Les procès-verbaux de ses séances sont imprimés.

ART. 47. — Elle ne peut délibérer si elle n'est composée de deux cents membres au moins. (Cf. Const. an VIII, art. 90.)

ART. 48. — Elle ne peut refuser la parole à ses membres dans l'ordre où ils l'ont réclamée.

ART. 49. — Elle délibère à la majorité des présents.

ART. 50. — Cinquante membres ont le droit d'exiger l'appel nominal.

ART. 51. — Elle a le droit de censure sur la conduite de ses membres dans son sein.

ART. 52. — La police lui appartient dans le lieu de ses séances et dans l'enceinte extérieure qu'elle a déterminée.

X. *Des fonctions du Corps législatif.*

ART. 53. — Le Corps législatif propose des lois et rend des décrets. (Cf. Const. an VIII, art. 25 et suiv.)

ART. 54. — Sont compris sous le nom de *loi*, les actes du Corps législatif concernant : la législation civile et criminelle ; l'administration générale des revenus et des dépenses ordinaires de la République ; les domaines nationaux ; le titre, le poids, l'empreinte et la dénomination des monnaies ; la nature, le montant et la perception des contributions ; la déclaration de guerre ; toute nouvelle distribution générale du territoire français ; l'instruction publique ; les honneurs publics à la mémoire des grands hommes.

ART. 55. — Sont désignés sous le nom particulier de *décret*, les actes du Corps législatif concernant : l'établissement annuel des forces de terre et de mer ; la permission ou la défense du passage des troupes étrangères sur le territoire français ; l'introduction des forces navales étrangères dans les ports de la République ; les mesures de sûreté et de tranquillité générales ; la distribution annuelle et momentanée des secours et travaux publics ; les ordres pour la fabrication des monnaies de toute espèce ; les dépenses imprévues et extraordinaires ; les mesures locales et particulières à une administration, à une commune, à un genre de travaux publics ; la défense du territoire ; la ratification des traités ; la nomination et la destitution des commandants en chef des armées; la poursuite de la responsabilité des membres du Conseil, des fonctionnaires publics; l'accusation des prévenus de complots contre la sûreté générale de la République; tout changement dans la distribution partielle du territoire français; les récompenses nationales.

XI. De la formation de la loi.

Art. 56. — Les projets de loi sont précédés d'un rapport (Cf. Const. an VIII, art. 26, 28, 34.)

Art. 57. — La discussion ne peut s'ouvrir et la loi ne peut être provisoirement arrêtée que quinze jours après le rapport.

Art. 58. — Le projet est imprimé et envoyé à toutes les communes de la République sous ce titre : *loi proposée*.

Art. 59. — Quarante jours après l'envoi de la loi proposée, si dans la moitié des départements, plus un, le dixième des assemblées primaires de chacun d'eux, régulièrement formées n'a pas réclamé, le projet est accepté et devient *loi* (art. 10, 19.)

Art. 60. — S'il y a réclamation, le Corps législatif convoque les assemblées primaires (art. 10, 19.)

XII. De l'intitulé des lois et des décrets.

Art. 61. — Les lois, les décrets, les jugements et tous les actes publics sont intitulés : *Au nom du peuple Français*, l'an ..... de la République française. (Cf Const. an VIII, art. 140, 141. — C. pr. 545).

XIII. Du Conseil exécutif. (1)

Art. 62. — Il y a un Conseil exécutif composé de vingt-quatre membres. (Cf. Const. an VIII, art. 39 et suiv.)

Art. 63. — L'assemblée électorale de chaque département nomme un candidat. Le Corps législatif choisit sur la liste générale les membres du Conseil.

Art. 64. — Il est renouvelé par moitié à chaque législature, dans les derniers mois de sa session.

---

(1) Supprimé par le décret des 12-13 germinal an II (1er et 2 avril 1794) qui le remplaça par douze commissions.

Art. 65. — Le Conseil est chargé de la direction et de la surveillance de l'administration générale ; il ne peut agir qu'en exécution des lois et des décrets du Corps législatif (art. 62).

Art. 66. — Il nomme dans son sein les agents en chef de l'administration générale de la République.

Art. 67. — Le Corps législatif détermine le nombre et les fonctions de ces agents (art. 62).

Art. 68. — Ces agents ne forment point un Conseil ; ils sont séparés, sans rapports, sans rapports immédiats entre eux ; ils n'exercent aucune autorité personnelle.

Art. 69. — Le Conseil nomme hors de sein les agents extérieurs de la République (art. 62).

Art. 70. — Il négocie les traités (art. 62).

Art. 71. — Les membres du Conseil en cas de prévarication sont accusés par le Corps législatif.

Art. 72. — Le Conseil est responsable de l'inexécution des lois et des décrets et des abus qu'il ne dénonce pas (art. 62 et la conférence).

Art. 73. — Il révoque et remplace les agents à sa nomination (art. 62).

Art. 74. — Il est tenu de les dénoncer, s'il y a lieu, devant les autorités judiciaires.

XIV. *Des relations du Conseil exécutif avec le Corps législatif.*

Art. 75. — Le Conseil exécutif réside auprès du Corps législatif ; il a l'entrée et une place séparée dans le lieu de ses séances.

Art. 76. — Il est entendu toutes les fois qu'il a un compte à rendre.

Art. 77. — Le Corps législatif l'appelle dans son sein, en tout ou en partie, lorsqu'il le juge convenable.

XV. *Des corps administratifs et municipaux.*

Art. 78. — Il y a dans chaque commune de la République, une administration municipale ; — dans chaque district, une administration intermédiaire ; dans chaque département, une administration centrale.

Art. 79. — Les officiers municipaux sont élus par les assemblées de commune (Cf. Const. an VIII, art. 7 et suiv.).

Art. 80. — Les administrateurs sont nommés par les assemblées électorales de département et de district. (Cf. Const. an VIII, art. 7 et suiv.)

Art. 81. — Les municipalités et les administrations sont renouvelées tous les ans par moitié.

ART. 82. — Les administrateurs et officiers municipaux n'ont aucun caractère de représentation Ils ne peuvent en aucun cas modifier les actes du Corps législatif ni en suspendre l'exécution.

ART. 83. — Le Corps législatif détermine les fonctions des officiers municipaux et des administrateurs, les règles de leur subordination et les peines qu'ils pourront encourir.

ART. 84. — Les séances des municipalités et des administrations sont publiques.

XVI. *De la justice civile.*

ART. 85. — Le Code des lois civiles et criminelles est uniforme pour toute la République.

ART. 86. — Il ne peut être porté aucune atteinte au droit qu'ont les citoyens de faire prononcer sur leurs différents par des arbitres de leur choix. (Cf. Const. an VIII, art. 60. — Pr. 1003 et suiv.).

ART. 87. — La décision de ces arbitres est définitive si les citoyens ne se sont pas réservé le droit de réclamer (art. 86).

ART. 88. — Il y a des juges de paix élus par les citoyens des arrondissements déterminés par la loi (Cf. Const. an VIII, art. 60.)

ART. 89. — Ils concilient et jugent sans frais (Cf. Const. an VIII, art. 60. — Pr. 68).

ART. 90. — Leur nombre et leur compétence sont réglés par le Corps législatif (Cf. Const. an VIII, art. 60).

ART. 91. — Il y a des arbitres publics élus par les assemblées électorales.

ART. 92. — Leur nombre et leurs arrondissements sont fixés par le Corps législatif.

ART. 93. — Ils connaissent les contestations qui n'ont pas été terminées définitivement par les arbitres privés ou par les juges de paix.

ART. 94. — Ils délibèrent en public. Ils opinent à haute voix. Ils statuent en dernier ressort, sur défenses verbales, ou sur simple mémoire, sans procédures et sans frais. Ils motivent leurs décisions.

ART. 95. — Les juges de paix et les arbitres publics sont élus tous les ans. (Cf. Const. an VIII, art. 60.)

XVII. *De la justice criminelle.*

ART. 96. — En matière criminelle, nul citoyen ne peut être jugé que sur une accusation reçue par les jurés ou décrétée par le Corps législatif. — Les accusés ont des conseils choisis par eux ou nommés d'office. — L'instruction est publique. — Le fait et l'intention sont déclarés par un jury de jugement. — La peine est appliquée par un tribunal criminel. — (Art. 97, I Cr. 217 et suiv. 251 et suiv.)

Art. 97. Les juges criminels sont élus tous les ans par les assemblées électorales.

XVIII. *Du tribunal de cassation.*

Art. 98. Il y a pour toute la République un tribunal de cassation (Cf. Const. an viii, art. 65).

Art. 99. Ce tribunal ne connaît point au fond des affaires. — Il prononce sur la violation des formes et sur les contraventions expresses à la loi. (Cf. Const. an viii, art. 66).

Art. 100. Les membres de ce tribunal sont nommés tous les ans par les assemblées électorales (Cf. Const. an viii, art. 20).

XIX. *Des contributions publiques.*

Art, 101. Nul citoyen n'est dispensé de l'honorable obligation de contribuer aux charges publiques.

XX. *De la trésorerie nationale.*

Art. 102. La trésorerie nationale est le point central des recettes et dépenses de la République.

Art. 103. Elle est administrée par des agents comptables, nommés par le Conseil exécutif.

Art 104. Ces agents sont surveillés par des commissaires nommés par le Corps législatif, puis hors de son sein, et responsables des abus qu'ils ne dénoncent pas.

XXI. *De la comptabilité.*

Art. 105. Les comptes des agents de la trésorerie nationale et des administrateurs des deniers publics, sont rendus annuellement à des commissaires responsables, nommés par le Conseil exécutif.

Art. 106. Ces vérificateurs sont surveillés par des commissaires à la nomination du Corps législatif pris hors de son sein et responsables des abus et des erreurs qu'ils ne dénoncent pas. — Le Corps législatif arrête les comptes.

XXII. *Des forces de la République.*

Art. 107. La force générale de la République est composée du peuple entier.

Art. 108. La République entretient à sa solde, même en temps de paix, une force armée de terre et de mer.

Art. 109. Tous les Français sont soldats; ils sont tous exercés au maniement des armes.

Art. 110. Il n'y a point de généralissime.

Art. 111. La différence des grades, leurs marques distinctives et la subordination ne suffisent que relativement au service et pendant sa durée.

Art. 112. La force publique employée pour maintenir l'ordre et la paix dans l'intérieur n'agit que sur la réquisition par écrit des autorités constituées (P. 188 et suiv., 234 — I Cr. 25, 99, 106, 376).

Art. 113. La force publique employée contre les ennemis du dehors agit sous les ordres du Conseil exécutif.

Art. 114. Nul corps armé ne peut délibérer (Cf. Const. an vIII, art. 84).

XXIII. *Des conventions nationales.*

Art. 115. Si, dans la moitié des départements, plus un, le dixième des assemblées primaires de chacun d'eux, régulièrement formées, demande la revision de l'acte constitutionnel ou le changement de quelques-uns de ses articles, le Corps législatif est tenu de convoquer toutes les assemblées primaires de la République, pour savoir s'il y a lieu à une convention nationale.

Art. 116. La convention nationale est formée de la même manière que les législatures et en réunit les pouvoirs.

Art. 117. Elle ne s'occupe relativement à la Constitution que des objets qui ont motivé sa convocation.

XXIV. *Des rapports de la République française avec les nations étrangères.*

Art. 118. Le peuple français est l'ami et l'allié naturel des peuples libres.

Art. 119. Il ne s'immisce point dans le gouvernement des autres nations; il ne souffre pas que les autres nations s'immiscent dans le sien.

Art. 120. Il donne asile aux étrangers bannis de leur patrie pour la cause de la liberté. Il le refuse aux tyrans.

Art. 121. Il ne fait point la paix avec un ennemi qui occupe son territoire.

XXV. *De la garantie des droits.*

Art. 122. La Constitution garantit à tous les Français l'égalité, la sûreté, la propriété, la dette publique, le libre exercice des cultes, une instruction commune, des secours publics, la liberté indéfinie de la presse, le droit de pétition, le droit de se réunir en société populaires, la jouissance de tous les droits de l'homme.

Art. 123. La République française honore la loyauté, le courage, a vieillesse, la piété filiale, le malheur. Elle remet le dépôt de sa constitution sous la garde de toutes les vertus.

Art. 124. La déclaration des droits et l'acte constitutionnel sont gravés sur des tables au sein du Corps législatif et dans les places publiques.

Décret du 17 juillet 1793, relatif à l'acte constitutionnel (1).

Article premier. Le Conseil exécutif fera passer, par des courriers extraordinaires, si besoin est, l'acte constitutionnel aux communes dépendantes de départements ou de districts qui, par leurs principes, contre-révolutionnaires ne l'ont pas fait parvenir aux communes de leur arrondissement.

Art. 2. Les officiers municipaux, aussitôt qu'ils auront reçu l'acte constitutionnel convoqueront les citoyens de leur commune pour se réunir au chef-lieu du canton en assemblée primaire à l'effet d'émettre leur vœu sur l'acte constitutionnel.

---

(1) Cf. la loi plébiscitaire du 23 frimaire an VIII, qui règle la manière dont la Constitution sera présentée au peuple français. (Voir page 241.)

CONSTITUTION
de la République Française
DU 22 FRIMAIRE AN VIII (13 DÉCEMBRE 1799)

I. De l'exercice des droits de cité (art. 1 à 14). — II. Du Sénat conservateur (art. 15-24). — III. Du pouvoir législatif (art. 25-38). — IV. Du Gouvernement (art. 39-60). — V. Des Tribunaux (art. 60-68. — VI. De la responsabilité des fonctionnaires publics (art. 69-76. — VII. Dispositions générales (art. 76-95).

TITRE PREMIER

De l'exercice des droits de cité.

Article premier. La République française est une et indivisible. Son territoire européen est distribué en départements et arrondissements communaux. (Cf. Const. 24 juin 1793. art. 1).

Art. 2. Tout homme né et résidant en France qui, âgé de vingt-et-un ans accomplis, s'est fait inscrire sur le registre civique de son arrondissement communal, et qui a demeuré depuis pendant un an sur le territoire de la République est citoyen français. (Cf. Const. 1793, art. 4. C. civ. art. 9.)

Art. 3. Un étranger devient citoyen français lorsqu'après avoir atteint l'âge de vingt-et-un ans accomplis et avoir déclaré l'intention de se fixer en France, il y a résidé pendant dix années consécutives. (Cf. Const. 1793, art. 4.)

Art. 4. La qualité de citoyen français se perd : Par la naturalisation en pays étranger; par l'acceptation de fonctions ou des pensions offertes par un gouvernement étranger; par l'affiliation à toute corpoporation étrangère qui supposerait des distinctions de naissance; par la condamnation à des peines afflictives ou infamantes. (Cf. Const. 1793, art. 5 — c. Civ. art. 17 et suiv.; — Pénal, 7, 8, 18, 28, 34, 42.)

Art. 5. L'exercice des droits de citoyens français est suspendu par l'état de débiteur failli, ou l'héritier immédiat détenteur à titre gratuit de la succession totale ou partielle d'un failli; — par l'état de domestique à gages attaché au service de la personne ou du ménage; — par l'état d'interdiction judiciaire d'accusation ou de contumace (cf. Const. 1793, art. 6).

Art. 6. Pour exercer les droits de cité dans un arrondissement communal, il faut y avoir acquis domicile par une année de résidence et ne l'avoir pas perdu par une autre année d'absence. (Cf. Const. 1793, art. 11.)

Art. 7. Les citoyens de chaque arrondissement communal désignent par leurs suffrages ceux d'entre eux qu'ils croient les plus propres à gérer les affaires publiques. Il en résulte une liste de confiance contenant un nombre de noms égal au dixième du nombre des citoyens ayant droit d'y coopérer. C'est dans cette première liste communale que doivent être pris les fonctionnaires publics de l'arrondissement.

Art. 8. Les citoyens compris dans les listes communales d'un département, désignent également un dixième d'entre eux. Il en résulte une seconde liste dite départementale, dans laquelle doivent être pris les fonctionnaires publics du département.

Art. 9. Les citoyens portés dans la liste départementale désignent pareillement un dixième d'entre eux; il en résulte une troisième liste qui comprend les citoyens de ce département éligibles aux fonctions publiques nationales (art. 19 et suiv.)

Art. 10. Les citoyens ayant droit de coopérer à la formation de l'une des listes mentionnées aux trois articles précédents sont appelés tous les trois ans à pourvoir au remplacement des inscrits décédés, ou absents pour toute autre cause que l'exercice d'une fonction publique.

Art. 11. Ils peuvent, en même temps, retirer de la liste les inscrits qu'ils ne jugent pas à propos d'y maintenir et les remplacer par d'autres citoyens dans lesquels ils ont une plus grande confiance.

Art. 12. Nul n'est retiré d'une liste que par les votes de la majorité absolue des citoyens ayant droit de coopérer à sa formation.

Art. 13. On n'est point retiré d'une liste d'éligibles par cela seul qu'on n'est pas maintenu sur une autre liste d'un degré inférieur ou supérieur.

Art. 14. L'inscription sur une liste d'éligibles n'est nécessaire qu'à l'égard de celles des fonctions publiques pour lesquelles cette condition est expressément exigée par la constitution ou par la loi. Les listes d'éligibles seront formées pour la première fois dans le cours de l'an ix. Les citoyens qui seront nommés pour la première formation des autorités constituées feront partie nécessaire des premières listes d'éligibles (art 21).

TITRE II

Du Sénat conservateur.

Art. 15. Le Sénat conservateur est compo sé de quatre-vingts membres, inamovibles et à vie, âgés de quarante ans au moins. Pour la formation du Sénat, il sera d'abord nommé soixante membres : ce nombre sera porté à soixante-deux dans le cours de l'an VIII, à soixante-quatre en l'an IX, et s'élèvera ainsi graduellement à quatre-vingts par l'addition de deux membres en chacu nedes dix premières années.

Art. 16. La nomination à une place de sénateur se fait par le Sénat, qui choisit entre trois candidats présentés, le premier par le Corps législatif, le second par le Tribunat, et le troisième par le premier consul. il ne choisit qu'entre deux candidats, si l'un d'eux est proposé par deux des trois autorités présentantes : il est tenu d'admettre celui qui serait proposé à la fois par les trois autorités.

Art. 17. Le premier consul sortant de place, soit par l'expiration de ses fonctions, soit par démission, devient sénateur de plein droit et nécessairement. Les deux autres consuls, durant le mois qui suit l'expiration de leurs fonctions, peuvent prendre place dans le Sénat et ne sont pas obligés d'user de ce droit. Ils ne l'ont point quand ils quittent leurs fonctions consulaires par démission.

Art. 18. Un sénateur est à jamais inéligible à toute autre fonction publique.

Art. 19. Toutes les listes faites dans les départements, en vertu de l'article 9, sont adressées au Sénat; elle composent la liste nationale.

Art. 20. il élit dans cette liste les législaleurs, les tribuns, les consuls, les juges de cassation et les commissaires à la comptabilité.

Art. 21. il maintient ou annule tous les actes qui lui sont déférés comme inconstitutionnels, par le tribunal ou par le gouvernement : les listes d'éligibles sont comprises parmi ces actes.

Art. 22. Des revenus de domaines nationaux déterminés sont affectés aux dépenses du Sénat. Le traitement annuel de chacun de ses membres se prend sur ces revenus, et il est égal au vingtième de celui du premier consul.

Art. 23. Les séances du Sénat ne sont pas publiques (art. 35).

Art. 24. Les citoyens SIEYÈS et ROGER-DUCOS, consuls sortants, sont nommés membres du Sénat conservateur : ils se réuniront avec le second et le troisième consul nommés par la présente Constitution. Ces quatre citoyens nomment la majorité du Sénat qui se complète ensuite lui-même et procède aux élections qui lui sont confiées (art. 17).

TITRE III

Du Pouvoir législatif (1).

` Art. 25. Il ne sera promulgué de lois nouvelles que lorsque le projet en aura été proposé par le gouvernement, communiqué au Tribunat et décrété par le Corps législatif.

Art. 26. Les projets que le gouvernement propose sont rédigés en articles. En tout état de la discussion de ces projets, le gouvernement peut les retirer ; il peut les reproduire modifiés. (Cf. Const. 1793, art. 56 et suiv.)

Art. 27. Le Tribunat est composé de cent membres, âgés de vingt-cinq ans au moins ; ils sont renouvelés par cinquième tous les ans et indéfiniment rééligibles tant qu'ils demeurent sur la liste nationale,

Art. 28. Le Tribunat discute les projets de loi ; il en vote l'adoption ou le rejet. Il envoie trois orateurs pris dans son sein, par lesquels les motifs du vœu qu'il a exprimé sur chacun de ces projets, sont exposés et défendus devant le Corps législatif. Il défère au Sénat, pour cause d'inconstitutionnalité seulement, les listes d'éligibles, les actes du corps législatif et ceux du gouvernement.

Art. 29. Il exprime son vœu sur les lois faites et à faire, sur les abus à corriger, sur les améliorations à entreprendre dans toutes les parties de l'administration publique, mais jamais sur les affaires civiles ou criminelles portées devant les tribunaux. Les vœux qu'il manifeste en vertu du présent article n'ont aucune suite nécessaire et n'obligent aucune autorité constituée à une délibération.

Art. 30. Quand le Tribunat s'ajourne, il peut nommer une Commis-

---

(1) Cf. Const. du 24 juin 1793, art. 39 à 61.

sion de dix à quinze de ses membres, chargée de la convoquer si elle le juge convenable.

Art. 31. Le Corps législatif est composé de trois cents membres, âgés de trente ans au moins; ils sont renouvelés par cinquième tous les ans. Il doit toujours s'y trouver un citoyen au moins de chaque département de la République.

Art. 32. Un membre sortant du Corps législatif ne peut y rentrer qu'après un an d'intervalle; mais il peut être immédiatement élu à toute autre fonction publique, y compris celle du tribun, s'il y est d'ailleurs éligible.

Art. 33. La session du Corps législatif commence chaque année le 1er frimaire, et ne dure que quatre mois; il peut être extraordinairement convoqué durant les huit autres par le gouvernement. (Cf. Const. 1793, art. 41).

Art. 34. Le Corps législatif fait la loi en statuant par scrutin secret, et sans aucune discussion de la part de ses membres, sur les projets de lois débattus devant lui par les orateurs du tribunat et du gouvernement.

Art. 35. Les séances du Tribunat et celles du Corps législatif sont publiques; le nombre des assistants soit aux unes, soit aux autres, ne peut excéder deux cents.

Art. 36. Le traitement annuel d'un tribun est de quinze mille francs, celui d'un législateur de dix mille francs.

Art. 37. Tout décret du Corps législatif, le dixième jour après son émission, est promulgué par le premier consul, à moins que, dans ce délai, il n'y ait eu recours au Sénat pour cause d'inconstitutionnalité. Ce recours n'a point lieu contre les lois promulguées. (Cf. Const. 1793, art. 72.)

Art. 38. Le premier renouvellement du Corps législatif et du Tribunat n'aura lieu que dans le cours de l'an x.

TITRE IV

Du gouvernement.

Art. 39. Le gouvernement est confié à trois consuls nommés pour dix ans et indéfiniment rééligibles. Chacun d'eux est élu individuellement, avec la qualité distincte ou de premier, ou de second ou de troisième consul. La constitution nomme premier consul le citoyen *Bonaparte*, ex-consul provisoire; second consul, le citoyen *Cambacérès*, ex-ministre de la justice; et troisième consul, le citoyen *Lebrun*, ex-membre de la commission du conseil des Anciens. Pour cette fois, le troisième consul n'est nommé que pour cinq ans. (Cf. Const. 1793, art. 62 et suiv.)

Art. 40. Le premier consul a des fonctions et des attributions particulières, dans lesquels il est momentanément suppléé, quand il y a lieu, par un de ses collègues.

Art. 41. Le premier consul promulgue les lois ; il nomme et révoque à volonté les membres du conseil d'Etat, les ministres, les ambassadeurs et autres agents extérieurs en chef, les officiers de l'armée de terre et de mer, les membres des administrations locales et les commissaires du gouvernement près les tribunaux. Il nomme tous les juges criminels et civils autres que les juges de paix et les juges de cassation, sans pouvoir les révoquer. (Cf. Const. 1793, art. 66 et suiv.)

Art. 42. Dans les autres actes du gouvernement, le second et le troisième consul ont voix consultative : ils signent le registre de ces actes pour constater leur présence ; et, s'ils le veulent, ils y consignent leurs opinions ; après quoi la décision du premier consul suffit.

Art. 43. Le traitement du premier consul sera de cinq cent mille francs en l'an VIII. Le traitement de chacun des deux autres consuls est égal aux trois dixièmes de celui du premier.

Art. 44. Le gouvernement propose les lois et fait les règlements nécessaires pour assurer leur exécution. (Cf. Const. 1793, art. 53, 72.)

Art. 45. Le gouvernement dirige les recettes et les dépenses de l'Etat, conformément à la loi annuelle qui détermine le montant des unes et des autres ; il surveille la fabrication des monnaies, dont la loi seule ordonne l'émission, fixe le titre, le poids et le type. (Cf. Const, 1793, art. 55).

Art. 46. Si le gouvernement est informé qu'il se trame quelque conspiration contre l'Etat, il peut décerner des mandats d'amener et des mandats d'arrêt contre les personnes qui en sont présumées les auteurs ou les complices ; mais si, dans un délai de dix jours après leur arrestation, elles ne sont mises en liberté ou en justice réglée, il y a, de la part du ministre signataire du mandat, crime de détention arbitraire.

Art. 47. Le gouvernement pourvoit à la sûreté intérieure et à la défense extérieure de l'Etat ; il distribue les forces de terre et de mer, et en règle la direction. (Cf. Const. 1793, art. 55.)

Art. 48. La garde nationale en activité est soumise aux règlements d'administration publique : la garde nationale sédentaire n'est soumise qu'à la loi

Art. 49. Le gouvernement entretient des relations politiques au dehors, conduit les négociations, fait les stipulations préliminaires, signe, fait signer et conclut tous les traités de paix, d'alliance, de trêve, de neutralité, de commerce et autres conventions.

Art. 50. Les déclarations de guerre et les traités de paix, d'alliance et de commerce, [sont proposés, discutés, décrétés et promulgués comme des lois. Seulement les discussions et délibérations sur ces objets, tant dans le Tribunat que dans le Corps législatif, se font en comité secret quand le gouvernement le demande.(Cf. Const. 1793, art. 54)

Art. 51. Les articles secrets d'un traité ne peuvent être destructifs des articles patents.

Art. 52. Sous la direction des consuls, le conseil d'Etat est chargé de rédiger les projets de lois et les règlements d'administration publique, et de résoudre les difficultés qui s'élèvent en matière administrative.

Art. 53. C'est parmi les membres du conseil d'Etat que sont toujours pris les orateurs chargés de porter la parole au nom du gouvernement devant le Corps législatif. Ces orateurs ne sont jamais envoyés au nombre de plus de trois pour la défense d'un même projet de loi.

Art. 54. Les ministres procurent l'exécution des lois et des règlements d'administration publique. (Cf. Const. 1793, art. 72.)

Art. 55. Aucun acte du gouvernement ne peut avoir d'effet s'il n'est signé par un ministre.

Art. 56. L'un des ministres est spécialement chargé de l'administration du trésor public : il assure les recettes, ordonne les mouvements de fonds et les payements autorisés par la loi. Il ne peut rien faire payer qu'en vertu : 1º d'une loi, et jusqu'à la concurrence des fonds qu'elle a déterminés pour un genre de dépenses; 2º d'un arrêté du gouvernement; 3º d'un mandat signé par un ministre

Art. 57. Les comptes détaillés de la dépense de chaque ministre, signés et certifiés par lui, sont rendus publics.

Art. 58. Le gouvernement ne peut élire ou conserver pour conseillers d'Etat, pour ministres, que des citoyens dont les noms se trouvent inscrits sur la liste nationale. (Cf. art. 9.)

Art. 59 Les administrations locales établies soit pour chaque arrondissement communal, soit pour les portions plus étendues du territoire, sont subordonnées aux ministres. Nul ne peut devenir ou rester membre de ces administrations, s'il n'est porté ou maintenu sur l'une des listes mentionnées aux articles 7 et 8.

TITRE V
Des tribunaux.

Art. 60. Chaque arrondissement communal a un ou plusieurs juges de paix, élus immédiatement par les citoyens pour trois années. Leur principale fonction consiste à concilier les parties, qu'ils invitent, dans le cas de non-conciliation, à se faire juger par des arbitres. (Cf. Const. 1793, art. 86 à 90, 95.)

Art 61. En matière civile, il y a des tribunaux de première instance et des tribunaux d'appel. La loi détermine l'organisation des uns et des autres, leur compétence, et le territoire formant le ressort de chacun.

Art. 62. En matière de délits emportant peine afflictive ou infamante, un premier jury admet ou rejette l'accusation : si elle est admise, un second jury reconnaît le fait, et les juges, formant un tribunal criminel, appliquent la peine. Leur jugement est sans appel. (Cf. Const. 1793, art. 96, 97).

Art. 63. La fonction d'accusateur public près du tribunal criminel est remplie par le commissaire du gouvernement.

Art. 64. Les délits qui n'emportent pas peine afflictive ou infamante sont jugés par des tribunaux de police correctionnelle, sauf l'appel aux tribunaux criminels. (I. C. 179 et suiv., P. 9 et suiv.)

Art. 65. Il y a, pour toute la République, un tribunal de cassation, qui prononce sur les demandes en cassation contre les jugements en dernier ressort rendus par les tribunaux ; sur les demandes en renvoi d'un tribunal à une autre pour cause de suspicion légitime ou de sûreté publique ; sur les prises à partie contre un tribunal entier. (Cf. Const. 1793, art. 98.)

Art. 66. Le tribunal de cassation ne connaît point du fond des affaires ; mais il casse les jugements rendus sur des procédures dans lesquelles les formes ont été violées ou qui contiennent quelque contravention expresse à la loi ; et il renvoie le fond du procès au tribunal qui doit en connaître. (Cf. Const. 1793, art. 99.)

Art. 67. Les juges composant les tribunaux de première instance, et les commissaires du gouvernement établis près ces tribunaux, sont pris dans la liste communale ou dans la liste départementale. Les juges formant les tribunaux d'appel, et les commissaires placés près d'eux, sont pris dans la liste départementale. Les juges composant le tribunal de cassation, et les commissaires établis près ce tribunal, sont pris dans la liste nationale.

Art. 68. Les juges, autres que les juges de paix, conservent leurs fonctions toute leur vie, à moins qu'ils ne soient condamnés pour forfaiture, ou qu'ils ne soient pas maintenus sur les listes d'éligibles.

TITRE VI
De la responsabilité des fonctionnaires publics.

Art. 69. Les fonctions des membres soit du Sénat, soit du Corps législatif, soit du Tribunat, celles des Consuls et des conseillers d'Etat, ne donnent lieu à aucune responsabilité. (Cf. Const., 1793, art. 43.)

Art. 70. Les délits personnels emportant peine afflictive ou infamante, commis par un membre soit du Sénat, soit du Tribunat, soit du Corps législatif, soit du conseil d'Etat, sont poursuivis devant les tribunaux ordinaires, après qu'une délibération du corps auquel le prévenu appartient a autorisé cette poursuite. (Cf. Const. 1793, art. 44.)

Art. 71. Les ministres prévenus de délits privés emportant peine afflictive ou infamante sont considérés comme membres du conseil d'Etat. (Cf. art. 70.)

Art. 72. Les ministres sont responsables : 1º de tout acte de gouvernement signé par eux, et déclaré inconstitutionnel par le Sénat; 2º de l'inexécution des lois et des règlements d'administration publique ; 3º des ordres particuliers qu'ils ont donnés, si ces ordres sont contraires à la constitution, aux lois et aux règlements. (Cf. Const. 1793, art. 72)

Art. 73. Dans les cas de l'article précédent, le tribunat dénonce le ministre par un acte sur lequel le Corps législatif délibère dans les formes ordinaires, après avoir entendu ou appelé le dénoncé. Le ministre mis en jugement par un décret du Corps législatif est jugé par une haute cour, sans appel et sans recours en cassation. La haute cour est composée de juges et de jurés. Les juges sont choisis par le tribunal de cassation et dans son sein ; les jurés sont pris dans la liste nationale : le tout suivant les formes que la loi détermine. (Cf. Const. 1793, art. 55).

Art. 74. Les juges civils et criminels sont, pour les délits relatifs à leurs fonctions, poursuivis devant les tribunaux auxquels celui de cassation les renvoie après avoir annulé leurs actes. (1 Cr. 479 et suiv.)

Art. 75. Les agents du gouvernement autres que les ministres ne peuvent être poursuivis pour des faits relatifs à leurs fonctions, qu'en vertu d'une décision du conseil d'Etat : en ce cas, la poursuite a lieu devant les tribunaux ordinaires (1).

---

(1) Cet article est encore en vigueur.

TITRE VII

Dispositions générales.

Art. 76. La maison de toute personne habitant le territoire français est un asile inviolable. Pendant la nuit, nul n'a le droit d'y
entrer que dans le cas d'incendie, d'inondation, ou de réclamation
faite de l'intérieur de la maison. Pendant le jour, on peut y entrer
pour un objet spécial déterminé ou par une loi, ou par un ordre
émané d'une autorité publique. (1 Cr. 16.)

Art. 77. Pour que l'acte qui ordonne l'arrestation d'une personne
puisse être exécuté, il faut : 1° qu'il exprime formellement le motif
de l'arrestation, et la loi en exécution de laquelle elle est ordonnée ;
2° qu'il émane d'un fonctionnaire à qui la loi ait donné formellement
ce pouvoir ; 3° qu'il soit notifié à la personne arrêtée, et qu'il lui
en soit laissé copie. (1. Cr. 615. — P. 114 et suiv.)

Art. 78. Un gardien ou geôlier ne peut recevoir ou détenir aucune
personne qu'après avoir transcrit sur son registre l'acte qui ordonne l'arrestation ; cet acte doit être un mandat donné dans les formes prescrites par l'article précédent, ou une ordonnance ce prise
de corps, ou un décret d'accusation, ou un jugement. (1 Cr. 609, 615.)

Art. 79. Tout gardien ou geôlier est tenu, sans qu'aucun ordre
puisse l'en dispenser, de représenter la personne détenue à l'officier
civil ayant la police de la maison de détention, toutes les fois qu'il en
sera requis par cet officier. (1 Cr. 615.)

Art. 80. La représentation de la personne détenue ne pourra être
refusée à ses parents et amis porteurs de l'ordre de l'officier civil,
lequel sera toujours tenu de l'accorder, à moins que le gardien ou
geôlier ne représente une ordonnance du juge pour tenir la personne
au secret. (1 Cr. 615.)

Art. 81. Tous ceux qui, n'ayant point reçu de la loi le pouvoir de
faire arrêter, donneront, signeront, exécuteront l'arrestation d'une
personne quelconque ; tous ceux qui, même dans le cas de l'arrestation autorisée par la loi, recevront ou retiendront la personne arrêtée, dans un lieu de détention non publiquement et légalement désigné comme tel, et tous les gardiens ou geôliers qui contreviendront
aux dispositions des trois articles précédents, seront coupables du
crime de détention arbitraire. (Cf. Const., *Déclaration des droits*,
art. 14. — 1 Cr. 615.)

Art. 82. Toutes les rigueurs employées dans les arrestations, détentions ou exécutions, autres que celles autorisées par les lois, sont des crimes. (Cf. Const. *Déclaration des Droits*, art. 32.)

Art. 83. Toute personne a le droit d'adresser des pétitions individuelles à toute autorité constituée, et principalement au Tribunat. (Cf. Const. 1793, *Déclaration des droits*, art. 11. — I Cr. 615.)

Art. 84. La force publique est essentiellement obéissante ; nul corps armé ne peut délibérer. (Cf. Const. 1793, art. 114.)

Art. 85. Les délits des militaires sont soumis à des tribunaux spéciaux et à des formes particulières de jugement. (P. 5.)

Art. 86. La nation française déclare qu'il sera accordé des pensions à tous les militaires blessés à la défense de la patrie, ainsi qu'aux veuves et aux enfants des militaires morts sur le champ de bataille ou des suites de leurs blessures.

Art. 87. Il sera décerné des récompenses nationales aux guerriers qui auront rendu des services éclatants en combattant pour la République.

Art. 88. Un institut national est chargé de recueillir les découvertes, de perfectionner les sciences et les arts.

Art. 89. Une commission de comptabilité nationale règle et vérifie les comptes des recettes et des dépenses de la République. Cette commission est composée de sept membres choisis par le Sénat dans la liste nationale.

Art. 90. Un corps constitué ne peut prendre de délibération que dans une séance où les deux tiers au moins de ses membres se trouvent présents.

Art. 91. Le régime des colonies françaises est déterminé par des lois spéciales.

Art. 92. Dans le cas de révolte à main armée ou de troubles qui menacent la sûreté de l'Etat, la loi peut suspendre, dans les lieux et pour le temps qu'elle détermine, l'empire de la constitution. Cette suspension peut être provisoirement déclarée dans les mêmes cas, par un arrêté du gouvernement, le corps législatif étant en vacance, pourvu que ce Corps soit convoqué au plus court terme par un article du même arrêté

Art. 93 La nation française déclare qu'en aucun cas elle ne souffrira le retour des Français qui, ayant abandonné leur patrie depuis le 14 juillet 1789, ne sont pas compris dans les exceptions portées aux lois rendues contre les émigrés ; elle interdit toute exception nouvelle sur ce point. Les biens des émigrés sont irrévocablement acquis au profit de la République.

Art. 94. La nation française déclare qu'après une vente légalement consommée de biens nationaux, quelle qu'en soit l'origine, l'acquéreur légitime ne peut en être dépossédé, sauf aux tiers réclamants à être, s'il y a lieu, indemnisés par le trésor public.

Art. 95. La présente constitution sera offerte de suite à l'acceptation du peuple français.

Fait à Paris, le 22 frimaire an VIII de la République française, une et indivisible.

Signé : REGNIER, président de la commission du conseil des Anciens; JACQUEMINOT, président de la commission du conseil des Cinq-cents; ROUSSEAU, VERNIER, secrétaires de la commission du conseil des Anciens; ALEX. VILLETARD, FRÉGEVILLE, secrétaires de la Commission du conseil des Cinq cents; ROGER-DUCOS, SIEYÈS, BONAPARTE, consuls, P-C. LAUSSAT, FARGUES, N. BEAUPUY, BEAUVAIS, CABANIS; PERRIN (des Vosges), DEPÈRE, CORNET, LUDOT, GIROT-POUZOL, LEMERCIER, CHATRY-LAFOSSE, CHOLET (de la Gironde), CAILLEMER, BARA, CHASSIRON, GOURLAY, PERÉ (des Hautes-Pyrénées), PORCHER, VIMAR, THIESSÉ, BÉRENGER, CASENAVE, SEDILLEZ, THIBAULT, DAUNOU, HERWYN, Joseph CORNUDET, P.-A. LALOY, LENOIR-LAROCHE, J.-A. CREUZÉ-LATOUCHE, ARNOULD (de la Seine), GOUPIL-PREFELN fils, MATHIEU, CHABAUD, CRENET, BOULAY (de la Meurthe), GARAT, Emile GAUDIN, LEBRUN, LUCIEN BONAPARTE, DEVINCK-THIERRY, J.-P. CHAZAL, M.-J. CHÉNIER.

Loi du 22 frimaire an VIII

réglant la manière dont la Constitution sera présentée au peuple français (1)

Article premier. Il sera ouvert dans chaque commune des registres d'acceptation et de non-acceptation : les citoyens sont appelés à y consigner ou y faire consigner leur vote sur la Constitution.

Art. 2. Les registres seront ouverts au secrétariat de toutes les administrations, aux greffes de tous les tribunaux, entre les mains des agents communaux, des juges de paix et des notaires : les citoyens ont droit de choisir à leur gré entre ces divers dépôts.

Art. 3. Le délai pour voter, dans chaque département est de quinze jours à dater de celui où la Constitution est parvenue à l'administration centrale : il est de trois jours pour chaque commune, à dater de celui où l'acte constitutionnel est arrivé au chef-lieu du canton.

Art. 4. Les consuls de la République sont chargés de régulariser et d'activer la formation, l'ouverture, la tenue, la clôture et l'envoi de registres.

Art. 5. Les consuls sont pareillement chargés d'en proclamer le résultat.

---

(1) Comparer avec le décret du 17 juillet 1793 édicté dans le même but. Voir *supra*, page 227.

AUTOGRAPHE   Berlin, 17 frimaire an VII.

L'envoyé de la République française en Prusse
au ministre de la police.

Citoyen ministre,

Je joins ici une lettre anonyme que je viens de recevoir de Paris. Il vous sera facile de deviner l'intention perverse de celui qui l'a écrite. Quoique j'aie toujours traité les pièces de ce genre avec le mépris qu'elles méritent, je ne dois pas m'empêcher de remarquer que l'objet de celle-ci est évidemment de compromettre les fonctions dont je suis chargé et par conséquent le service public dans une partie délicate et importante. Comme il est possible, citoyen ministre, que vous ayiez des moyens pour découvrir l'auteur de cette lettre soit par l'inspection de l'écriture qui ne paraît pas contrefaite, soit par d'autres voies, j'ai cru devoir vous l'envoyer en vous priant d'ordonner quelques recherches à cet égard.

Salut et fraternité.

SIEYÈS. (1)

---

(1) Les autographes de l'abbé Sieyès sont malheureusement rares. Ceux que possédait M. de Fortoul et dont parle Sainte-Beuve dans sa *Notice*, n'étaient à proprement parler que des manuscrits de jeunesse, curieux, il est vrai, mais peu importants au point de vue historique et constitutionnel.

Outre la lettre du 8 vendémiaire an VI, relative au 18 fructidor, consultée à la Bibliothèque publique de Nantes, et dont nous avons cité quelques fragments (voir ch. II, § 3, page 52, note) il n'en existe à notre connaissance que deux aux Archives nationales.

Un seul, inédit, mérite d'attirer l'attention; l'auteur, grâce à la bienveillante autorisation de M. le Garde général, auquel il adresse ses plus vifs remerciements, a pu en mettre un fac-simile sous les yeux du lecteur; ce document original lui a paru d'autant plus intéressant qu'il se rapporte à cette anecdote de la lettre anonyme dont il a été question au cours de l'ouvrage, où la lettre se trouve même reproduite in-extenso (voir ch. II, § 4, page 54 et la note).

No. 1972

TABLE DES MATIÈRES

Pages.

INTRODUCTION. . . . . , ...   1
   I. Sieyès oublié. — II. Mal connu. —III. Jugé par l'histoire,
   absence de documents et de bibliographie. — IV. Plan
   .du livre.

PREMIÈRE PARTIE. — L'HOMME.

CHAPITRE PREMIER. — L'HOMME DE 1789; SA VIE JUSQU'AU
DIRECTOIRE. . . . . , . . .   9
   I. Sa jeunesse, 1748-75. — II. Son adolescence, 1775-87.
   III. Débuts de l'homme d'action, 1787-1789. — IV. Son
   rôle important aux Etats-Généraux et à la Constituante.
   V. Sa retraite sous la Législative. —VI. « Sieyès muet! »
   sous la Convention, valeur de cette assertion.

CHAPITRE II. — L'HOMME DU DIRECTOIRE.   47
   I. Rôle actif de l'abbé Sieyès sous le Directoire. — II. Tentative d'assassinat dirigée contre lui. — III. Le 18 fructidor ; appréciation de sa conduite. — IV. Le diplomate
   de Berlin. — V. Le Directeur, ses projets ambitieux.
   VI. Bonaparte et Sieyès. — VII. Le 18 brumaire ; rôle
   principal de Sieyès. — VIII. Les suites du coup d'Etat,
   Sieyès déçu. — IX. Dernières années.

CHAPITRE III. — L'HOMME PRIVÉ, LE PHILOSOPHE.   71
   I. Portrait de l'abbé Sieyès. — II. Ses défauts : égoïsme,
   orgueil, cupidité. — III. Ses qualités et ses mérites : le
   métaphysicien; influence des études et des lectures philosophiques sur son esprit; l'administrateur, le prophète.

Pages.

CHAPITRE IV. — L'ÉCRIVAIN ET L'ORATEUR. 81

I. L'écrivain et l'orateur. — II. Méthode logique, dédain de
la forme; le style.

CHAPITRE V. — L'ÉCONOMISTE, LE LÉGISLATEUR ET L'ADMINIS-
TRATEUR 85

I. Des conceptions administratives et économiques de Sieyès.
— II. La banqueroute et l'impôt. — III. Liberté de la
presse. — IV. Division de la France en départements.
— V. Projet sur l'établissement du jury, surtout en matière civile.

DEUXIÈME PARTIE. — LE CONSTITUANT.

CHAPITRE VI. — DE LA BROCHURE : *QU'EST-CE QUE LE
TIERS-ETAT?*. 113

I. Son titre est-il de Sieyès? — II. Est-ce un pamphlet?
III. Etat des esprits et de la société avant l'apparition de
la brochure…Le cardinal de Retz, précurseur de Sieyès.
IV. *L'Essai sur les Privilèges* prépare le terrain. —
V. *Qu'est-ce que le Tiers-Etat?* Analyse, jugement.
VI. Vues de Sieyès, en 1789, sur les *Bases d'une Cons-
titution*, d'après son libelle.

CHAPITRE VII. — THÉORIES CONSTITUTIONNELLES DE SIEYÈS. 128

I. Sieyès et ses opinions politiques. — II. Sieyès et les
écoles philosophiques du XVIIIe siècle. — III. L'école
dogmatique de l'abbé Sieyès. — IV. Système représentatif.
V. Sa monarchie élective. — VI. Théorie de la séparation
des pouvoirs poussée à l'excès. — VII. Influence des théories de Sieyès sur les Constitutions de 1791 et de 1793.

CHAPITRE VIII. — LE DISCOURS DU 2 THERMIDOR DE L'AN III.
(20 JUILLET 1795). 149

I. Historique. — II. Plan de Sieyès. Généralités sur la division des pouvoirs et la représentation. — III. Théories de l'équilibre et des concours en politique; opinion de Sieyès; sa critique. — IV. Les quatre volontés
de Sieyès. — V. Analyse de son système constitutionnel, Tribunat, Conseil d'Etat, Jury législatif. — VI. Le
gouvernement et le pouvoir exécutif. — VII. Jurie
constitutionnaire. — VIII. Critique du système.

Pages.

CHAPITRE IX. --- SYSTÈME PERSONNEL DE SIEYÈS EN L'AN VIII. 171

    I. Historique. — Sieyès et sa *Pyramide*. — II. Ses nouveaux principes : la confiance doit venir d'en bas et le pouvoir d'en haut. — III. Premier principe : listes de notabilités. — IV. Deuxième principe : les élections. — V. Le pouvoir exécutif et le Proclamateur-électeur. — VI. Collège des conservateurs. — VII. Critique du système de Sieyès.

CHAPITRE X. --- LA CONSTITUTION DÉFINITIVE DU 22 FRIMAIRE DE L'AN VIII (13 DÉCEMBRE 1799). 187

    I. Sieyès et Bonaparte, le théoricien et l'homme pratique. II. Principe constitutionnel de Bonaparte ; modifications apportées au système de Sieyès : listes de notabilités. III. Organisation des grands pouvoirs. — IV. Le Grand électeur et le Premier consul. — V. Sénat conservateur. VI. Conclusion.

APPENDICE

DE LA CONSTITUTION DU 24 JUIN ET DE CELLE DU 22 FRIMAIRE AN VIII. 203

ACTE CONSTITUTIONNEL DU 24 JUIN 1793. — DÉCLARATION DES DROITS DE L'HOMME ET DU CITOYEN. 213

    ACTE CONSTITUTIONNEL. 217

    DÉCRET DU 17 JUILLET 1793 RELATIF A L'ACTE CONSTITUTIONNEL. 227

CONSTITUTION DE LA RÉPUBLIQUE FRANÇAISE DU 22 FRIMAIRE AN VIII (13 DÉCEMBRE 1799). 229

    LOI DU 23 FRIMAIRE AN VIII. 24

Paris. — Typ. Henri Bécus, 5, rue Suger. — 56

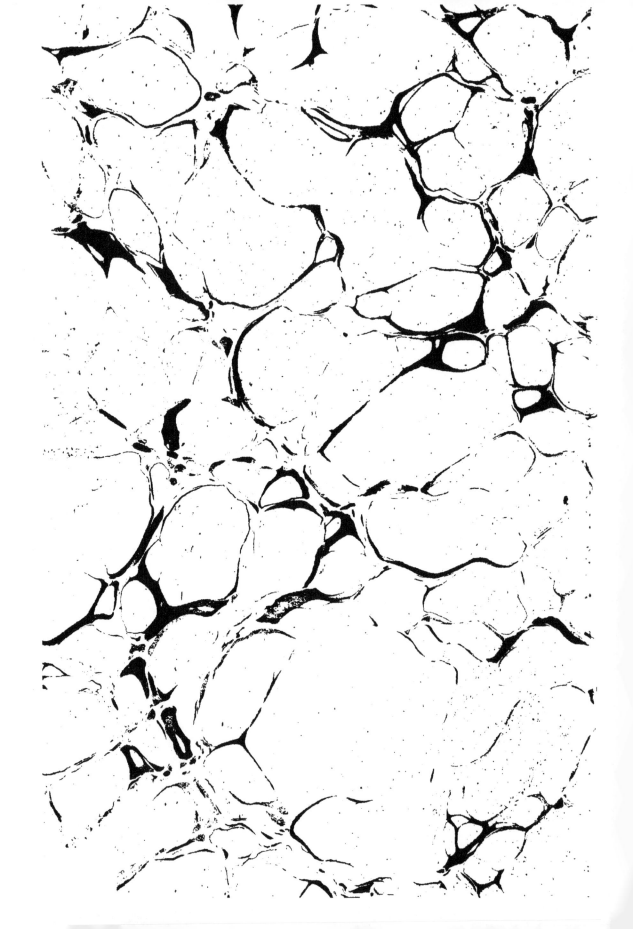

Lightning Source UK Ltd.
Milton Keynes UK
UKOW05f0629151115

262738UK00007B/153/P